Là où nous dansions

Du même auteur

Mauvais génie (avec Marianne Denicourt), Stock, 2005.
C'était mon frère, L'Iconoclaste, 2006 ; Folio, 2009.
La Nuit du Fouquet's (avec Ariane Chemin), Fayard, 2007.
Lettre à une mère (avec René Frydman), L'Iconoclaste, 2008.
Les Secrets des mères (avec René Frydman), L'Iconoclaste, 2008.
L'Intranquille, autoportrait d'un fils, d'un peintre, d'un fou (avec Gérard Garouste), L'Iconoclaste, 2009.
Les Chagrins, Stock, 2010.
Les Yeux de Lira (avec Eva Joly), Les Arènes, 2011.
N'oubliez pas que je joue (avec Sonia Rykiel), L'Iconoclaste, 2012.
Les Faibles et les Forts, Stock, 2013.
Et tu n'es pas revenu (avec Marceline Loridan-Ivens), Grasset, 2015.
Victor Hugo vient de mourir, L'Iconoclaste, 2015.
French Uranium (avec Eva Joly), Les Arènes, 2017.
L'Amour après (avec Marceline Loridan-Ivens), Grasset, 2018.
L'Insoumis, Grasset, 2019.

Judith Perrignon

Là où nous dansions

Rivages

Retrouvez l'ensemble des parutions
des Éditions Payot & Rivages sur

payot-rivages.fr

Collection dirigée par Émilie Colombani

À Steve

À la mémoire de Bilal Berreni

L'ÉTÉ

8 août 2013

J'ai vu l'aigle à tête blanche tourner au-dessus du Project, l'autre jour. L'immeuble où j'ai grandi est devenu l'abri des rapaces. Il y a tout ce qu'il faut là-haut, dans les étages, vêtements déchirés, fauteuils défoncés, cloisons affaissées, fils arrachés, télés renversées, capotes usées, tout le reliquat, toutes les fibres de nos vies pour tisser le nid de notre emblème national.

Mâle et femelle le fabriquent ensemble.

C'est écrit dans cette vieille encyclopédie que j'ai entre les mains.

Ils l'installent près d'une étendue d'eau, sur une falaise, un buisson ou dans un arbre. Faudrait peut-être ajouter qu'une bonne vieille dalle de béton à l'abandon près d'une rivière peut aussi faire l'affaire.

Mais ce livre est trop ancien pour avoir envisagé notre déclin.

C'est pour ça que je viens ici, chez John King. Des étagères de bois remplies jusqu'à la gueule, des bouquins d'occasion à l'infini sur quatre étages, écrits par de plus optimistes que nous. D'ordinaire, je fréquente le rayon des polars, c'est plein d'histoires plus compliquées à résoudre que les miennes, mais aujourd'hui j'ai pris la travée d'en face, la numéro 7, j'ai tiré la ficelle du néon au plafond, et j'ai regardé les titres sur les tranches : *Oiseaux du monde*, *Oiseaux du désert*, *Oiseaux des villes et des villages*, *Oiseaux américains en couleur*, *Oiseaux du Canada et du nord des États-Unis*. J'ai choisi celui-là.

Reprenons.

La reproduction se déroule d'avril à août. Les couples se reforment chaque année pour la parade nuptiale, ils s'accrochent par les serres, ils tournoient en plein ciel, se laissent tomber et se séparent juste avant de toucher le sol. Les deux partenaires sont fidèles l'un à l'autre tout au long de leur vie.

Tout au long de leur vie !

Valent mieux que nous, les aigles.

Je me rappelle des cris qui s'échappaient de la cour, de maman qui soupirait,

Le point faible ici, c'est les pères.

Le mien compris. On habitait au deuxième étage de la tour 303. Appartement 2046.

Ça n'a plus beaucoup d'importance, les numéros. Comme les fenêtres d'ailleurs, il n'y en a plus depuis longtemps. Les oiseaux entrent sans se demander si c'était là une cuisine ou une chambre, c'est chez eux, c'est l'été, ils pondent. Pendant que d'autres tuent. On a trouvé un corps, là-bas, au pied des tours, la semaine dernière. Une balle en pleine tête.

Et moi, vieux flic d'élite de la ville, je suis là, le cul posé sur des caisses entre deux étagères de chez John King, à traquer les habitudes de l'aigle à tête blanche dans un bouquin poussiéreux. Il n'a pourtant commis aucun crime, à part s'être posé chez nous quand tout le monde a fini par partir.

Ce matin, le maire a enfilé son costume, puis son long manteau tout droit sorti des années 1950. Étrange, cette façon qu'il a de vouloir ressembler à un lieutenant de Luther King. Il est trop tard. Un conseiller d'Obama était à ses côtés. C'est pas si mal. Le gouvernement fédéral lâche six millions de dollars pour raser le Brewster Project. Alors « 3, 2, 1, *let's go* ! » ont décompté le maire et le type de Washington dans le micro. Les mauvaises herbes caressaient doucement les ourlets de leur pantalon. J'ai vu ça à la télé. Puis la mâchoire d'une pelleteuse s'est abattue sur le toit d'un vieux condo de deux étages qui semblait en carton. Quelques journalistes filmaient avec leur téléphone. Le maire a dit,

– C'en est fini du Brewster Project, paradis des criminels.

Il n'a pas mentionné le corps retrouvé l'autre jour. Les journalistes ne l'ont pas évoqué. Ça ne nous surprend plus. Nos habitudes nous rongent. Moi le premier. J'ai envoyé en taule trop de copains d'enfance. J'ai pensé à Tim en regardant la pelleteuse. Il a grandi au-dessus de chez moi. Est-ce qu'il a vu la démolition depuis sa cellule ? Il me le racontera peut-être un de ces jours dans une de ses lettres. Il m'écrit. Il ne m'en veut pas de l'avoir coincé, il me remercierait presque.

Ça a été tellement simple ce jour-là. Avec les collègues, il niait tout en bloc, se murait dans le silence. Moi, il m'a tout de suite reconnu, même s'il y avait un moment qu'on s'était perdus de vue.

Ira ! il a dit.

Ouais, Tim, ça fait un bail. J'aurais préféré te revoir ailleurs.

Je lui ai parlé du bon vieux temps au Project, on a ri de nos virées, de l'ascenseur qui tombait en panne, on s'est remémoré quelques noms, et je ne sais pas pourquoi il s'est rappelé cette fois où ma mère l'avait embarqué avec nous à la bibliothèque municipale sur Woodward Avenue. Elle nous y conduisait tous les dimanches, moi et mes frangins, à l'heure des enfants. Ça faisait une bonne marche depuis le Project, deux *miles* pas plus, mais qui semblait contenir des siècles, nous mener vers d'étranges faveurs. Une fois arrivés, c'était comme si un château nous ouvrait ses lourdes portes cuivrées, laissait des gosses noirs et minuscules traîner leurs pieds sur son marbre et grimper ses massifs escaliers de pierre. Tim s'en est souvenu dans mon bureau trente ans plus tard. Au bout d'un quart d'heure à discuter, je lui ai tendu une cigarette.

Tu veux me dire la vérité ? je lui ai demandé.

Oui. Parce que ta mère m'a traité comme un être humain.

Et je l'ai revu dans la bibliothèque qui se baladait la nuque en arrière, ce n'était pas les livres qu'il regardait, c'était les plafonds sculptés, les fresques et les fenêtres si hautes, les colonnes que nos deux bras ne pouvaient pas enlacer, et qui soutenaient l'autre versant du monde.

Il m'a avoué dix-huit meurtres. Dix-huit. Avec dans le regard quelque chose de familier. Tim, quoi. Devenu tueur à gages. Alors, moi, je surveille les oiseaux.

Le livre dit que l'aigle recherche les zones les plus sauvages, qu'il ne vit pas à moins d'un kilomètre des zones les plus faiblement peuplées par l'homme. C'est dire l'ambiance par ici.

Aux infos ce matin encore, c'était comme un chœur d'église. Ou comme le lancement de je ne sais quelle guerre dont notre grand pays a le secret. *Bankruptcy* ! Ils n'ont plus que ce mot-là à la bouche. Detroit vient d'être déclarée en faillite, ça fait les titres dans tout le pays, même à l'étranger. La belle affaire ! Oh, mon Dieu, ça y est ! Le frisson de la crise, de la rouille, du crime, de l'effondrement. Mais quoi ? Tout ça c'est bon pour ceux qui vivent loin d'ici. Nous autres, toutes races confondues, je veux dire hommes et animaux, ça fait longtemps qu'on l'a compris. C'est sauvage, Detroit. L'aigle à tête blanche est en ville. On a aussi repéré un félin bien trop grand pour être un chat dans les quartiers est, la semaine dernière. *Bankruptcy*, ça alors ! Quelle surprise ! C'est un mot d'ordre ou une prière ? Cette ville, depuis qu'elle respire mal, c'est comme un corps malade mis en quarantaine, un héros national qui a mal tourné et s'en va sans avoir remboursé ses dettes. Ils veulent récupérer leur fric. C'est ça leur mise en faillite. Récupérer la ville surtout. Ils ont nommé un manager. Quant au maire et au gouvernement, c'est-à-dire ceux qu'on a élus, ils n'ont qu'à se charger des ruines et du nettoyage.

Il a du temps, l'oiseau. Qu'il ponde. La démolition va être longue. La pelleteuse a commencé par les immeubles de deux étages, après ce sera la tranche des trois étages. Pour nos tours, il faudra de l'explosif. Elles vont donc nous narguer encore quelques mois. Elles seront toujours là, quand l'aigle, sa femelle et leur portée migreront vers le sud. Toujours là, sous la neige de février. Elles sont têtues. Un vrai distributeur à incendies et à junkies. Le maire a dit, Nous n'oublierons jamais ce que le Brewster Project a représenté pour tant de gens ici. Moi, ça me laisse de marbre. Et je suis bien content que ma mère ne soit plus de ce monde.

Elle aurait pleuré.

Mais elle serait heureuse de me voir chez John King, parmi les bouquins. C'est bien ici, c'est même mieux que la bibliothèque municipale sur Woodward, il n'y a rien qui t'écrase, rien de savant, c'est nous, notre poussière, nos parquets usés, nos vieilles bibles, nos grands et nos mauvais écrivains, nos musiciens, nos vedettes, nos stars, nos animaux, nos recettes de cuisine. 15 dollars, l'encyclopédie des oiseaux d'Amérique du Nord. Je la prends, elle est belle, avec son tissu délavé et ses gravures à chaque page. Je redescends. Les livres débordent jusque dans l'escalier. Y a aussi quelques croûtes, des peintres du dimanche qui ont tenté un portrait de Hendrix ou de Kennedy. C'est notre grenier, John King. Aucun système informatique n'a répertorié ce qui est ici. Faut chercher, suivre les étiquettes, les genres, les tranches alphabétiques, tout est écrit à la main. Nos vies, nos rêves, nos cauchemars sont dans ces milliers de livres.

Pietro est derrière la caisse aujourd'hui. Il m'offre son sourire réservé aux habitués. Il me fait l'effet d'une marguerite, tant il est grand, fin, pâle. J'ai déjà mon billet de 20 dollars en main que j'aperçois les beaux visages de Diane, Mary et Flo sur la pile des livres fraîchement arrivés et pas encore triés, à côté de lui. Elles n'ont pas vingt ans. Le regard brillant. Elles sourient, l'air de me dire, Ira, ne t'en va pas sans nous, Ira, emporte-nous ! Surtout Flo. Elle demande toujours plus, Flo. Diane regarde ailleurs. Mary est assise entre elles deux comme toujours. Je feuillette les premières pages. Chapitre I : Trois filles du Project.

O.K., les filles ! Je vous embarque, on a grandi ensemble. Je prends les oiseaux et vous. Que le meilleur gagne ! Mais promettez-moi de me faire rire, pas de me faire chialer. Nous n'avons pas vu nos parents en pleine parade amoureuse tournoyer dans le ciel, nous les avons même rarement vus ensemble et nos appartements n'étaient pas les plus beaux nids d'Amérique du Nord, mais vous êtes devenues des stars et moi un flic couvert de récompenses. Dans sa dernière lettre, Tim m'a écrit, Les copains sont fiers de toi.

Je lâche 32 dollars à Pietro qui semble plutôt surpris de mes choix mais se passe de commentaire. C'est trop long à expliquer, il le sait bien. Je sors.

L'immense gant peint sur la façade extérieure s'écaille sans disparaître. Ici, il y a bien longtemps, on fabriquait des protections industrielles, des tenues d'ouvrier et de pompier. Maintenant on lit. Peut-être bien que cette ville n'est plus qu'une vieille histoire, un roman américain démodé, et je suis dedans, prêt à être écrasé quand on le refermera. CLAC !

9 septembre 1935

Il est presque 7 heures et demie ce matin-là quand le train ralentit en gare de Detroit. Il fait déjà grand jour. Le manteau mou que Josephine Gomon a enfilé sur sa longue robe couleur crème lui glisse sur les épaules, ne demandant qu'à tomber, trop lourd, trop chaud, mais elle le rajuste quand le train freine devant elle. Qu'il lui semble nu, terne comme une salle de spectacle un jour de fermeture. C'est le train du président mais sans le président, sans fanion, sans but électoral, sans fanfare pour l'accueillir. Un ruban délavé et poussiéreux court le long de la plateforme arrière. La portière s'ouvre, Eleanor Roosevelt apparaît, souriante, elle fait signe à Josephine Gomon de la rejoindre, laquelle s'exécute, saluant à peine les trois collaborateurs qui l'ont accompagnée. Et le train redémarre aussitôt, train fantôme, inscrit sur aucun panneau, deux wagons noirs derrière une locomotive crachant sa fumée présidentielle, ni plus blanche ni plus épaisse qu'une autre, abritant la première dame et la responsable du logement public de la ville. On dirait que deux bonnes femmes viennent de détourner la diligence.

– C'est enfin le grand jour, se réjouit Josephine en se débarrassant de son manteau sur le dossier d'un fauteuil. C'est formidable que vous puissiez utiliser ce train pour venir, je le revois passer par ici il y a trois ans, quel succès ! Quelle foule !

– Eh oui, chère Josephine ! Franklin et sa petite équipe de conseillers feraient n'importe quoi pour ne pas m'avoir dans leurs pattes à Washington. Je veux le train ? J'ai le train ! Jusqu'en Chine si je veux ! Pourvu que je sois loin ! Installez-vous et prenez un peu de thé.

– Appelez-moi Jo, comme tout le monde.

– Pour être franche, je préfère Josephine. Cette façon qu'on a de tout raccourcir… Et puis le jour ou vous serez élue maire de cette ville, il faut que l'on entende clairement sonner votre nom. Jo-se-phi-ne. Que l'on sache qu'une femme a été élue maire d'une des plus belles et des plus grandes villes américaines.

– Ne vous faites aucune illusion sur mon destin politique !

– Ce que nous allons faire aujourd'hui portera ses fruits et vous pourrez vous en prévaloir à l'avenir !

– Ce sera pire encore ! J'aurai contre moi la sainte alliance des Églises et des propriétaires fonciers ! Vous savez d'ailleurs que le juge fédéral a choisi de statuer aujourd'hui sur la réquisition des terrains ?

Les propriétaires et leurs avocats sont déchaînés alors qu'on leur a proposé plus que ça ne vaut !

– Nous aurions doublé la mise que ça n'aurait rien changé. C'est la nature même des logements que nous voulons construire qu'ils n'acceptent pas. Mais on va tenir.

Elles rient, moins sûres de leurs prédictions que de leurs beaux rôles, tandis que leur chignon se relâche doucement dans leur nuque. Sans qu'elles s'en aperçoivent, leurs visages face à face se répètent dans un miroir accroché de l'autre côté du wagon, ainsi que la théière, les deux tasses au bord argenté, et quelques pages de notes posées entre elles. Elles rient du haut de cet âge qui ne vous commande plus de séduire, ni de vous faire épouser, puis d'enfanter. C'est fait, c'est derrière elles, avec beaucoup d'enfants et plus ou moins de bonheur. Elles n'ignorent rien de la vie, de la société, elles n'en détestent pas les obstacles, au contraire, ils décuplent leur énergie, l'ampleur de leurs mouvements.

– Et tous ces gens dont on va raser les maisons, comment les relogerez-vous en attendant ? demande la première dame

– Nous y travaillons, ce sera du provisoire, mais de toute façon plus confortable que leurs taudis actuels. Vous verrez, Eleanor, comme la foule est impatiente de vous entendre annoncer la construction de ces nouveaux appartements.

– Hall ne cesse de me dire la même chose !

– Votre frère nous est d'un précieux concours. Il n'est pas comme tous ces contrôleurs de gestion ordinaires. Il est tellement… comme vous en somme ! Audacieux ! Progressiste !

– Nous sommes pourtant les enfants d'une vieille famille, soupire la première dame évasive.

Josephine Gomon la regarde qui réduit en morceaux un gâteau dont elle ne picore que quelques miettes. Eleanor est née Roosevelt. Elle forme depuis longtemps, avec son mari qui est aussi son cousin, un attelage plus politique que conjugal. Elle écrit, elle parle, elle aime qu'on dise qu'elle en fait trop, qu'on s'offusque de ses pantalons et de ses knickers, comme pour perpétuer le trouble qu'elle devina très jeune dans le regard de sa mère qui ne la trouvait pas belle. Elle s'en fit un compagnon plutôt qu'un ennemi. Sans le dégoût maternel, elle ne serait sans doute pas dans ce train qui traverse discrètement les plaines du Michigan juste après le lever du jour.

Une heure plus tard, il ralentit en gare de Jackson sous l'œil de quelques badauds abasourdis. Les deux femmes en descendent et s'engouffrent dans une voiture direction Grass Lake. Après quelques kilomètres de route aux courbes douces et bordées d'arbres, les voilà devant un cottage de bois blanc. Hall est en short devant le portail pour accueillir les visiteuses. Il embrasse sa sœur Eleanor sans faire de manière, et, sans prêter attention aux quelques journalistes et photographes qui rôdent depuis l'aube, entraîne ses invitées vers l'intérieur. Les volets sont à peine entrouverts, sans doute pour préserver la fraîcheur, mais Eleanor ne peut s'empêcher d'y voir les signes d'une maison moins habitée, désertée par les fêtes et les soirées que Hall aimait tant donner. Son deuxième mariage bat de l'aile à son tour. Et les petits vaisseaux sanguins qui rampent dans les yeux de Hall trahissent la compagnie de l'alcool. Eleanor l'observe sous ses paupières tombantes. Cela fait si longtemps maintenant qu'ils forment une fratrie d'orphelins, depuis toujours presque, puisqu'elle avait dix ans et lui trois quand leur père est mort, deux ans après leur mère. Il avait fait jurer à sa fille aînée de veiller sur son petit frère. Elle a tenu son rôle, accompagné Hall tel un chaperon lors de son premier jour à l'université, approuvé son mariage, puis son divorce. Elle a toujours guetté en lui les démangeaisons d'une enfance gâchée, se demandant sans cesse pourquoi d'une même histoire, d'un même socle familial, certains glissent vers une irrémédiable tristesse, tandis que d'autres, au contraire, accélèrent et s'échappent. Au moins Hall avait-il fait le choix d'être bavard et volubile. Silencieux, elle aurait peut-être fini par s'en éloigner.

– Tu verras, dit-il à sa sœur avec un brin d'excitation dans la voix, Detroit saura t'accueillir, c'est une ville pour toi !

Il leur suggère de s'installer à l'ombre sur l'une des terrasses. Le jardin bruisse du chant des oiseaux et sent l'herbe fraîchement coupée. Hall commande des citronnades et du café à son majordome, puis jette dédaigneusement le *Detroit Free Press* du jour sur la table.

– Ça ne leur plaît pas, notre plan de logements publics flambant neufs pour les Noirs de la ville.

Aujourd'hui, ils se contentent de donner le programme de ton déplacement en bas de la page 8 ! Mais demain, ils seront bien obligés de te mettre en Une.

– J'ai l'habitude, soupire Eleanor.

– Mais tu vas voir la foule. Les Blancs ! Puis les Noirs ! Ils t'attendent ! Les vrais travailleurs, en tout cas. Il y a trois ans, soixante mille gars défilaient en chantant *L'Internationale* sur Woodward Avenue. Pas commun en Amérique ! N'est-ce pas, Jo ? Et tu connais les chiffres des dernières législatives à Detroit. Une écrasante victoire démocrate alors que la population crève littéralement de faim depuis six ans. Les gens en bavent ici, mais ils prient le saint New Deal ! Ils savent que l'État-providence des Roosevelt sera plus efficace que le Bon Dieu ou Henry Ford pour leur apporter des chaussures neuves ou du poulet frit.

Hall parle des Roosevelt au pluriel. Le président est à la fois son cousin et son beau-frère, et il y a déjà eu l'oncle Theodore à la Maison-Blanche. C'est comme une toile familiale où il a sa place, un rôle, surtout aujourd'hui.

– D'ailleurs Johns, l'avocat des propriétaires qui refusent de céder leur terrain pour le Brewster Project, tu l'as entendu, Eleanor ? reprend-il. Il est vent debout mais il est prudent, il ne dit jamais de mal de toi, tu es trop populaire. Il dit juste que des socialistes te manipulent et se servent de toi qui as si bonne réputation, bla bla bla…

– Ça aussi, j'ai l'habitude.

– Et… Et… Attends un peu ! Je reprends le journal tellement c'est savoureux ! « Et spécialement ici dans le Michigan qui a la réputation d'être truffé de rêveurs qui prolongent la crise en attaquant le droit de propriété et le marché » !

– On est bien d'accord ? On annonce à la presse que le gouvernement fédéral débloque six millions de dollars pour construire les premières habitations et qu'ensuite la ville prendra le relais ? demande Eleanor, soudain soucieuse de l'heure qui tourne et d'un discours encore à peaufiner.

– Oui, Eleanor, bientôt la ville prendra le relais des fonds fédéraux. Henry Ford va même lui accorder un prêt.

– Je croyais qu'il détestait notre New Deal ?!

– Oh oui ! ajoute Josephine, il le hait profondément. Mais je me suis chargée de lui expliquer que si ce n'était pas lui qui prêtait, des banquiers de New York se feraient un plaisir d'endetter sa chère ville, et y prendraient le pouvoir. Faut juste lui parler dans sa langue.

– Et puis, ajoute Hall, avouons que tout le monde y trouve son compte. Il arrive chaque jour en ville par le train tellement de négros venus du Sud pour trouver du travail, que beaucoup de gens préfèrent que le gouvernement les loge, plutôt que de les voir s'installer à côté de chez eux. Chacun son territoire !

L'ombre recule sur la terrasse de ce cottage bourgeois où l'on croit pouvoir atténuer la misère des hommes. Hall relit le discours de sa sœur, lui fait ajouter quelques chiffres, un risque de tuberculose sept fois plus élevé dans les taudis noirs, une mortalité infantile deux fois et demie plus importante, puis il est temps de ramasser les papiers sur la table. Eleanor s'éclipse dans les étages. Elle en revient vingt minutes plus tard, le chignon resserré, et vêtue d'une tunique de soie colorée aux manches bordées de fourrure. Josephine la félicite et lui assure que les femmes de Detroit apprécieront la modernité de sa tenue. Il est 11 heures lorsqu'elles repartent. Hall promet de les rejoindre très vite.

– Je ne veux pas rater ça !

Et c'est vrai. Une clameur s'élève sur Michigan Avenue quand la voiture de Mrs. Roosevelt apparaît au coin de Telegraph Street, escortée de motos à l'avant et à l'arrière. La première dame se redresse, agite la main, geste banal des dirigeants en tournée. Tout semble calme et bien réglé. Mais la tension est palpable. La foule se fige, écrasée par le soleil de midi, à la fois agitée et somnolente, nerveuse et fatiguée. Elle a besoin d'aide. La grande crise a stoppé les machines, planté l'Eldorado industriel, interrompu le versement des salaires, déclenché une vague d'expulsions, et fait pousser campements et tentes de fortune dans les parcs publics.

Eleanor sourit, forte des mots qu'elle va prononcer tout à l'heure à la tribune, des millions de dollars, des chantiers et des toits, qu'elle va annoncer. C'est la première fois qu'une épouse de président parade sans son mari. C'est du jamais vu, et ce n'est pas seulement parce que la polio a immobilisé Franklin sur une chaise roulante, elle n'est pas ses jambes ou sa moitié, combien de fois lui a-t-elle proposé de divorcer ? Elle est aussi là en son nom propre, prise par la ronde des idées, l'électricité du combat. Elle plisse les yeux. Son petit chapeau plat de paille bleue ne la protège pas de la lumière. Elle cherche les visages, les regards, elle a l'illusion que plus rien ne la sépare du monde. Son sourire ressemble à un pacte, un Je vous vois, Je vous écoute, comme l'histoire n'en réserve pas souvent.

Le convoi avance. Michigan Avenue est longue, encore longue devant eux jusqu'à la mairie, et si longue derrière eux, elle mène à Chicago, elle n'est qu'un ruban de bitume recouvrant une vieille piste dessinée par les Indiens sur les traces des bisons, donc dessinée par les bisons eux-mêmes. Mais les hommes n'en savent rien. Ils ont le sentiment d'avoir tout inventé. Ils commencent même à surélever les routes pour ne plus avoir à s'arrêter au passage du train. Rien ne doit plus entraver leur vitesse. C'est ici même, sur les chaînes d'assemblage, que le temps est devenu de l'argent. Et pour le monde entier.

Soudain, un crissement de pneus, le grincement du tramway au croisement de Wabash et Michigan Avenue. Un policier de l'escorte a heurté un wagon, il est projeté dans les airs, roule au sol, le convoi s'arrête. Très vite, le pilote accidenté se relève mais Eleanor Roosevelt voudrait profiter de cet arrêt pour descendre et s'approcher, elle ouvre la portière et marche vers le trottoir, prenant de court la sécurité. Elle ferait volontiers taire les sirènes de police qui semblent suggérer un danger. Elle n'en voit aucun. Les mains se tendent en bouquet, elle les prend entre les siennes gantées de noir, dévisage cette foule, ces hommes et ces femmes qui parlent probablement encore allemand, grec, italien ou polonais une fois rentrés chez eux. De près, leurs regards semblent plus durs, leurs traits plus marqués. Leurs joues sont creuses. Les cheveux des hommes grossièrement teints pour ne rien laisser voir des tempes grises quand Ford embauchera et lancera la production de son nouveau modèle. Voici Detroit qui n'a d'autre théorème que le moteur à explosion, d'autre mantra que du boulot, du boulot, d'autre ciel qu'un voile de fumée sombre. L'usine vous prend le coude, le poignet, et rejette tout le reste, elle évide l'homme comme on évide une bête. Pourtant tous pleurent dès qu'elle leur ferme ses portes.

– Comment allez-vous ? répète la première dame sans attendre la réponse.

Une demi-heure plus tard, elle est sur le perron du City Hall entourée du maire Frank Couzens et de Josephine Gomon. C'est bref. Le temps de quelques politesses et de photos pour la presse. Puis le convoi repart, plus fourni encore, la première dame, le maire, ses adjoints, qui roulent en direction de l'est, mais cette fois sans la lenteur des parades. Hall est avec sa sœur dans la voiture, il l'a rejointe à la mairie, cheveux gominés et costume clair. Il tend parfois le doigt pour lui montrer un détail ou un nouveau gratte-ciel en construction à côté du Penobscot rougissant sous le soleil de midi. Ils remontent Gratiot Avenue. Les piétons, les tramways et les voitures s'y frôlent dans un intense ballet millimétré, sous une profusion d'enseignes de barbiers, de vendeurs de voitures, de cinémas, de clubs, de magasins dont les portes à tourniquet ne s'arrêtent jamais de tourner. Ils prennent à gauche. Empruntent Brush Street. Et bientôt, sans qu'aucune frontière visible n'ait été franchie, tout change. Ils sont dans les quartiers noirs. Les rues ont des noms de pionniers français, les premiers à avoir acheté des terres par ici. Beaubien ! Beaufait ! C'est imprononçable ! s'écrie Hall. Elle le corrige, elle a appris le français dans une pension de jeunes filles en Angleterre, elle connaît ses pièges, ce jeu pervers des voyelles qui s'additionnent pour faire le son d'une seule. Ô, dit-elle en arrondissant la bouche. Et elle ajoute que ces patronymes, une fois traduits, transpirent la réussite et la satisfaction de soi. Il lui explique que ces Français avaient trouvé là une terre incroyablement fertile, noire, humide, régulièrement inondée par la rivière, qui donnait de magnifiques arbres fruitiers. Qu'ils l'appelèrent le sol noir. C'est devenu le Black Bottom en anglais, et c'est resté, dit-il, mais les gens pensent que ça s'appelle ainsi, parce qu'il n'y a plus que des Noirs dans ce quartier.

Et il continue. Comme il semble heureux aujourd'hui. Ses brillants diplômes et son nom lui auraient facilement ouvert tout grand les portes de Washington, mais il est venu là, berceau du monde moderne qui a inventé la voiture et aimanté les travailleurs et les cultures du monde entier. Il a toujours trouvé la capitale ennuyeuse, administrative et collet monté. Alors que Detroit, a-t-il coutume de dire, c'est électrique ! Magnétique ! C'est fou ! Il lui raconte qu'il y a moins d'un siècle, poussés par l'industrialisation de la ville, les descendants de ces grands propriétaires terriens français divisèrent leurs terres en plusieurs lots qu'ils vendirent cher à l'élite économique qui s'y faisait construire de magnifiques manoirs.

– Le quartier s'appelait le Petit Paris ! s'exclame Hall.

Elle l'écoute tout en scrutant ces imposantes maisons encore debout qui se rêvèrent petits châteaux avec grosses pierres et tourelles. L'herbe est sèche tout autour. Leurs briques sont grises, leurs fenêtres troubles, le chambranle de la porte centrale est de guingois. Devant, sur le porche, il y a bien souvent un canapé épuisé et des jouets d'enfants ayant trop servi. Les manoirs du siècle dernier ont été découpés en appartements, ils ont dégringolé l'échelle sociale, le bureau de monsieur est une chambre, la cave et le garage aussi. Ici s'entassent ceux qui ont répondu à l'appel des usines et de la liberté. En quelques décennies, le huppé Petit Paris est devenu pauvre et noir.

Ce que racontent ces bâtisses, c'est le succès, la nomenclature et la relégation des hommes. Plus l'industrie se développait, plus les riches étaient riches, alors ils ont voulu s'éloigner du bruit, de la fumée, des usines, des odeurs, des travailleurs, ils sont partis construire encore plus grand sur de belles pelouses aux marges de la ville, ils ont cédé leurs premières demeures à d'autres Blancs un peu moins riches qu'eux mais déjà prospères, lesquels ont fait tant de bonnes affaires dans cette ville en pleine expansion qu'ils ont vendu à leur tour. À des Juifs, par exemple. Il en est arrivé beaucoup au tournant du siècle, avec ce qui se passe là-bas en Europe, ils ont même construit une synagogue sur Brush Street. Alors les derniers Blancs s'en sont allés pour ne pas être avec ces Juifs. Lesquels, avec le temps, ont voulu mieux que ce quartier en déclin. Eux n'ont pas eu peur de louer aux Noirs qui arrivaient en masse et n'avaient nulle part où aller. Ils étaient même vaguement rassurés qu'il existât dans ce pays, contrairement à l'Europe, des gens encore plus haïs qu'eux. Après les Juifs, viennent donc les Noirs, c'est l'ultime étape de l'évolution d'un quartier, c'est ainsi dans beaucoup de villes américaines. Étrange comme une simple maison, sans même qu'il soit nécessaire d'ouvrir sa porte, laisse entrevoir deux siècles écoulés.

Eleanor commence à comprendre ce que ressent son frère ici, c'est hanté. Mouvant. Fragile. Vivant. Effrayant aussi. Elle regarde. Et on la regarde passer depuis les perrons où les robes longues de dames chics escortées d'un majordome ont cédé la place aux pantalons usés des gamins noirs. On sait qui elle est, ce qu'elle raconte, on connaît cet alphabet né de la crise, WPA, PWA, CCC, ces programmes pour les jeunes, les pauvres, et aussi pour eux. Mais de quelle crise on parle ? semblent-ils dire tandis que la voiture s'éloigne. On n'a jamais connu que ça, nous, la crise, il a fallu que les Blancs la subissent pour qu'elle soit officielle.

– Hastings Street ! s'exclame Hall. Alors là, frangine, bienvenue dans le coin le plus dingue des États-Unis d'Amérique ! On nous l'envie sur les deux côtes, même à New York ! C'est le plus vibrant des quartiers de ce pays. Paradise Valley ! Chaque soir, c'est l'explosion, la musique sort de partout, des jazzmen en folie. On y croise des musiciens qui pensaient faire une halte entre deux dates à New York et Chicago et ne sont jamais repartis, ils habitent Detroit désormais, ils sont accueillis comme des princes, mieux payés qu'ailleurs ! Là-bas un peu plus haut, *The Frogs Club*, *The B and B*, *The Congo* ! Big Maceo et son boogie-woogie ! C'est un envoûtement ! Ces négros, ils ont quelque chose, ils ont ça dans le sang. Et figure-toi que le samedi soir tout le monde rapplique, les millionnaires de Grosse Pointe avec leur jolie blonde tape-à-l'œil et leur Cadillac, ils sont ici !

Les néons sont éteints à cette heure au-dessus des portes des clubs. Mais le jour a ses vibrations. La première dame voit défiler de l'autre côté de la vitre des échoppes, des barbiers, des drugstores, des restaurants, un nickel le sandwich aux bolognaises !, des bars, beaucoup de bars, des prostituées dans l'encadrement des portes. C'est un mélange de dénuement et de commerce, de costumes croisés et de salopettes rapiécées. Ils s'extirpent doucement de l'unique destin où les enserre l'Histoire. Ils se redressent. Les commerçants noirs la regardent passer avec une fierté de propriétaire encore toute neuve. Et Hall n'en finit pas de parler. Il lui explique que la mairie s'inquiète un peu de l'idée qui circule de faire élire un maire honoraire du quartier, comme à Harlem. Il assure qu'il y aura des candidats. Que le *Michigan Chronicle* qui a ses bureaux pas loin est prêt à organiser le vote et à publier les bulletins.

– Derrière chaque comptoir, t'as un type malin avec un surnom, Buffalo, Booster ou un truc dans le genre, ils font de l'argent, ils traficotent, et ils ont intérêt à ce que tout se passe bien pour continuer à prospérer. C'est plein de fortes têtes ce petit paradis noir. C'est pour ça, ajoute-t-il, que c'est important ce que tu viens annoncer, Eleanor. Il faut qu'on reprenne un peu pied par ici. En rénovant, on reprend aussi le contrôle.

Le convoi s'arrête finalement au 651 Benton Street. Là, une petite tribune tapissée de blanc a été installée tout près d'une maison de bois sur le point de s'écrouler. Les curieux sont postés sur les trottoirs, aux fenêtres, sur les toits. Ils sont nombreux, des milliers. La police à cheval fait mine de les contenir, mais ils ne bougent pas, ils attendent, avec l'éphémère sentiment de force que donnent les rassemblements. Ils savent que la première dame vient annoncer des logements en ciment et avec l'eau courante. Tout ça payé avec l'argent du gouvernement. De là à croire que la vie va rouler, non. Mais c'est tout de même inhabituel.

– Regardez comme ils vous attendent, lui glisse Josephine Gomon.

– Je te l'avais dit, jubile Hall.

Eleanor Roosevelt se penche vers ceux qui s'approchent, elle serre leurs mains, Comment allez-vous ? s'enquiert-elle.

Des petites filles s'alignent et forment quatre rangs devant la tribune. Les plus âgées sont derrière en robe blanche. Les plus jeunes devant, vêtues de tuniques aux imprimés jaunes sur fond marron. Elles dansent. Leurs petites jambes tremblent. Bientôt, l'une d'elles, qui doit avoir cinq ou six ans, sort du rang, s'avance vers l'invitée. Pendant quelques longues secondes, aucun son ne sort de sa bouche. Et enfin ça vient, elle chante, Nous vous souhaitons la bienvenue Madame la présidente.

Sur l'air de *Joyeux anniversaire.*

Eleanor Roosevelt demande qu'elle soit hissée jusqu'à elle sur la tribune. La petite fille noire, aux cheveux soigneusement lissés, puis bouclés autour d'une raie bien dessinée, est soulevée, elle ne sait pas où poser ses pieds, ses yeux, elle atterrit devant la première dame qui l'embrasse, la serre contre elle, consciente des photographes qui mitraillent la femme blanche et l'enfant noire. Elle sourit, la main sur le ventre de la petite fille, geste à la fois tendre et politique, qui veut dire, Ne t'inquiète pas, toi et moi on fait du bon boulot. Elle sait quelle est la portée de cette image, comme elle fera tousser dans les rangs sudistes de son propre parti et même jusqu'à Washington. Tout change. Depuis quelques années, les Roosevelt font glisser le regard des Noirs vers les démocrates, celui des plus jeunes en tout cas, car les vieux demeurent fidèles aux républicains de Lincoln qui les a libérés. La fillette se contente de fixer la fourrure au bout des manches de la femme devant elle. Il y a probablement entre ces poils soyeux et bruns quelque chose de plus rassurant que dans cette scène trop grande pour elle.

– Tu viendras habiter le Brewster Project quand il sera construit ? l'interroge la première dame. La gamine ne sait quoi répondre. Les commissures de ses lèvres s'étirent dans un sourire qui ressemble à un oui. Et subitement c'est fini. Il faut aller vite. L'enfant est rendue aux siens. Mrs. Roosevelt se lève, se tourne vers l'ouest, agite son mouchoir, alors un énorme camion pelleteuse qui semblait endormi réveille son moteur, ses chenilles, et avance vers la baraque qui a été choisie à titre d'exemple. Elle craque. Des ouvriers ont préalablement saboté ce qui restait des fondations et enroulé un câble autour de ses derniers supports, alors elle ploie sous les coups de l'engin, puis s'effondre comme si elle ne demandait que cela. Un homme se juche hilare sur le toit affaissé. Eleanor Roosevelt rit d'un rire franc, bouche ouverte, une sorte d'ivresse contamine la solennité de l'instant. Il est temps pour elle de prononcer son discours. Elle prend ses notes, s'approche du micro, salue la foule au nom du président des États-Unis, annonce que tous les taudis tomberont un par un et très vite, car le gouvernement fédéral américain a débloqué six millions de dollars pour construire ici des logements durables et confortables à très bas prix. Elle promet une cuisine, une salle de bains, un salon et deux voire trois chambres avec des fenêtres, des aires de jeux pour les enfants, des bancs pour que leurs mères s'y assoient et les surveillent. Finis les enfants livrés à la rue et bientôt gangsters ! Finies la tuberculose, la mort en couches, les maladies et les infections qui emportent chaque année vos petits ! Elle le répète, toutes les races ont droit à la propriété et à un toit décent, le bonheur de chacun fait celui de la collectivité. La misère coûte cher aux villes, à cause des incendies, des inspections de santé. Il faut que tout cela cesse ! Hall à côté d'elle est radieux. La petite fille s'est fondue dans la foule des habitants qui se bousculent maintenant que le discours et la cérémonie se terminent.

Ce soir-là, avant de reprendre la Wolverine présidentielle, elle dîne avec Hall dans le meilleur restaurant de la galerie marchande de la gare. Les passagers, encore nombreux, piétinent sur le marbre qui semble tout droit sorti de thermes romains, les plus nerveux surveillent les quais depuis le grand hublot cuivré, tandis que les moins pressés se font cirer les chaussures ou couper les cheveux.

– Ma chère Eleanor, alors que tu faisais ton discours, le juge fédéral a statué. Il a déclaré que le gouvernement ne peut saisir les terrains contre l'avis des propriétaires sans décision de justice. Ils ont entamé de nouvelles procédures avec ce type du barreau plutôt retors, ce Johns, dont je te parlais. Il a plaidé que, selon la Constitution, les fonds gouvernementaux doivent être dépensés pour l'usage public, et que la démolition de taudis ne relève pas de cette catégorie. La construction du Brewster Project serait donc illégale.

– Toujours les mêmes salades.

– Ils sont myopes, tout petits. Ils veulent qu'on abandonne les plus pauvres au courant qui les emporte.

– Ou au bon Dieu qui ne les aide pas beaucoup.

– La dépression rend les riches moins riches, moins forts. Ils ont peur. C'est le moment de l'action publique, et ils n'aiment pas ça.

– Ils n'aimeront jamais ça. Ils ne veulent aucune intrusion dans leurs affaires. C'est une guerre de tranchées qui commence, Hall, elle ne s'achèvera sans doute jamais…

Il la regarde en souriant.

– Et ni toi ni moi n'étions programmés pour être de ce côté-là, ma chère sœur.

– Peut-être qu'en nous trahissant la vie nous a déniaisés.

– Alors heureux les orphelins ! déclare Hall en levant son verre.

– Aux femmes trompées ! ajoute Eleanor.

– Pauvre Franklin ! Tu ne lui pardonneras donc jamais.

– Et toi ? Épargne-moi les détails, mais dis-moi si tu vas divorcer à nouveau.

– Probablement.

– Tu n'as plus besoin de ma bénédiction.

Hall jette un œil à sa montre, puis trinque à nouveau comme s'il voulait couper court à cette conversation.

– Au Brewster Project, Eleanor ! Il sortira de terre. Crois-moi. Detroit tiendra ses promesses.

Serment de gare. Mais haute gare, dont le marbre, les étages, les lustres, le cuivre, les voûtes carrelées, semblent vouloir contenir toutes les prouesses architecturales et techniques de l'homme depuis la nuit des temps. Le soleil descend, rougit à travers l'immense vitrail en forme d'arche au-dessus de l'entrée principale. La première dame serre encore quelques mains, puis remonte dans son wagon. Il est 9 heures et demie du soir. Le train sans fanion s'en va.

Et tandis qu'il roule, la radio fait son travail, elle revient sur le déroulé de la journée et rapporte que Mrs. Roosevelt a été vue en short dans le cottage de son frère. Alors le lendemain, Josephine Gomon se fend d'un démenti : « Je suis montée dans le train à 7 h 25, j'y ai pris un petit déjeuner avec la première dame qui s'inquiétait de savoir comment seraient logés ceux dont on détruirait les taudis d'ici la construction du Brewster Project. Nous sommes arrivées à Grass Lake aux environs de 8 h 40. Mrs. Roosevelt portait un ensemble de laine bleue pour voyager. Aux environs 11 heures, elle s'est changée avant de repartir à Detroit. Personne, à part son frère, ne portait de short. »

12 août 2013

La joue doit être plus rebondie. Une joue qui n'a pas encore vu fondre l'enfance. Plus ronde encore. Gommer. C'est ça, qu'elle ne s'efface qu'à la naissance du cou, laisse une ombre au coin de sa bouche. Charnue, sa bouche. Il est si jeune. Il a le visage doux. De bonne foi. Ce n'est pas le mot qui convient. Innocent, peut-être. Il n'est pas d'ici.

Nous ne sommes pas innocents.

Le sourcil ne descend pas le long de l'arcade, il s'interrompt, s'effile tel un épi de blé, comme s'il restait en suspens, cherchait à comprendre. Quelles questions se posait-il ? Nez droit. Cheveux épais, comme en désordre, ou plutôt dans l'ordre naturel des choses, des poils, du vent. Les noircir du bout des doigts. Regard flou, forcément. Des cernes autour de l'œil. La peau légèrement mate. Il n'est pas d'ici. Quelque chose d'indéfinissable dans son aspect, qu'on n'a pas ou plus. Ni à l'est ni à l'ouest de la ville.

Difficile à expliquer. C'est l'enfant de quelqu'un. Ce n'est pas le cas de tout le monde. Quelqu'un va s'inquiéter pour lui. Il doit être étudiant, membre d'une équipe de sport, d'une confrérie, d'une fraternité alpha ou oméga, comme il y en a sur les campus. Un frat boy, c'est ça. Il a dû profiter de l'été pour venir comme tant d'autres contempler la fin du monde. Deux grains de beauté, l'un sur la narine, l'autre au milieu de la mâchoire. Ils font ce qu'ils veulent, les grains de beauté, ils dessinent sur nos peaux d'étranges constellations. Impossible de dire pour le côté gauche. La balle est entrée sous l'œil.

– Il portait de drôles de chaussures. Pas le genre qu'on trouve par ici… lâche Doug posté derrière le bureau d'accueil lorsque Sarah sort de la chambre froide.

Il lui tend une tasse de café.

– On vend plus grand-chose dans le coin, soupire-t-elle tout en jetant gants et charlotte de papier dans la poubelle.

– Je veux dire dans les temples de Taubman.

– Connais pas…

– Mais si ! Vous ne connaissez que ça ! Nos grands centres commerciaux de banlieue. Encore une de nos contributions à la décadence de l'humanité, sur une idée originale d'un de nos milliardaires locaux, Mr. Harold Taubman.

Doug a toujours besoin de discuter. Il aime commenter l'arrivée d'un nouveau, ou faire un petit cours d'histoire, comme pour s'assurer qu'il ne gâche pas ses diplômes en travaillant chaque matin à l'accueil de la morgue. Si l'on y réfléchit, c'est un vrai poste d'observation, les hommes souvent meurent comme ils vivent. Et puis il a la chance de faire ce boulot au temps des réseaux sociaux. Il est moins seul. Son téléphone vibre sans cesse.

– En tout cas, ses drôles de chaussures l'ont conduit là où personne ne va, poursuit Sarah. Ils l'ont trouvé entre deux tours du Brewster Project.

– Putain, quelle idée d'aller foutre les pieds là-bas ! Depuis le temps qu'ils annoncent sa démolition.

– C'est en cours. Les ouvriers sont sur place. Ce sont eux qui l'ont découvert, répond-elle en trempant ses lèvres dans le café trop chaud. Il ne va pas rester longtemps ici, c'est pas un paumé, c'est sûrement un étudiant, un genre de frat boy, ça se voit, il est soigné, quelqu'un va le réclamer.

– Tant mieux. On est complet !

Sarah ne lui répond pas. Son petit numéro de gérant de motel la fatigue. Frat Boy est encore au bout de son crayon, de ses doigts, dans ses yeux, avec tout son mystère, toute sa jeunesse. Et voilà que Doug l'engloutit sous la masse de cadavres qui s'empilent sur les étagères métalliques des frigos qui les entourent. Nul ne les connaît mieux qu'elle. Presque aucun corps sans nom échoué là ne lui est inconnu. Detroit est le lieu idéal pour balancer sa victime, tuée ici ou beaucoup plus loin. Il y a de la place, du vide dans les carcasses d'une épopée industrielle où désormais le ciel et le vent s'engouffrent. Et plus aucun éclairage public le soir. Est-ce que Frat Boy est mort ailleurs ?

Il s'installe en elle. C'est une sensation familière après le premier examen. Comme une rencontre, même avec les morts. Il faut de la compassion, s'attacher à eux, oublier leur odeur, leurs plaies et leur chair en décomposition, il faut leur chercher une histoire, une famille, penser à ceux qui les aiment, à ce qu'ils faisaient de leur existence, leur donner un nom, même s'ils n'en ont pas. Elle vient pour les faire parler encore. Sinon pourquoi être là ?

– Et faut pas croire que nos macchabées sont juste des clodos ou des junkies dont personne ne veut, poursuit Doug. J'ai ici plein de grands-mères, de vétérans décorés, de maris, de fils… leurs familles savent qu'ils sont là, mais elles ne les réclament pas parce qu'elles n'ont pas le pognon pour les enterrer. On est complet. En surcharge ! Alors, si le frat boy reste pas, tant mieux pour tout le monde. Et surtout pour lui.

Comme s'il y avait une vie après la morgue.

Sarah prend son sac laissé dans la petite pièce juste derrière lui. Elle a hâte de partir, mais Doug n'a pas fini.

– Tout le monde n'est pas Dreadlocks Mike, hein ! s'exclame-t-il. Vous voyez qui c'est ?

Oui, elle voit très bien. Dreadlocks Mike, comme les gens l'appelaient, se trouvait sur son chemin chaque jour ou presque. Une de ces silhouettes grises et sans domicile postées à un carrefour sous les feux de signalisation. Il était assis sur un fauteuil roulant au croisement de Gratiot Avenue et de St. Aubin Street, il traversait très doucement la route, pas mécontent de troubler la circulation des gens pressés. Deux yeux perçants émergeaient entre ses longues locks poussiéreuses. À vrai dire, il faisait partie du paysage. Il a été fauché de nuit, fin juillet, par une voiture qui ne s'est pas arrêtée. Il est mort sur le coup.

– Oui, je vois bien, j'habite Lafayette Park, répond Sarah.

– C'est une icône maintenant ! poursuit Doug. Il y a eu une levée de fonds, des types ont vendu des T-shirts à sa mémoire sur le marché, ils ont récolté plus de 5 000 dollars et payé ses obsèques. Il est parti comme il faut, lui ! Sinon, il serait encore ici, avec les autres, en attendant la fosse commune.

Il y a donc une vie après la morgue.

Dix minutes plus tard, Sarah est dehors. C'est toujours un choc thermique, l'été, de pousser la porte. Elle reste un instant plantée là, sur Warren Avenue, à savourer la chaleur qui remonte le long de ses pieds, ses chevilles, ses jambes, son buste, ses doigts, ses bras. Son corps se réchauffe sous l'uniforme, pantalon et tunique identiques à ceux d'une infirmière, mais d'un bleu beaucoup plus sombre, bleu nuit puisqu'elle n'est pas en charge de la vie. Une étiquette est brodée à gauche sur sa poitrine, *biometric & identification.* Elle n'enclenche pas la clim une fois dans sa voiture. Elle roule en pensant au portrait de ce Frat Boy bientôt dans la presse et à la télé. Quelqu'un l'a forcément vu, remarqué, lui a vendu un café ou un soda. Un nouveau venu se repère immédiatement à Detroit, puisque la foule s'est évaporée.

Elle allume la radio. Sur WDET, même rengaine que le matin. *Bankruptcy*. Detroit est en faillite. Quel scoop ! ricane Sarah pour elle-même. Allez demander aux corps que personne n'enterre, à Doug diplômé d'histoire qui n'a pas trouvé d'autre boulot que de travailler à la morgue, aux bâtiments condamnés, au paysage, ou même à ce môme assassiné au pied des tours vides, allez leur demander quand la faillite est arrivée ! C'est quoi cette façon de déclencher le plan épidémie quand tout le monde est mort ? Sarah a les deux mains crispées sur le volant. Elle prend la 75 vers le nord, se concentre sur la conduite, il faut être agressif sur ces autoroutes, camions et voitures déboîtent à gauche, à droite. Les vivants roulent à toute vitesse. Comme s'ils étaient poursuivis. Elle bifurque vers l'ouest sur l'express 96, laisse Detroit derrière elle, roule vers Livonia, la banlieue calme où est située son unité. Elle n'écoute plus le flot de paroles que déverse la radio, c'est comme la bande-son d'un mauvais film. Elle change de station, bascule sur AM 580, onde canadienne : « 96° Fahrenheit, soit 36° Celsius aujourd'hui. » C'est si près le Canada, juste de l'autre côté de la rivière. Comme une tentation. The Supremes chantent « When the Lovelight Starts Shining Through His Eyes ». Sarah n'était pas née quand cette chanson est sortie. Mais ses doigts s'animent et pianotent sur le volant.

Deux heures plus tard, le visage apparaît sur l'écran. Il a suffi de scanner le dessin, l'ordinateur a ensuite inversé et dupliqué la moitié intacte. Frat Boy est là. Trop symétrique, sans doute. On dirait qu'il la fixe. D'où vient-il ? La vie lui avait-elle donné suffisamment confiance en lui pour n'avoir plus peur de rien ni des autres ? Au point d'aller seul et de nuit dans les ruines du Brewster Project ? Quelle vie ? Où ? Il n'a manqué de rien, c'est évident, mais ce n'est pas difficile d'avoir l'air d'un enfant gâté par ici. Peut-être que ses parents ne le cherchent pas encore. C'est l'été, les vacances. À son âge, on ne donne pas de nouvelles tous les jours, on creuse la distance pour dire qu'on a grandi, qu'on peut être seul. Serait-il de West Bloomfield ? Grosse Pointe ? En même temps, un môme de West Bloomfield ne s'aventurerait pas dans le Brewster. Les gosses des beaux quartiers savent.

– Sarah ! l'interpelle Glen, son adjoint, au seuil de son bureau. La brigade fluviale vient de repêcher un corps dans une bagnole au fond de la rivière. Plus de tête. Plus de mains. Ça risque d'être pour nous.

Glen est un grand type osseux et grisonnant, rentré dans la police avant elle, mais qui n'a aucun problème à travailler sous ses ordres. Il n'y a qu'elle et lui pour l'instant dans cette nouvelle unité qu'elle vient de créer. Des années qu'elle réclamait que l'on croise enfin le fichier des disparus et celui des cadavres non identifiés. Pure logique, mais longtemps ça ne l'était pas aux yeux de sa hiérarchie.

En tout cas, pas une priorité. C'est qu'à force d'affoler les statistiques, toutes les statistiques, chômage, pauvreté, incendies, morts sur la route, homicides, délinquance, Detroit déclenchait dans les hautes sphères, au mieux du fatalisme, au pire une sorte d'abandon organisé. Et puis finalement, il y a un an, elle a eu gain de cause. Elle aura même du renfort, lui a promis son colonel. Les choses changent doucement, comme en écho à cette procédure de mise en faillite, *Bankruptcy*, qui n'est peut-être pas le scénario de la fin, mais l'annonce d'un grand nettoyage avant remise à neuf.

– Ils vont replonger, j'en suis sûre, répond-elle. On va leur laisser encore une chance de retrouver la tête ou les mains, même une seule main.

Elle n'y croit pas. A priori, c'est pour effacer toute piste que ce corps a été mis là sans visage ni doigts. Elle s'écarte de son bureau en faisant rouler son fauteuil, fixe encore l'écran, mais de plus loin.

Je suis sûre qu'on ne va pas passer beaucoup de temps ensemble, Frat Boy.

Elle décapsule une canette, sort à l'arrière du bâtiment et s'assied sur une marche à côté du cendrier plein des mégots de Glen. Sarah n'est pas sûre d'aimer cet endroit. Chaque pause ressemble à un vertige. C'est son ancienne école. L'école publique de Livonia fermée il y a quelques années. Par un étrange tour du sort, elle se retrouve à travailler là, trente ans plus tard, à deux pas de son ancienne salle de classe. Pour elle, cette cour déserte semblera toujours guetter la sonnerie, le bruit des chaises qu'on quitte avec allégresse, l'heure où subitement s'élancent les enfants, avec leurs jeux, leurs larmes, leurs cris, leurs rires, cette cour avait été conçue pour eux, comme les murs qui laissent voir quelques trous mal rebouchés à un mètre de hauteur, traces des portemanteaux où les élèves accrochaient leurs vestes. À moins que les murs n'oublient. Qu'elle seule s'en souvienne.

Son portable sonne. Son père.

– Ça va ?

– Je prends l'air dans la cour.

– Ah oui, la cour... C'est pas bon signe quand on boucle des écoles et qu'on y installe la police. Et c'est un vieux flic qui te parle.

– Ça, tu me l'as déjà dit, papa. Tu te répètes.

– C'est pas de la sénilité. C'est la vérité qui m'y force !

Elle sourit et lui raconte sa matinée. C'est une habitude entre eux. Il était ce qu'on appelle un « artiste » de la police avant de prendre sa retraite. Il dessinait les morts et les suspects. Il est donc le seul de ses proches à poser des questions, à entrer dans le vif du sujet, tous les autres ont si peur de ce qu'elle fait dans la vie. Il préférerait sans doute qu'à son âge elle attende ses propres enfants à la sortie de l'école, plutôt que de la savoir dans cette cour désertée avec des cadavres en tête. Mais jamais il ne l'a dit. Il l'a laissée avancer, à la fois fier et inquiet qu'elle marche dans ses pas.

– Une fois le portrait diffusé, tu auras des pistes rapidement, la rassure-t-il. Un profil si jeune, ça émeut les gens, et ça finit toujours par circuler.

– Je crois aussi. Je veux le rendre à sa famille.
– Tu finis tard ? Tu passes sur le chemin du retour ?

Elle ne s'est pas arrêtée chez ses parents. Elle aime rentrer directement chez elle lorsqu'elle va à la morgue. Ce n'est qu'un jeudi par mois, sauf urgence, et chaque fois une grande lassitude l'envahit en fin de journée. Elle ralentit au croisement de St. Aubin et de Gratiot. Un homme est en train de peindre le visage de Dreadlocks Mike, dont lui parlait Doug ce matin. C'est là qu'il est mort, là qu'elle l'apercevait. Désormais deux grandes pupilles noires tracées à coups de bombe de peinture l'épient depuis le coin d'un vieil entrepôt sans toit. Quel âge avait Dreadlocks Mike ? Soixante ans passés probablement, quoique la vie dehors creuse les traits beaucoup plus vite. Certains racontent qu'il fut avocat. A-t-il fait des affaires, porté un costume, distribué sa carte de visite ? Que s'est-il passé ? A-t-il perdu la boule, ou simplement sombré avec la ville ? C'est presque une tradition, à Detroit, de représenter sur les façades le visage de qui meurt dans la rue, c'est souvent ainsi qu'on apprend le nom et le parcours de celui ou celle qu'on a vu errer sans jamais rien lui demander. Ils ressemblent alors à des fantômes ou des sentinelles. Le graffeur peaufine maintenant ses longues locks blanchissantes. Une étrange sensation s'empare de Sarah. Il fait comme elle. Le portrait d'un mort. Elle ne le voit pas, il est de dos et porte un sweat à capuche, elle voudrait se garer, aller lui parler, elle l'envie de peindre à grande échelle, de rogner le vide et de forcer les regards. Elle avance au ralenti, absorbée par ses gestes, il va vite, il est doué. On klaxonne derrière elle. Elle accélère à regret. Que lui aurait-elle dit ? Lui sait qui il dessine.

Elle ne sait rien de Frat Boy.

Le carrefour est maintenant derrière elle, croisement de larges avenues vides, rythmé par le jeu des feux de circulation, où subsistent un petit restaurant qui sert un bon gombo de Louisiane, et juste à côté, débordant de lustres, de tableaux, de porcelaine et de meubles anciens, la boutique de Marvin l'antiquaire, qui raconte avec le sourire qu'il a pris goût aux belles choses grâce à sa mère qui faisait les ménages chez les riches. Les plus vieux se souviennent d'un immense magasin, d'une église, de la foule sous d'innombrables enseignes. Les plus jeunes se rappelleront le clochard dans son fauteuil parmi les herbes folles avant de l'oublier. Et Sarah qu'il avait été dessiné le même jour que Frat Boy.

Dix minutes plus tard, elle se gare sur le parking de la tour ouest à Lafayette Park. Dans l'ascenseur, elle presse le bouton du dix-huitième étage, dénoue ses longs cheveux souples et châtains, y passe la main, il n'y a pas de miroir, ce qu'elle déplore parfois en partant le matin, mais pas ce soir. Une fois dans l'appartement, elle file sous la douche, reste longtemps sous l'eau chaude comme si le froid de la morgue ne l'avait pas totalement quittée. Ensuite, elle s'étend dans son canapé face aux deux grandes baies vitrées qui forment l'angle de la tour. Une vue imprenable sur la ville, vantait probablement le prospectus au moment de sa construction. Promesse tenue. Sarah fixe les tours du Brewster Project. Le tombeau de Frat Boy. Quatorze étages à l'abandon. Briques rouges, sales. Stries blanches comme de vieux pansements. Fenêtres qui ne sont plus qu'une multitude de petits trous noirs où l'humanité s'est dissoute. Sarah se rend compte qu'elle n'y a jamais vu de lumière allumée, et surtout qu'elle n'y a jamais fait attention.

Doucement et tardivement la nuit tombe, masse sombre qui recouvre tout puisque aucun lampadaire ne fonctionne. L'obscurité s'installe. Seuls les deux casinos sont allumés. Et les stades, les soirs de match. Il ne reste donc plus que les jeux et les bandits manchots pour signaler une activité par ici à d'éventuels extraterrestres. Ou les phares des voitures qui fauchent les clochards sans s'arrêter.

Le lendemain, comme chaque samedi, elle pédale vers le marché. Elle ne raterait pour rien au monde ce matin où les fermiers du Michigan débarquent avec leurs œufs, leurs fruits, leurs légumes, leur viande, leurs fleurs. Ils déroulent des bannières portant le nom de leur ferme. Detroit semble alors reprendre vie sur un petit périmètre posé au-dessus de l'autoroute, au milieu d'entrepôts plus ou moins en activité. C'est comme si la campagne venait sauver la ville de sa vieille arrogance. Il n'y a plus qu'ici pour acheter des produits frais, mais aussi pour se frôler, se bousculer, sentir la foule à nouveau.

En traversant Gratiot Avenue, Sarah freine devant le portrait de Dreadlocks Mike. Il est terminé, signé d'un blaze et entouré de blanc. Le clochard est devenu un ange. Très vite le son du marché lui parvient, les percussions surtout, on entend les frappes sans toujours voir les frappeurs, ils sont assis quelque part sur des caisses, ils tapent sur des pots en plastique, des seaux, des djembés, des cymbales, ils rivalisent de coups dans un joli désordre qui ne dérange personne, comme si montaient du sol d'ancestrales pulsations.

Sarah aperçoit Jeff qui l'attend devant la première halle du marché. Il porte son chapeau de paille, son vieux jean tombant, un de ses T-shirts arborant le sigle délavé d'un groupe de rock. Elle sourit intérieurement, elle aime sa silhouette ancrée dans le sol, son corps, aux épaules larges, à la fois solide et contrarié, capable d'une force qu'il ne voudrait pas utiliser. Elle aime qu'ils se retrouvent là le samedi matin, qu'ils marchent d'un pas lent parmi les étals comme un couple remplissant son frigidaire. Ils ne vivent pourtant pas ensemble. Tiendraient-ils ensemble ? Ils n'en ont jamais parlé sérieusement. Et souvent ils rigolent, de ce matin qui suivit l'une de leurs premières nuits, elle était pressée, il la regarda enfiler son pantalon gris, sa chemise bleu marine qu'elle boutonne jusqu'en haut, et son ceinturon où pend l'étui vide de son arme.

Tu t'endors dans les bras d'une jolie fille et tu te réveilles dans le lit d'une flic !

C'était il y a deux ans. Ils en rient encore. Même si c'est certainement ce qui les retient de parler d'avenir.

Elle s'arrête à sa hauteur, l'embrasse et accroche son vélo à côté du sien. Ils s'engagent dans les allées, achètent des pêches, des pommes et du cidre au barbu roux, toujours accompagné de ses deux fils, du poisson fumé aux pêcheurs des lacs, puis quelques pommes de terre aux enfants que les jardins collectifs de la ville occupent pendant les vacances. Un peu plus loin, bercée par les accords d'un joueur d'orgue, Sarah hésite devant les pâtisseries des Amish venus d'une plaine reculée. Une ronde jeune femme habillée d'une robe noire et coiffée d'un petit bonnet de dentelle épinglé à son chignon lui sourit, échappée d'un autre temps. Jeff, lui, bavarde avec les militants syndicaux munis d'une pétition qui dénonce la mise en faillite annoncée, la tutelle d'un manager que personne n'a élu. Qui gouverne et pour qui ? crient-ils. À qui la ville doit-elle le plus ? À ses ouvriers, à ses employés, ou bien aux Banques ? Wall Street prend le contrôle de Detroit ! Jeff signe. Il leur explique qu'il travaille au Detroit Institute of Art, que là-bas aussi on s'organise, qu'on épluche les archives, les contrats, les titres de propriété puisque le manager n'a pas exclu de saisir et vendre quelques chefs-d'œuvre pour éponger les dettes. Un instant, leurs rires, leur colère et leurs mots se fondent. Sarah s'approche avec deux parts de gâteau au citron dans une boîte en carton. Jeff salue ses alliés d'un instant, puis ils s'éloignent. Leur panier est plein. Ils hésitent à se laisser aspirer par l'immense boutique d'antiquités dont on ne sort jamais les mains vides, ils se contentent de ce qu'elle entrepose sur le trottoir. Sarah soulève quelques pierres sculptées, des miettes d'immeubles. *Morceaux du Statler Hotel,* dit un petit bout de papier posé à côté.

– Jeff, c'était où le Statler Hotel ?

– Centre-ville. Washington Boulevard, tu te souviens pas ? Ils l'ont fait tomber il y a peut-être dix ans, il était vide depuis les années 1970. Un très beau building art déco.

Non, elle ne se souvient pas. Elle n'a pas grandi ici comme lui. Et on a coutume de dire qu'une fois l'édifice démoli, on l'oublie, c'est comme s'il n'avait jamais existé. Son doigt glisse sur les rainures régulières de la frise, suit les courbes d'une arabesque brisée, elle ne sait rien des pierres, mais elle sait tout des restes. Celui-là est l'os minuscule d'une civilisation perdue qui n'a que cent ans et voulait toucher le ciel. Ses gravats se ramassent au crépuscule et se vendent déjà. Car on se penchera sur elle. Que dira-t-on ? Que les hommes sont venus de partout jusqu'ici, qu'ils ont inventé la vitesse, l'ont propagée dans le monde entier et ont décliné très vite.

Le soleil est de plus en plus chaud. Ils retournent à leurs vélos, déposent leurs courses dans les paniers accrochés à l'avant, et les poussent en marchant. Ils ne vont pas très loin, jusqu'à Bert's, le club de jazz devant lequel la fumée d'un barbecue géant forme un épais brouillard. Une voix monte depuis l'arrière du bâtiment, elle chante à travers des amplis saturés,

Sarah et Jeff vont vers elle, ils s'engagent dans la petite ruelle chaotique et s'arrêtent cinquante mètres plus loin, derrière un haut grillage. Une femme moulée dans un fuseau et un T-shirt pailleté s'est emparée du micro, elle entonne « My Guy » de Mary Wells, balance ses lourdes hanches, se cambre, lascive à plus de soixante ans, elle est ici et ailleurs, dans une autre vie, sur une autre scène, elle rigole tout en braillant les paroles qu'elle connaît par cœur, tandis que d'autres ondulent sur leurs chaises de plastique blanc, certains ont le bras en l'air et les paupières baissées, ils fredonnent avec elle, tout en se demandant ce qu'ils choisiront quand viendra leur tour, Aretha Franklin, Michael Jackson, John Lee Hooker ou Sam Cooke ? Sarah ne se lasse pas de ce karaoké géant qui s'installe avec les beaux jours, le samedi, sur le parking de Bert's. Plusieurs fois, Jeff l'a poussée à s'inscrire. Elle ne s'y est jamais risquée. À ce jeu-là, pense-t-elle, les Blancs font mieux de ne pas rivaliser. Il doit leur manquer quelque chose au fond de la gorge, un organe ou du chagrin. Un gros homme chauve s'est saisi du micro, il se prend sans mal pour un Otis Redding qui ne se serait pas crashé dans le ciel.

Sarah tourne la tête à gauche. Elles sont là tout près, juste au-delà des entrepôts et de l'autoroute, les tours vides du Brewster Project. Il n'y aura jamais de morceaux à vendre quand les pelleteuses et les explosifs auront fini leur travail, car il n'y a jamais eu de fresque au-dehors, jamais de cuivre ou de marbre à l'intérieur. On ne veut se souvenir que de notre splendeur.

Frat Boy, c'est de ce côté-ci qu'il faut aller quand on vient à Detroit, pense Sarah, c'est vers la musique, les gens qui chantent. Ils sont uniques.

Elle les observe à nouveau. Leurs vêtements bariolés, leurs bijoux brillants, leur façon de fermer les yeux, de hurler des vieux tubes sur ce parking baigné d'odeurs de viande grillée. Vous n'avez pas croisé Frat Boy ?

Mais ils sont perdus dans leurs chansons.

1er juillet 1960

– Il criait, il criait ! Ça prend trop de place ta musique, Diane ! On ne contrôle plus rien ! Il criait ça sans arrêt.

– Et tu lui as répondu quoi ?

– Ben, je me suis mise à crier aussi. Tu vois pas que j'ai du succès ? je lui ai dit. Et je pouvais pas m'empêcher de pleurer. Mais c'était encore pire ensuite. Lui, il veut juste que je fasse des études.

– T'avais qu'à lui répondre que *nous* avons du succès, il l'aurait peut-être mieux pris, ton vieux.

– Mais c'est ce que Diane voulait dire, Flo ! La cherche pas !

Les fenêtres sont ouvertes, leurs voix s'échappent, s'en vont vers la cuisine de Geraldine Walker qui sourit devant sa tasse de café. Elle a appris à reconnaître les aigus de Diane, les graves de Flo, et Mary qui inlassablement les tempère. C'est parfois juste Mary et Flo, ou Mary et Diane. Chez Mary toujours, c'est devenu le repaire des filles, puisque sa mère Johnnie Mae rentre tard et qu'aucune autorité paternelle n'a jamais habité là. Geraldine a pris l'habitude d'éteindre son poste de radio dès qu'elle les entend.

– On ne peut pas rater ce festival à Windsor ! C'est la plus grande compétition amateur à des kilomètres, c'est une occasion en or !

– Je sais bien, Flo ! Pas besoin de m'expliquer ! Tu crois pas que je vais me laisser faire. On ira ! J'inventerai n'importe quoi, mais on ira !

Par chance, elles sont incapables de murmurer, en tout cas pas longtemps. Il leur faut des fous rires, des disputes, des grands airs et des drames. L'excitation dans la voix de Mary l'autre fois, lorsqu'elle racontait cette bagarre au Gold Coast, les chaises qui volaient pendant qu'elles étaient sur scène ! Leurs parents ne savent pas qu'elles se produisent déjà là-bas, comme au 20 Grand, c'est interdit, elles sont mineures, mais tout le monde ferme les yeux, même les flics monnayant quelques bakchichs, et elles passent tôt pour être rentrées avant la tombée de la nuit. Sûr que ce n'est pas que l'alcool qui agitait les types dans la salle. Est-ce qu'elles sont encore vierges ?

– Et on mettra quoi ? s'inquiète Mary.

– Du rouge ! lance Diane.

– Et pourquoi pas nos robes blanches, c'est l'été, c'est une grande scène en extérieur, pas un club, on nous verra mieux ! intervient Flo qui se met à fredonner *Pretty, a pretty baby, Pretty, a pretty baby* comme si elle y était déjà.

Est-ce qu'elle danse en chantant, pieds nus sur le lino de la cuisine ?

Le même lino que chez Geraldine, forcément. Tous les appartements sont faits sur le même moule. Ses jambes se rétractent subitement sous le tabouret. Un cafard court le long de la plinthe. Elle l'observe sans bouger qui la nargue d'en bas, il doit passer d'un logement à l'autre, tout savoir lui aussi des secrets des voisins, mais que comprend-il à la musique, à la joie, aux filles ? Elle a demandé à Johnnie Mae s'il y en avait chez elle aussi. Bien sûr ! a répondu la mère de Mary, l'air de dire qu'il n'existe pas de maisons sans cafards. Geraldine lui a en voulu de ne pas s'en préoccuper davantage. Elle pose une main sur son ventre. Le bébé bouge. Puis elle reprend l'épluchage des pommes de terre au-dessus du *Michigan Chronicle* de la semaine passée. Il est ouvert à l'une de ses rubriques favorites, celle des mondanités, des galas, des banquets, des notables de la ville. Les pelures tombent sur des femmes en tenue de soirée au poignet négligemment relâché sur l'accoudoir d'un fauteuil, sur des smokings, des colliers de perles, elles salissent les beaux habits et les visages enjoués de l'aristocratie noire. On dit que c'est à Detroit qu'elle est la plus importante. C'est logique, c'est ici que les salaires et les retraites sont les plus élevés du pays, alors forcément tout le monde grimpe.

Même eux.

Pretty, a pretty baby, Pretty, a pretty baby, entonnent en chœur les filles de l'autre côté de la cloison.

Geraldine sourit. Elle imagine leurs hanches qui se balancent, leurs yeux noirs et volontaires.

Et comment la voient-elles, elle, qui n'est plus que le sosie des autres femmes de la tour, un pli à la commissure des lèvres, deux enfants, un troisième en route, et un mari qui ne rentre qu'après avoir écumé tous les bars situés entre l'usine Chrysler et le Project ? La voient-elles d'ailleurs ? Elles ont le regard coupant et filtrant. Geraldine ne leur reproche pas, c'est même ce qu'elle aime chez elles, qu'elles ne parlent que d'elles, ne pensent qu'à elles. Les autres sont pour elles des obstacles ou des alliés, sinon ils sont invisibles. Il n'y a rien de hautain dans leur attitude, mais quelque chose de nouveau, de sacré même, un arc tendu au début de la vie, un espace flou qui ne s'embarrasse d'aucun passé, d'aucun fantôme, et prétend même forcer le monde à s'aligner sur leur rêve. Geraldine ne se souvient pas d'avoir été comme ça, d'en avoir eu la possibilité. Elle parcourt une publicité du journal tout en continuant son ouvrage. La cuisine est le cœur de votre maison, assure la réclame qui ajoute qu'une femme au foyer passe deux tiers de son temps devant son évier. Sous la photo d'une installation dernier cri, une femme explique comment le lave-vaisselle General Electric a changé sa vie. Le temps qu'elle a gagné. Geraldine n'aurait rien contre un lave-vaisselle après la naissance du bébé. Elle n'a pas oublié la joie de sa mère face aux robinets d'eau froide et d'eau chaude que le Project lui offrait pour la première fois. Pourquoi tu chantes, maman ? lui demandait-elle gamine quand elle la surprenait qui fredonnait en faisant couler l'eau.

Parce que je me sens bien, parce que je suis libre, répondait Roselle.

Geraldine en avait instinctivement déduit que le Project les protégeait, que la servitude n'était jamais loin, qu'une chanson est une forme de répit, qu'elle ne t'élève pas très haut, mais juste assez pour te sentir vivante, parce que la dignité ne peut être totalement muette. Et maintenant que les choses s'arrangent, qu'il y a plus d'air encore, qu'on respire tous mieux, que Chuck Berry est dans le Top 10, le volume monte. Les jeunes s'excitent, ils braillent, ça déborde, le rythme est partout, dans les escaliers, sur les toits, dans les appartements ou sur le chemin de l'école. C'est la fièvre. Les concours de chant fleurissent. Les mômes forment des groupes, ils improvisent des reprises de Little Richard, et des petits malins se décrètent managers, ils font du porte-à-porte à la recherche de nouveaux talents, parce que le talent c'est une arme nouvelle, une flèche empoisonnée plantée dans le cul des Blancs qui ne peuvent pas s'empêcher de remuer sur de la musique noire. Elle n'a jamais été aussi populaire dans tout le pays, les DJ en passent tout le temps à la radio, ils viennent de loin fureter dans les bacs de Detroit parce qu'ici il y a de quoi faire danser l'Amérique, peut-être même le monde entier, pour des siècles ! Ici, dès qu'on a une bonne chanson, on peut entrer dans un studio ou presser un disque dans la boutique de Joe sur Hastings au 3530, et ça finit dans le juke-box des bars d'en face et puis sur la scène d'un club. Là tu te dévisages dans le miroir d'une loge, tu y vois quelqu'un d'autre que dans le bout de glace au-dessus de ton lavabo. Ça ne paie pas forcément, ça ne change rien au fait que tu iras tourner les boulons d'une carcasse d'automobile à l'usine le lendemain, c'est juste que ça te démange.

– Mais rouge c'est plus chic ! Plus sophistiqué ! insiste Diane, de l'autre côté du mur.

– Sophistiquéééé, ricane Flo. On voit que Mademoiselle fréquente le lycée technique de Cass. Mais je te rappelle qu'on est que des filles du Project.

– Et t'as envie que ça se voie qu'on est d'ici ? Pas moi ! Il nous faut un style personnel !

– Arrêtez ! intervient Mary. On n'y est pas encore. Y a toujours ton père, Diane !

– On va aller lui parler, à son père ! lâche Flo

– Vous pouvez toujours essayer... Il est buté. Vraiment trop buté !

– Te plains pas ! Au moins t'as un père !

Ça, c'est tout Flo qui vient de perdre le sien.

– Allez on y va ! décrète-t-elle

– Roosie ! Roosie ! Hey Roosevelt !

Ça, c'est Mary qui appelle son frère depuis la fenêtre.

– Roosevelt ! Monte un peu ! Bouge tes fesses ! Je dois sortir une minute. J'ai à faire.

Chaque fois que ce prénom résonne ici, Geraldine sourit. Ses yeux brillent. Elle a demandé un jour à Johnnie Mae si c'était lié au président.

Bien sûr, lui a répondu la voisine. C'est Sam qui a choisi. Il voulait que ses enfants portent des noms pleins de bons souvenirs. Mary, c'était une ancienne petite copine à lui. Roosevelt, c'était le président, il venait de mourir, et Sam disait toujours qu'il avait été bon pour nous autres. Quant à Pat… Non, Pat, c'est moi qui ai choisi.

Pour l'ancienne petite copine, ça ne t'a pas gênée ?

Non, a ri Johnnie Mae.

Mais Geraldine a immédiatement détesté ce lointain Sam qu'elle ne connaissait pas. Il est à Greenville, Mississippi, avec une jambe en moins. Qu'il y reste. Elle sait quel genre de mari il était, un homme incapable de garder un travail, de ne pas flamber son salaire au jeu ou dans un bar. C'est sa faute aussi, si Johnnie Mae a dû abandonner Mary toute petite à sa sœur, installée à Detroit, elle avait pris la gamine pendant que Johnnie Mae et son Sam allaient de ville en ville à la recherche d'un emploi. Ils avaient fini par revenir au point de départ, ce foutu Mississippi, avec deux enfants supplémentaires, Roosevelt et Pat. Sam était complètement usé. Johnnie Mae avait alors décidé de s'installer sans lui ici, de rassembler sa progéniture.

Tout se sait dans la tour.

Les aristos noirs de la ville en smoking et robe du soir ont maintenant totalement disparu sous les épluchures sans que ça ait l'air de prédire quoi que ce soit, sinon la cuisson des pommes de terre.

Les filles sortent. Leurs voix résonnent sur le palier, il est encore question de robes, de rouge et de blanc. L'ascenseur couine jusqu'à elles, entrouvre lentement ses portes, les referme tout aussi lentement et les emporte. On n'entend plus que le grésillement des transistors. Mais bientôt elles réapparaissent au pied du bâtiment, jeunes filles agitées, tiraillées entre l'enfance et la sensualité, marchant probablement vers l'appartement de Diane. Vont-elles parler à son père ? On dit que Mr. Ross n'est pas commode, qu'il est sévère, hautain avec ses deux boulots, ses cours du soir à l'université et ses enfants bons élèves. Mais elle a raison, Flo, il a le mérite d'exister, le point faible ici, c'est les pères. Geraldine les observe depuis la fenêtre du deuxième étage. Diane se tient quelques pas en avant, menue, osseuse, résolue, on croirait qu'elle cache des ailes d'acier sous ses omoplates saillantes. Flo, qu'on appelle Blondie à cause de sa peau plus claire, serre le bras de Mary comme si elle avait peur de tomber. Quant à Mary, c'est de toutes celle que Geraldine connaît le mieux puisqu'elle est sa voisine. Elle dira oui à une robe rouge comme à une robe blanche, elle veut la paix quoi qu'il en coûte, elle craint la colère des autres, elle ferait n'importe quoi pour l'apaiser. Elle avait neuf ans quand sa mère était venue la récupérer chez sa sœur. Elle prenait sa tante et son oncle pour ses parents, et ils avaient fini par penser qu'elle était leur fille. Tu ne peux pas nous la reprendre ! Tu avais dit qu'elle était à nous !

Je n'ai jamais dit ça !

Geraldine imagine la gamine doublement trahie, égarée, encaissant leurs cris et asséchant les siens pour toujours.

Ces trois filles-là s'emboîtent et se déboîtent.

Elles disparaissent.

Le Project est immense maintenant. Geraldine en connaît chaque ruelle, chaque bloc. Il y avait eu la première tranche il y a trente ans, puis la deuxième, la troisième tranche. Chaque étape se confond avec celles de sa vie. Elle a grandi un peu plus loin dans les immeubles à deux étages sur Erskine Street, puis avec sa mère et son frère, ils avaient déménagé dans les trois étages sur Watson. Les tours n'ont été ajoutées qu'il y a dix ans, et c'est là qu'elle et Nelson s'étaient installés après leur mariage. Son regard s'attarde, plein de souvenirs, nous sommes toujours là, il embrasse maintenant tous les enfants qui jouent sur les pelouses. Ils sont des centaines à dessiner des marelles, crier sur les balançoires, lancer des courses de vélos, tandis que les plus âgés cachent dans les replis et les zones d'ombre du béton leurs premiers trafics, leurs premiers flirts, leur maladresse. C'est les vacances et c'est ici leur territoire. Ce fut le sien au même âge. Elle se souvient des soirs d'été, de cette envie d'être déjà à demain, d'ouvrir la porte, de sortir, de bondir comme poussée par l'air comprimé des familles et des appartements trop petits, ce plaisir quand soudain l'espace se démultipliait, comme si les murs des chambres où l'on s'entassait à plusieurs tombaient. La rumeur du quartier t'enveloppait, tu te réchauffais aux autres, leurs manques rejoignaient les tiens, leur agressivité comblait ta timidité. Plus grande, tu franchissais les limites du Project, tu sortais en bande sur Hastings, c'est juste là, comme un courant fort qui t'emporte, te déniaise d'un coup. Puis tu allais plus loin encore, tu t'enfonçais dans la ville qui d'emblée te suspectait, mais il y avait tellement de choses drôles à faire en chemin, secouer les poiriers pour en faire tomber les fruits, boire un peu d'eau aux robinets des stations-service et chiper de vieux pneus que tu faisais rouler devant toi avant de les abandonner. Parfois même, tu marchais jusqu'à Belle Isle et tu jetais des cailloux dans le lac pour déranger les poissons et faire peur aux canards. Ou alors t'allais moins loin, jusqu'au centre-ville sur Woodward Avenue pour lécher les vitrines du grand magasin Hudson dont tu rêvais de pousser les grandes portes à tourniquet qui avaient l'air si amusantes. Geraldine y était entrée une fois, sa mère travaillait aux ascenseurs, elle l'avait regardée actionner la montée vers les étages, apparaître et disparaître au gré de l'ouverture et la fermeture des battants cuivrés. Ça avait produit un puissant effet sur elle, car tout était spectacle, profusion et luxe dans ce temple de la consommation interdit aux enfants comme elle, mais sa mère semblait en faire partie. Ce sont les plus jolies aux ascenseurs ! lui répétait-elle. Ils l'avaient placée là plutôt qu'au ménage parce qu'elle était très belle, Roselle.

Elle est en bas. Geraldine la distingue qui marche d'un pas lent en direction de la tour, elle l'observe, belle encore, d'une élégance intacte et très étudiée à plus de cinquante ans. Elle travaille maintenant dans une épicerie de Hastings Street. Elle doit avoir envie de voir les enfants avant de rentrer chez elle.

Dix minutes plus tard, la sonnerie retentit.

– Ira, va ouvrir, c'est Roselle !

Roselle entre, s'accroupit, enlace longuement son petit-fils, sort de son cabas deux paquets de gâteaux, ses préférés. Elle se rend ensuite directement dans la chambre, Geraldine l'entend rire et roucouler le prénom du plus petit. Puis Roselle vient s'asseoir dans la cuisine, allume une cigarette avec cette façon bien à elle de tendre le cou en arrière et de fermer les yeux en relâchant la fumée.

– En venant, j'ai croisé ta petite voisine et ses amies en grand palabre, dit-elle.

– Elles sortaient d'ici. Elles veulent convaincre le père de Diane de les laisser aller chanter à Windsor. Et c'est pas gagné !

– Je le comprends. Je me méfierais à sa place. Ces types qui mettent des filles sur scène me font vraiment penser à ces maquereaux et leurs putes sur Hastings. Même costume de soie, même Cadillac. Même poigne et même regard doux. Maintenant ils veulent des chanteuses. Le marché est juteux. Va savoir comment ça peut tourner.

– Rien ne pourra arrêter Diane, crois-moi, maman, sourit Geraldine, pas mécontente de trouver sa mère un peu vieux jeu sur ce coup-là.

Elle a assisté à l'envol des filles. Un type dont elle a oublié le nom, mais exactement dans le genre décrit par sa mère, a approché Flo en lui disant qu'il cherchait des chanteuses. Flo lui a présenté Mary, et il leur a présenté Diane qu'elles ne connaissaient que de loin car elles ne fréquentent pas la même école. Il leur a fait faire des essais concluants, il est ensuite venu voir leurs parents, autant dire leurs mères, puisqu'elles sont mineures, et il a sorti une autorisation à signer en leur promettant de toujours les ramener avant la tombée de la nuit. Comme les autres, Johnnie Mae a hésité, puis elle a tracé une croix sur le papier. Elle ne sait ni lire ni écrire.

Je ne sais pas si j'ai bien fait, avait-elle confié à Geraldine.

T'as bien fait, lui avait-elle répondu.

Elle retourne son couteau, lève le bras, et du manche écrase un cafard qui longeait le joint de l'évier. Ira apparaît au même moment et ouvre le frigidaire.

– Ferme vite ! Les cafards vont entrer !

Ira lâche la porte. Geraldine a crié trop fort. Elle n'aurait pas dû.

– Pourquoi tu t'énerves comme ça contre lui ? lui reproche aussitôt Roselle.

Geraldine attrape le lait, le verse, le remet au frais, ferme le frigo, puis glisse le verre froid dans la main de son fils qu'elle caresse pour se faire pardonner sa nervosité. Elle ne sait pas si les enfants oublient ou font semblant. Ni même pourquoi elle s'est emportée.

– Naguère, dans ce journal, poursuit Roselle tout en frôlant du bout de ses ongles vernis les pages restées sur la table, il y avait une petite colonne qui s'appelait « le garçon du mois », c'était le portrait d'un enfant modèle de la communauté. Le journal publiait sa photo, quelques lignes sur son âge, son quartier, ses bonnes notes ou ses bonnes actions. Je rêvais qu'Archie y figure, mais il était trop virulent à l'école. Ton Ira, en revanche, c'est une bénédiction, il ferait un merveilleux garçon du mois, ça existe encore cette rubrique ?

Elle fait mine de soulever le coin de la page pleine d'épluchures, mais Geraldine en fait une boule et la jette dans la poubelle. Pourquoi je m'énerve ? semblent répondre ses yeux. Peut-être parce que tu chantais devant l'évier. Parce que tu m'as appris que la maison doit être un paradis, que c'est tout ce qu'on a, qu'il faut en prendre soin. Parce que la cuisine est le cœur de votre maison. C'est écrit dans le *Michigan Chronicle.* Tellement de familles rêvent d'un appartement comme le nôtre, la liste d'attente est longue pour habiter le Project. Demain je poserai une bombe fumigène. Même si les cafards réapparaissent au bout de quelques semaines.

Septembre 2013

– Et ce nom sur l'étiquette du sweat-shirt qu'il portait, ça a donné quoi ? demande Sarah.

– Ça nous a menés à West Bloomfield, répond Glen.

– Et ?

– Il y a bien un môme d'environ vingt ans qui porte ce nom-là, il vit encore chez ses parents, il a reconnu son sweat et nous a dit l'avoir donné à l'Armée du Salut il y a plusieurs mois.

– Alors, Frat Boy s'habillait à l'Armée du Salut…

– Ça cadre pas tellement avec l'idée que tu t'en fais, hein ?

– Il n'y a plus qu'à faire circuler son portrait dans toutes les friperies. C'est pas ce qui manque par ici… Et les chaussures ?

– Pas trouvé un magasin qui vende ce modèle dans les environs. Et c'est pas le genre de l'Armée du Salut non plus. C'est pas d'ici.

Sarah lance à son adjoint un de ses regards perplexes qu'il lui connaît bien quand rien ne concorde, rien ne parle. Frat Boy est mort le 29 juillet. On est le 16 septembre. La situation est loin d'être critique. Elle a du temps encore. Certains de ses protégés attendent une identité depuis des années. Elle repousse toujours loin le moment d'abdiquer, d'abandonner la victime anonyme à l'oubli. Elle ferme son tiroir d'un tour de clé. Fourre son arme dans son sac. Il y a longtemps qu'elle ne s'en est pas servie. Elle ne court après personne. Sinon des disparus. Ou un nom qui permettra d'ouvrir une enquête criminelle. La mort n'est officielle que lorsque l'on sait qui est mort.

Elle le scrute encore. Le visage né sous ses doigts éloigne chaque jour un peu plus le corps de la morgue.

Quel genre de musique aimais-tu, Frat Boy ?

On dirait qu'il la toise.

Les embouteillages ont vite fait de la coincer sur l'autoroute. Elle imagine Frat Boy faisant défiler des vestes aux cols et aux coudes élimés sur les portants de l'Armée du Salut, elle le voit faire ça nonchalamment, sans urgence, cherchant ce qui lui va, et tout lui va, il a l'embarras du choix, il est jeune, beau, se laisse habiller d'un rien. Il repart donc avec ce sweat-shirt à l'effigie d'une équipe de Boston. Il serait de Boston ? Faut-il faire circuler son portrait à Boston ? Mais combien de gens dans le monde entier arborent des T-shirts à l'effigie d'une équipe américaine dont ils ne savent rien. Fichu *soft power* qui brouille les pistes.

Pour l'heure, Frat Boy reste Frat Boy.

Même si ce nom-là évoque la bonne fortune.

Plus on approche de Detroit, plus les voies s'effilent et se démultiplient, dessinent des courbes, des ponts, des bretelles, tendons périurbains qui s'en vont vers les petites villes d'une banlieue calme et coquette. Sarah y a grandi entre un flic taiseux et une mère au foyer. Elle ne savait pas grand-chose alors de Detroit, sinon qu'il fallait l'éviter. Elle ignorait même que ses parents y avaient vécu des années, puis l'avait fuie comme tant de ses habitants. Mais quand ? avait-elle demandé lorsqu'elle l'avait appris, elle avait treize ans, cet âge où l'on comprend que le cocon n'est qu'une infime possibilité de l'existence. C'était pour elle une information importante. Une barrière sautait. Son monde tranquille vacillait. Le danger contenait le passé, et donc la vérité. Mais quand ? À ta naissance, avait répondu sa mère. Elle était donc le signal du départ. La raison. La cause. Elle était la frontière. Comme la voie ferrée. Comme ces endroits où l'herbe change subitement de couleur. Comme l'autoroute où les voitures ont l'air d'insectes pressés autour de la matrice morte.

La radio annonce que, d'après un sondage, 75 % des habitants de la ville sont contre la vente des biens du musée pour éponger les dettes. Enfin une bonne nouvelle, même si l'opinion des gens ne compte pas. Jeff va être content. Elle aime qu'il s'attache aux tableaux comme elle à ses cadavres. Ils embrassent à eux deux le plus beau et le plus terrible de l'humanité. Étrangement, c'est toujours elle, née en dehors de la ville, qui fait pencher l'histoire du mauvais côté. Lui dit que les morts ne sentent plus rien. Il a les siens, mais il fait en sorte qu'ils n'aient jamais l'air trop lourds.

La circulation se fluidifie. Sarah accélère. Le coucher du soleil est encore loin, mais les premières ombres du soir s'étirent comme celle de l'immense panneau face à la station-service au niveau de la quatorzième rue. Ses lettres noires sur fond jaune crient « BANKRUPTCY », elles ont l'air d'un mot d'ordre, d'un écho à la radio, mais ce n'est qu'une pub à destination de tous les désespérés et les insolvables, avec un numéro de téléphone qui mène à un prétendu sauveur. Une arnaque. La ville ne se laisse pas résumer, elle n'offre aucune ligne d'horizon, elle est trop décousue, faite de creux hantés et de pleins inhabités. Sarah quitte l'autoroute. Ses doigts virevoltent sur le volant. Une femme sourit de ses belles grosses lèvres, heureuse qu'on la contemple, sur le béton sale. Elle s'appelle Yvette, c'est écrit en lettres bleues sur fond rose à côté de son menton, elle porte de grandes créoles aux oreilles. Elle doit être morte, c'est le portrait d'un souvenir, comme Dreadlocks Mike sur Gratiot Avenue.

Étrange comme un visage sauvagement dessiné sur le bitume semble mener vers un labyrinthe, les misères et les méandres d'une vie. Comme il force nos regards. Alors que la publication du portrait de Frat Boy dans la presse n'a rien donné, aucune piste, aucun coup de fil à l'unité de Livonia ou au quartier général de la police. Sarah ne peut s'empêcher de faire la comparaison. Faut-il qu'elle vienne le taguer sur les murs ? Il y a de la place dans cette ville naguère tentaculaire où s'effritent de vieilles réclames. Faut-il qu'elle y trace en grand le visage de Frat boy ? Qu'elle y inscrive le numéro de la police ? Mais jamais ses gestes n'auront la puissance expressive de ceux qui sortent, malgré le froid, la nuit, la poussière, peindre le souvenir de Dreadlocks Mike ou d'Yvette. Ceux-là les ont connus, peut-être aimés. Ils témoignent de leur peine. D'un manque. Sarah ne peut en dire autant, elle n'a jamais croisé Frat Boy. Elle pense à lui pourtant. Elle est désormais la personne la plus proche de lui dans cette ville.

Elle longe la gare monumentale fermée depuis plus de vingt ans, sans même un regard pour ce bâtiment fantôme naguère chargé de tant d'ambitions qu'il semble annoncer qu'il restera debout quoi qu'il arrive. Le vent qui s'y engouffre et siffle à l'intérieur ne ressasse plus rien depuis longtemps, il ne transporte ni les adieux, ni les mots d'amour, ni les serments prononcés sur un quai. Il brasse le vide, la violence et les démentis du présent comme du passé. Les mots s'en sont allés avec les gens.

Même ceux d'une première dame, on les a oubliés.

Ce soir, un peu plus loin à l'est de la ville, l'impuissance tient lieu de discours.

– Je n'aurai aucun pouvoir si je suis élu maire, déclare le favori des élections municipales en meeting au sous-sol du Pentecostal Temple Church sur Warren Avenue. Aussi longtemps que le manager sera là, dit-il, vous n'avez aucun pouvoir, le maire non plus.

– Mmmh.

Comme à la messe, le public noir enregistre en dodelinant de la tête. Les paroles glissent sans le troubler, il renonce sans peine à la promesse, à ce jeu électoral qui le fait d'ordinaire souverain pendant quelques semaines. Ne rien contrôler est pour eux une sensation familière. La pente est vieille. Longue. Raide. Ce côté de la ville est le plus ravagé. Le candidat a tout de même quelques propositions, saisir les maisons abandonnées pour les vendre ou les détruire sans attendre, reloger les derniers habitants des quartiers condamnés que personne ne viendra reconstruire, encourager les gens à faire une photo des squatteurs et dealers qui s'installent pour les envoyer à la mairie.

– Mmmh.

Puis la parole est à la salle. Un micro sur pied est installé, ceux qui veulent s'exprimer s'alignent derrière lui et attendent leur tour. Une femme dit que l'herbe est trop haute autour de sa maison, qu'elle ne voit plus les enfants jouer dehors. Une autre raconte que la nuit est terrifiante puisque les lampadaires ne fonctionnent plus depuis des années. Ils sont une vingtaine comme ça à décrire le paysage autour de chez eux. Le prétendant, homme blanc ventru en chemisette, opine. Bientôt, il remonte l'allée en serrant des mains. Le pasteur lève la séance, Prions Dieu pour que nous retrouvions nos voitures là où nous les avons laissées.

Amen.

Il est 21 heures. Sarah a dénoué ses cheveux, noirci ses yeux, souligné sa bouche de rouge et enfilé une robe. Son groupe ne sera pas sur scène avant 22 heures. Elle prend l'air dans l'arrière-cour du PJ's Lager House. Elle rit pour un rien, elle est là où elle a dansé, joué, flirté, roulé des pelles, il y a longtemps maintenant, à cet âge où elle avait franchi la frontière qui séparait Detroit la dangereuse du monde apparemment tranquille où elle avait grandi. Elle s'était mise à la batterie à la demande de copains solidement arrimés au manche d'une basse ou d'une guitare. Aucun n'avait appris à jouer, ils improvisaient dans le sous-sol des maisons de papa et maman que la seconde moitié du XXe siècle avait suffisamment vernis pour que leurs enfants s'amusent. Ils écoutaient des vinyles de groupes oubliés, mimaient leurs gestes, reprenaient leurs chansons, sans se rendre compte qu'ils s'approchaient de la zone que leurs parents avaient officiellement fuie pour leur bien, qu'ils se réconciliaient avec Detroit par la musique, le plus puissant de ses sortilèges. Bientôt ils s'habillaient de fripes, Sarah raffolait des petites robes courtes en synthétique des années 1960 portées avec de vieilles Dr. Martens aux pieds. Puis ils avaient eu le permis et filé vers des endroits comme celui-ci, les clubs de rock et les bars de la grande ville, ils avaient pris l'autoroute, les rampes de sortie vers le cœur du problème, ils avaient roulé sur de longues avenues vides et mal éclairées qui semblaient n'avoir rien à offrir, ils s'étaient garés en jetant des regards inquiets dans les angles morts, alors venait, et vient toujours, ce moment où l'on pousse la porte sous une enseigne faiblarde, et alors

la lumière,

la musique,

les voix,

les rires

jaillissent du néant. C'est comme un pouls qui revient au poignet d'un corps qui agonise. Il n'y a pas de digue à Detroit, rien qui sépare le mort du vivant. Pas de trottoirs qu'on emprunte à l'infini. Sarah a tout de suite senti que cette ville l'appelait.

Jeff vient d'arriver dans la cour. Il s'assied et allume un joint qu'il fait tourner.

– Van Gogh reste à Detroit, les gars ! Il l'a dans le cul le manager. Les Van Gogh, c'était une donation de Henry Ford. Ça n'a rien coûté à la ville ! Il ne peut pas y toucher.

– Super, on garde Van Gogh ! sourit Sarah

– Et aussi le Tintoret ! Il a bien été acheté par la ville, mais à la condition posée par le gouvernement italien qu'il ne quittera jamais le musée de Detroit !

– C'était quand ? demande le bassiste.

– 1922.

– Et ça tient encore, ce genre de promesse ?

– Un contrat est un contrat ! Jamais, c'est jamais. C'est écrit. Les mecs de chez Christie's peuvent rentrer chez eux.

– J'ai entendu un sondage formidable tout à l'heure à la radio, ajoute Sarah.

– Oui, les 75 % ! C'est beau hein ! s'enthousiasme Jeff. Ça veut dire que le plus pauvre des pauvres n'accepte pas qu'on déshabille le musée, même s'il n'y met jamais les pieds. J'aime cette foutue ville ! Mais enfin tu sais ce qu'ils font de nos avis ! L'an dernier, on a voté pour Obama, pour la légalisation du cannabis et le refus d'un manager à Detroit. On a bien eu Obama. Mais pour le cannabis, on continue de se planquer. Et, le manager, ils nous l'ont bel et bien envoyé.

– Qu'est-ce qu'ils viennent nous emmerder avec leur manager, demande Kevin le guitariste et chanteur du groupe de Sarah, The Crustaceans.

– Je te rappelle qu'on est dans le tiercé gagnant des pires lieux en Amérique, répond Jeff.

– Ah ouais ? Je vois pas pourquoi.

Tous éclatent de rire. Mais Kevin est sincère. L'existence est une question de point de vue, il est bien là, avec sa guitare, ses copains, son joint, il ne demande rien de plus. Et ils sont un peu comme lui, reliés à cette ville comme à un générateur, à une force tellurique, à une longue phrase musicale qui a parcouru le monde, saisi leurs tripes encore fraîches. Ils sont blancs, c'est un privilège, ils en ont conscience, beaucoup ont grandi dans la banlieue où ils ont fini par s'ennuyer. Désormais ils se sentent d'ici et de nulle part ailleurs, héritiers par le sol, enfants pâlots de Chuck Berry. Qu'importe leur métier, charpentier, employé, serveur, ingénieur ou flic, ils ne sont rien de tout ça ce soir. Surtout Sarah. Du coin de l'œil, elle observe Larry, assis de l'autre côté de la table. Comme elle, il sait tout des crimes de cette ville, il est assistant du procureur, le seul Noir parmi eux, un jour c'est sûr il sera élu juge, mais ici il est le bassiste du groupe Tyvek, et tout à l'heure, il lâchera de grosses décharges électriques sur scène, alors il rit des sorties de Kevin qui ne comprend pas pourquoi Detroit est devenue le cauchemar de l'Amérique. Et elle aussi. Mais elle s'entend rire. Pourquoi tu ris ? Pourquoi rions-nous ? Pourquoi personne ne reconnaît Frat Boy ?

– Rejoins-moi à la morgue, un de ces jours, Kevin, lance-t-elle.

Elle regrette aussitôt. C'est obscène. Tous ces cadavres qu'elle leur jette en pleine figure. C'est monté tout seul, comme on vomit. Larry baisse les yeux. Mais Jeff la fusille du regard. Pas ici. C'est leur forteresse, leur parade. Bien sûr qu'ils savent, qu'est-ce qu'elle croit ? Ils n'ont pas besoin de ses leçons.

– Pardon, Kevin, pardon, tout le monde. C'est con ce que je viens de dire.

Elle se lève, confuse.

– T'inquiète, Sarah. Je comprends. Et quand tu veux pour une virée chez les zombies !

D'une mauvaise blague, Kevin la sauve, il efface les secondes qui précèdent, colmate l'enceinte de leur abri, ce mur de parpaing brut derrière lequel il n'y a plus qu'un terrain vague transformé en parking. Elle s'échappe, retourne à l'intérieur. Ses yeux balaient machinalement le mur couvert de vieilles enseignes, de quelques guitares, d'affiches encadrées qui rappellent l'effervescence et la corruption des villes américaines. « Jour d'élection aujourd'hui. Pas d'alcool avant 20 heures. » Sa préférée est tout en haut, à peine lisible, « Mesdames, soyez gentilles, faites vos sollicitations discrètement. » Une guirlande lumineuse court le long du plafond comme si l'on célébrait quelque chose, peut-être juste le fait d'être encore là, vieux bar esseulé sur ce segment de Michigan Avenue où bien des immeubles sont tombés.

Elle aperçoit Meg White, silhouette brune et pâle, revenue parmi les siens après avoir battu la croche des White Stripes dans des stades immenses et des clips en boucle à la télé. Elle est assise au comptoir avec quelques amis et répond au sourire de Sarah. Elles ne se connaissent pas très bien, mais elles sont d'ici et jouent de la batterie, c'est suffisant pour se saluer. Un bref instant, leurs reflets s'alignent dans le miroir derrière le comptoir. Et Sarah se souvient de la façon dont Jeff est venu vers elle la première fois, alors que son groupe venait de finir de jouer. Il ne lui avait pas fait un numéro de séducteur, pas son genre, mais l'historique des batteuses à Détroit, Debbie, Monique, Peg, Meg, Maria qu'il appelait par leurs prénoms. Il lui avait raconté une vraie petite révolution chez les cogneurs. Il n'avait pas imaginé une minute qu'elle était flic, il ne serait sans doute jamais venu lui parler s'il l'avait su. Elle lui avouerait une prochaine fois.

Elle passe dans la pièce à côté où un duo acoustique venu de Cleveland entame son dernier morceau. La scène est posée devant une grande vitrine simplement couverte d'un rideau. Tout autour les murs sont tapissés d'affiches et de stickers confectionnés de façon artisanale depuis des années par les groupes successifs qui se sont produits au Lager House. Tant de noms étranges, de couleurs, de dessins, de photos empruntés au cinéma, aux livres d'enfants, au gore, à la bande dessinée. Tout s'enchevêtre. C'est le rock et son engeance, spontané, a priori rien de cérébral, rien à expliquer, juste une charge physique, le sentiment de faire du bruit, l'intuition forte d'appartenir à quelque chose de plus grand que soi, la certitude qu'une ville qui sombre est aussi une ville plus ouverte, qu'il faut la prendre d'assaut, maintenir le bruit, le rire et quelques lumières allumées. C'est mystérieux, sonore, drôle. Et si important. Elle s'attarde un instant sur le poster d'un vieux concert où figurait l'un des groupes auxquels Jeff a appartenu, une soirée pour financer la pierre tombale d'un immense chanteur de rhythm and blues, un de ces innombrables gars venus d'Alabama travailler dans les usines de Detroit, qui avait aligné de vrais hits dans les années 1950 mais était mort dans une telle pauvreté qu'il repose sans nom au cimetière. 10 dollars l'entrée, dit l'affiche jaunie. *Daddy Rockin Strong* firent-ils graver sur la sépulture de Nolan Strong qu'ils n'avaient jamais croisé. Traduire, un père pour eux.

C'est Sarah qui lance le set, vingt minutes plus tard, trois coups de baguettes l'une contre l'autre. Et la phrase musicale reprend, elle ne doit pas être interrompue, elle ne cédera pas au silence des rues, des usines, des studios désertés. Elle leur commande de continuer, de brûler leurs doigts aux cordes des guitares et de cogner encore au fond des bars. Car aussi sûrement que l'industrie lourde a déposé par ici du plomb dans le sol pour des siècles et des siècles, la musique a laissé des ondes, des fantômes, des fils à nu qui ne demandent qu'à être effleurés pour jouer encore. Sarah, garde basse, tape sur les deux toms. Frappe brute et sommaire. On dit souvent qu'à Detroit le bruit de l'industrie a influencé la musique. Sarah n'en sait rien. Les gens ondulent devant elle un verre de bière à la main. Jeff la fixe. Kevin plaque ses accords et chante à peu près juste dans le micro. C'est l'envers de ses jours, penchée sur des corps immobiles.

– Non mais tu l'as entendu le mec, Ira ?! Comment il dit ? Que Detroit a été trop longtemps une ville sourde, fainéante, heureuse et riche. Fainéante ! Riche ! Il a dit ça, le manager de mes couilles. Fainéante !

– Ouais, j'ai entendu. Fais pas attention, Archie…

– J'ai failli faire une attaque.

– Ça ferait la deuxième en trois mois. Calme-toi. Ils sont ailleurs, ces types, ils sont perchés dans de gros cabinets financiers et ils débarquent là…

– Mais moi, Ira, combien de gars j'ai connus qu'ont même pas touché un sou de leur pension, parce qu'ils mouraient tout de suite après trente ou quarante ans de boulot ? Ils avaient trop travaillé, trop picolé, trop fumé. Je me rappelle Ben, on avait le même poste chez Chrysler. Quand le premier chèque de sa retraite a atterri dans sa boîte aux lettres, il avait déjà une tumeur énorme. C'est arrivé à tellement de gars. Ils avaient respiré des tas de saloperies dans les fonderies. Et puis ils avaient bu et fumé tout ce qu'ils pouvaient. Ouaah ! Quand j'y pense, qu'est-ce qu'ils descendaient ! On pointait à 6 heures du matin, ils avaient déjà commencé à boire en chemin et ils remettaient ça pendant la demi-heure qu'on avait à midi pour avaler le casse-croûte. Une sacrée descente. Ils pouvaient pas faire autrement, le boulot était tellement dur que la plupart filaient au bar à la première pause, comme t'irais faire un pansement.

– Je sais.

– Dans la salle où on mangeait notre gamelle à midi, tout le monde tirait sur un joint. Tu rentrais là-dedans, ça empestait la marijuana ! Un jour, le manager est venu. Tiens, encore un manager ! On n'en peut plus des managers ! Il a dit : Si je revois ça vous êtes tous virés ! Le lendemain, plus un pétard, mais tout le monde jouait ! Des jeux de dés, des numéros, des paris, et on misait un peu de pognon. Fallait quelque chose, un truc qui nous excite ou qui nous calme, tu comprends ?

– Bien sûr, je comprends.

– Moi, je buvais pas, tu vas me dire… Tu connais l'histoire… Ma mère, Roselle ta grand-mère, m'a offert une bouteille de liqueur quand je me suis marié, j'ai avalé un verre et je l'ai mise au frigo. Sept ans après, le frigo rend l'âme et je retrouve la liqueur intacte. Je l'ai portée aux gars de l'usine, ils s'en sont chargés !

Il rigole maintenant. Peut-être avec ces gars disparus qui descendaient avec lui vers le feu, la lave, le vacarme et la noirceur des fonderies.

– Mais je tirais sur la corde dans l'autre sens. J'avais deux jobs en même temps, tu te souviens ? Fallait bien, pour nourrir tout le monde ici ! En plus de Chrysler, je travaillais pour la ville. Toutes les fins de journée, je faisais l'agent de circulation sur les parkings, ça veut dire des heures sup dans le froid les soirs de match, ou les week-ends de foire automobile. Le résultat, c'est que quand mes enfants m'ont demandé de les emmener voir les feux d'artifice, j'ai dit non. Je voulais pas. J'en pouvais plus de leurs événements, de leurs fêtes. J'en ai tellement chié là-bas après l'usine, j'ai tellement bossé, que j'avais même plus la force d'aller voir les feux d'artifice avec mes mômes. J'avais perdu le sens des choses importantes. Et ce fils de pute de manager nous traite de fainéants !

– Archie, t'énerve pas, c'est pas bon pour toi.

– T'es flic, mais t'es quand même d'accord ?

– Bien sûr.

– Tu sais, j'avais pas envie d'y aller, à l'usine, moi. C'était pas fait pour moi. J'ai besoin du contact avec les gens. Des gens y en avait, mais j'ai besoin de l'esprit des gens, de le sentir, et ça on le sentait pas. Ni le leur ni le mien. Ton esprit, les patrons faisaient en sorte que tu le laisses dehors. J'aurais bien ouvert un commerce, tu vois. C'est ça que j'avais prévu. Mais c'est jamais comme on avait prévu.

– Et tu vas aller voter pour le prochain maire ?

– Ça sert à rien. On a le choix entre un Blanc et un flic. Qui n'auront qu'à obéir à cet enfoiré de manager.

– Un flic noir comme moi, tu veux dire…

Mon oncle Archie grogne en guise de réponse, attrape un des muffins que j'ai apportés, et le trempe dans son café froid. Ni lui ni mes parents, paix à leur âme, ne m'ont tout à fait pardonné d'avoir intégré la police. Mais c'est une vieille histoire, une discussion close par le temps. La moitié des policiers de cette ville sont noirs maintenant. Les types qu'on arrête sont noirs pour la plupart. Ça fait quarante ans que nos maires sont noirs. Le manager est noir. Les vieux ouvriers qu'il insulte sont noirs aussi. Il ne reste plus que nous ou presque dans cette ville. Archie m'a dit l'autre jour qu'il n'a pas vu passer un Blanc devant chez lui depuis cinquante ans. Je lui ai conseillé de ne pas voter pour le sheriff noir.

– Toi, t'es sûrement un bon flic, Ira. Comme c'est écrit dans la Bible, les générations passent et chacune est différente de la précédente. Faut juste espérer que ça change dans le bon sens. Je m'en fous d'un maire noir ou d'un maire blanc, y a des planches pourries des deux côtés. Je veux juste qu'il pense aux gens. Mais j'y crois pas. Ça me rappelle ce que m'a dit ma mère, un jour où j'étais triste parce que la télé avait supprimé les épisodes de « Superman » pour retransmettre la convention du Parti républicain qui allait désigner son candidat. C'était qui déjà ? Eisenhower, je crois. Maman m'a dit, Eh oui, mon petit Archie, tous les trois ou quatre ans, ils risquent de te priver de ton héros pour nous faire croire à un autre.

Il rit, la bouche encore pleine.

– Et est-ce que tu te souviens des filles, The Supremes, au Project, Flo, Mary et Diane ? je lui demande.

– Et comment ! C'était encore des gamines, quand je les ai vues chanter, elles s'appelaient même pas The Supremes encore, c'était comment déjà ? Un autre nom, je me souviens plus…

– The Primettes.

– Ouais, c'est ça ! The Primettes ! Elles chantaient bien déjà. On sentait qu'elles allaient devenir célèbres. Mais pourquoi tu me parles d'elles ?

– Je lis un livre sur elles. Je suis tombé dessus par hasard, chez John King, et je l'ai acheté. Mary habitait l'appartement à côté du nôtre, tu te rappelles ?

– Ça oui. Ta mère l'adorait, cette gamine. Et elles assuraient, les petites. La première fois que je les ai entendues, je crois que ça se passait dans la salle commune du Project, tout près de St. Peter Claver Church sur Beaubien et Eliot Street… Attends voir… juste derrière le centre de loisirs avec le gymnase. Ensuite y avait le restaurant Louie's Louie, c'était un ancien de la marine qu'avait ouvert ça. Puis l'épicerie de Mr. Dotty. Dotty et Louie, c'était des Noirs comme nous. En ce temps-là, on possédait des commerces, on était plus riches que maintenant ! Chez Dotty, les fruits étaient moisis, et à la fin du mois les saucisses étaient dures comme de vieilles cordes, mais on les achetait quand même. Maman avait une sacrée ardoise chez lui.

L'oncle remonte le temps à toute vitesse. Je me dis que c'est le moment de partir, qu'il vaut mieux le laisser se promener entre une épicerie et un club de jazz dans une rue disparue, qu'à regretter les feux d'artifice où il n'a jamais emmené ses enfants. Mais j'ai beau faire tinter mon trousseau de clés au creux de ma main, Archie est lancé dans le grand tour du quartier qui avait abrité son enfance, sa jeunesse, mon enfance aussi, et il n'est pas question qu'il le fasse seul.

– Et puis le samedi après-midi, continue-t-il, avec ta mère, on allait au Castle Show, c'était pour les gamins jusqu'à 18 heures, et pour les adultes ensuite. On nous diffusait un film ou bien un orchestre jouait. Maman répétait qu'on était mieux là que dans la rue ! Elle nous donnait de quoi nous acheter à boire et à manger, on rapportait les bols et les assiettes du Castle à la maison. Pour les plus pauvres, c'était comme de la porcelaine. Enfin tout ça, c'était sur Hastings Street, c'est sous l'autoroute maintenant, et plus personne s'en souvient, y a plus trace de rien, de nous. C'était notre paradis, tu sais.

– Je sais.

– Ils auraient pu la faire passer ailleurs, cette autoroute. Mais non, ils ont pas pu s'empêcher de rayer notre paradis de la carte. Les gens étaient malheureux à l'idée de tout quitter. On ne pouvait pas protester. T'es trop jeune pour t'en souvenir, Ira, mais cette rue, ce quartier, notre quartier, y avait tout, vraiment tout. Le jour de la fête des mères, ta mère et moi, on allait dans un *Five and Dime*, on trouvait un collier ou une bague pour dix *cents*. Maman était heureuse. Elle n'avait plus que nous pour lui faire des cadeaux.

L'oncle Archie m'a alors fait penser à une lampe à huile, ces lampes-tempête où la mèche s'essouffle et puis repart, offrant ombre et lumière. Et je me suis dit qu'il pourrait mourir là, d'un coup, sur son fauteuil, et qu'il n'aurait pas tout raconté. J'ai rangé mes clefs.

– Plus tard, j'avais quoi… dix-neuf ans ? J'allais au Graystone Ballroom, la plus majestueuse des salles au monde, un dôme peint de bleu et d'or, Louis Armstrong, Count Basie, Duke Ellington ont joué des nuits entières là-bas. Moi, j'y ai vu Ray Charles pour deux malheureux billets verts. On dansait !

– Toi, tu dansais ?

– Bien sûr ! Demande un peu à Phyllis ! Un musicien m'a confié un jour que le plus beau compliment qu'on pouvait lui faire, c'était quand les gens se mettent à bouger. Et nous, on savait bouger ! On n'était pas du genre des intellectuels qui vont dans des clubs et font comme s'ils lisaient le jazz. Nous, on dansait ! Et on dansait pas comme maintenant. On se touchait, homme et femme s'attrapaient la main, on se frôlait, ça n'avait rien de sexuel ! Et si la femme suivait l'homme, ça n'avait rien de dictatorial ! C'était juste du jazz. Et puis les gens ne se sont plus touchés, ils se sont mis à danser seuls, c'était d'un ennui ! Parfois, je me demande si ça n'a pas tout aggravé que les jeunes ne dansent plus ensemble.

À la nuit tombante, j'ai abandonné l'oncle Archie en plein concert de Stevie Wonder à un dollar au 20 Grand depuis longtemps disparu. Je lui ai promis de repasser vite. Depuis ma voiture, je l'ai regardé encore un instant, assis sur le porche faiblement éclairé. À l'intérieur, Phyllis devait s'être endormie devant la télé dont je devinais les agitations lumineuses derrière la fenêtre. C'était comme un tableau, Archie et Phyllis modestes sujets d'un clair-obscur dans une rue dont les lampadaires se sont éteints pour toujours. Ils habitent ici, sur Mitchell Street, depuis presque cinquante ans. Ils paient chaque mois leur loyer à un propriétaire qui ne répare rien. Leur maison s'effondre doucement sur eux.

Ensuite, j'ai pris l'autoroute 75 qu'ils détestent. J'ai roulé sur nos cendres, nos épiceries, sur les vieux rêves de l'oncle. J'ai roulé où ils dansaient. Filé vers Ann Arbor. Je n'habite plus Detroit, c'est compliqué d'être flic et d'y vivre, d'y élever tes enfants, t'en sais trop. Cet après-midi encore, je me suis assis en face d'un suspect, je lui ai demandé ce qu'il faisait pour gagner sa vie.

Je tue.

Voilà ce qu'il m'a dit. Vingt-sept piges. Dix meurtres avoués en une demi-heure. Il tuait des petits dealers pour le gang rival. Il aurait au moins pu me mentir un peu, inventer une histoire, un alibi, me laisser chercher, c'est ce que font la majorité des types quand on leur passe les menottes. Mais lui n'en était pas capable, il n'avait pas assez d'imagination pour ça. Il n'a probablement jamais dansé. Ann Arbor, c'est à quarante minutes, une petite ville paisible autour du campus universitaire. Les étudiants sont sages de nos jours. C'est probablement parce que les facultés sont hors de prix. Alors soit tes vieux ont les moyens et t'as rien à reprocher à la société, soit t'as fait un emprunt sur trente ans et ça t'a coupé l'envie de faire la révolution. C'est calme donc. Mais je m'endors difficilement.

Je lis.

J'imagine la lumière allumée chez les Ross, j'entre, ce que je n'ai évidemment jamais fait, je vois ses parents en pleine discussion, c'est tendu, le père de Diane est sur le point de partir pour ses cours du soir, sa femme Ernestine le retient, elle voudrait l'adoucir, lui arracher un accord, qu'il laisse leur fille chanter à Windsor, de l'autre côté de la rivière.

– Diane a terminé l'année avec les félicitations. Elle mérite bien de pouvoir s'amuser un peu, tu ne crois pas ?

– Tu as vu ses yeux ? Ils s'enflamment lorsqu'elle parle de ça ! Ce n'est pas un amusement, c'est son rêve ! Et il faut le stopper dès maintenant, avant qu'il ne soit trop tard ! Si j'avais été là, le jour où ce type est venu t'épater avec sa Cadillac pour te faire signer un contrat pour elle et ses copines, je l'aurais envoyé promener !

– Et ?

– Et oubliées la chanson et les robes de starlette ! On n'en serait pas là aujourd'hui…

– Mais si, Fred, bien sûr que si ! Ta fille ne lâchera pas l'affaire.

– C'est bien ce que je dis ! Et en plus tu la soutiens ! Tu n'as plus l'âge de ces délires de midinette, Ernestine. Comporte-toi en adulte, en mère ! Ces types qui font chanter les filles, ils en mettent aussi sur le trottoir à cinq minutes d'ici ! Qu'est-ce qu'il veut vraiment faire de Diane ?

– Diane n'est pas une proie facile ! Elle est plus forte que tu ne crois !

– Qu'est-ce que tu en sais ? Regarde un peu comme les choses tournent mal autour de nous. Tous ces mecs, ces gangs, toute cette drogue qui arrive jusque dans nos cages d'escalier. Tout ça n'est qu'un immense piège. On aurait mieux fait de l'envoyer en Alabama chez ses cousins, cet été.

– Sérieusement, Fred ? L'Alabama serait plus sûr qu'ici pour nous autres ?

Ernestine rigole. Elle fera toujours en sorte que le ton ne monte pas. Que les doigts de Fred ne se replient pas sous la pression de la colère. Il y a un trou dans la porte de leur salle de bains. C'est raconté dans ce livre. Ça aurait fait plaisir aux hommes du voisinage de savoir que le très sérieux Mr. Ross pouvait transpercer une cloison ou une porte de son poing, ça aurait fait de lui l'un des leurs.

Je lis, j'avance.

Bien sûr, les filles sont montées sur la grande scène à Windsor, elles ont même remporté le premier prix. Je les imagine ensuite dans la cuisine de Mary. Maman qui jubilait avec elles, de l'autre côté du mur. Pourquoi tu chantes, maman ? je lui demandais. Parce que je me sens bien, parce que je me sens libre. C'est ce qu'elle me disait.

J'imagine l'air victorieux de Diane. La rage de son père. Mais le livre va trop vite. Les biographies de stars ne s'attardent pas longtemps dans les quartiers de l'enfance, elles ne s'y arrêtent qu'un instant, parce que la définition d'une star c'est qu'elle ne vit pas là où elle a grandi. Le propre d'une étoile, c'est qu'elle s'en va. Je lis. J'invente. Je comble. Je cherche ce qu'on ne m'a pas raconté. Ce qu'on ne nous a pas raconté. Ou ce qu'on a oublié. Pas cherché à comprendre sur le moment.

Je tourne les pages.

Je ne sais pas ce que valent les théories de l'oncle Archie, mais c'est au moment où sont apparues les danses solitaires que Flo a été agressée. C'était quelques mois après qu'elles ont remporté le titre au festival de Windsor. Novembre 1960. Elle était sortie danser au Graystone Ballroom avec son grand frère comme chaperon. Elle l'a perdu de vue, un type qu'elle connaissait a proposé de la raccompagner au Project, il s'est finalement garé dans une rue sombre et l'a violée sous la menace d'un couteau.

Je ne savais pas. Maman non plus je crois, elle n'en a jamais parlé en tout cas. Le livre explique qu'elle n'a plus jamais été la même après ça.

Peut-être qu'Archie y était aussi, ce soir-là, sous l'immense voûte bleu et or du Graystone.

Ils l'ont détruit dans les années 1980. C'est là qu'est le McDo maintenant. Nos cheeseburgers et nos frites. Là qu'on s'engraisse, ou qu'on nous engraisse. Où l'on dansait.

Je comprends mieux le ballet des oiseaux qui n'excluent pas de reprendre aux hommes un peu de leur territoire puisqu'ils gâchent tout.

Les petits pygargues doivent être nés à présent. Mais on ne les distingue pas encore des autres aigles, ils n'auront pas de plumes blanches sur la tête et la queue avant d'avoir cinq ans. C'est écrit dans l'autre livre. Peut-être même qu'ils volent déjà, ou apprennent à voler. Ils sont encore par ici. Il fait doux même si l'été se termine.

L'AUTOMNE

Octobre 1962

Un drôle de vent s'est levé ce matin, qui semble venir du large, de la rivière, des lacs, il fait frissonner les feuilles des arbres, soulève le sable du chantier, le dépose un peu partout, presque invisible, annonçant pourtant que tout change, que tout est fini. Archie regarde le bout de ses chaussures. Même plus le droit d'avoir des souliers propres, pense-t-il. Même plus de gars pour les cirer dans la rue. Même plus de rue. Puis il fixe la longue tranchée à même pas cent mètres de la tour. Son ventre se noue comme chaque fois que ses yeux butent sur le vide. Putain de fossé. C'est comme ça qu'on appelle l'autoroute en construction par ici : le fossé. Ça fait plus d'un an déjà que la terre s'est ouverte sur Hastings Street. Ça a commencé au sud, au bord de la rivière, les bulldozers sont apparus, ils ont pris position en bas de la rue, et depuis, lentement ils remontent, ils avancent comme des tanks sûrs de leur victoire, anéantissant tout sur leur passage. Au fur et à mesure les boutiques ferment, les gens partent, ils ont été prévenus, mais certains ne bouclent leurs valises qu'au dernier moment, parce que ce n'est pas facile de trouver à se reloger, et parce qu'ils n'habiteront plus jamais un quartier comme celui-là. La terre l'avale. Elle aspire tout, Howell, le barbier qui dessinait trois vagues impeccables, façon Little Richard, sur les cheveux lustrés d'Archie, le cabinet du docteur Jones juste à côté, le petit cireur aux dents cassées, Knox, le magasin de meubles, l'église du révérend Franklin dans l'ancien bowling, l'épicerie de Dotty, le restaurant Louie's Louie et son odeur de grains de café, le poirier où Archie aimait grimper gamin pour épier les adultes s'embrasser dans les arrière-cours, et elle vient d'emporter le Turf Bar où il travaillait chaque soir depuis un an. La terre s'ouvre et le condamne, lui comme tant d'autres, à ce jeu infini et douloureux qui consiste à faire l'inventaire de ce qui a disparu.

Que vas-tu faire maintenant ? C'est la question que Geraldine va lui poser dans cinq minutes, dès qu'elle sera là. Tu as réfléchi à ce que je t'ai dit l'autre jour ? Ils embauchent chez Dodge et chez Chrysler, vas-y ! Non, frangine, je sais pas encore, je vais peut-être… je sais pas, fous-moi la paix. Ça l'énerve.

Avant, il savait. Il n'irait jamais pointer. Il y avait dans le quartier cet étrange et beau ballet des hommes vers cinq heures du matin, les musiciens qui rangeaient leurs instruments, les noctambules qui titubaient, les travailleurs qui marchaient vers l'usine ou en sortaient, tous ces gars se retrouvaient au bar, c'était pour les uns le dernier verre, pour les autres le premier, et Archie derrière son comptoir avait l'impression de deux planètes qui se frôlent, de deux vies possibles, l'une beaucoup plus drôle, beaucoup plus libre. Alors c'était décidé, il resterait dans le commerce, deviendrait manager d'un bar, puis il finirait par ouvrir un magasin bien à lui par ici, entre Mack, John R., St. Antoine et Gratiot, parce que c'était leur périmètre, leur territoire, et il leur avait porté chance. Ça faisait plus de trente ans qu'il leur avait offert des affaires et de la joie, étirait leurs ombres dans le halo des lampadaires, aspirait leurs peines, trente ans qu'il avait fait de Detroit la plus belle ville noire du pays, c'est pour ça qu'on l'appelait *Paradise Valley*, la Vallée du paradis. Quelle connerie d'avoir pensé que ça pouvait durer, qu'il pourrait un de ces jours rayonner derrière un comptoir et se griller un cigare au soleil devant sa boutique. Il s'étendait trop, leur paradis. Il frôlait le centre-ville, il débordait sur John R. Street. C'est pour ça que depuis des années la mairie lance des projets immobiliers, pour tout raser, c'est pour ça aussi qu'ils ont ajouté ces tours au Brewster Project voilà dix ans, quatorze étages pour les parquer en hauteur et leur reprendre du terrain.

Urban renewal.

Negro removal.

Ça pourrait faire une chanson.

Ils ont réussi, cette fois. On ne sait d'ailleurs pas trop qui c'est, « ils », l'ennemi n'est jamais identifié, ces gens-là n'ont pas de nom, pas de visage, pas d'odeur, juste le pouvoir de décider, on les appelle des promoteurs, et ils ont décidé que cette rue pleine de nègres un peu trop confiants et indépendants devait disparaître.

Quand la rumeur a enflé que l'autoroute se profilait, qu'ils allaient envoyer les bulldozers, Archie a tendu l'oreille. Ceux qui tenaient un commerce juraient que jamais ils ne retourneraient sur les lignes d'assemblage où ils avaient commencé. Je vais ouvrir autre chose, n'importe quoi, disaient-ils, du nettoyage à sec à l'ouest, sur la douzième rue, mais je ne remettrai pas les pieds dans l'enfer de leur putain d'usine, je ne serai plus jamais leur esclave.

Puis la terre s'est ouverte. Elle n'y est pour rien. Elle n'est que ce qu'on en fait. Geraldine n'y est pour rien non plus. Elle s'inquiète pour lui, c'est tout.

Les courroies de l'ascenseur grincent. J'arrive ! crie-t-elle depuis le deuxième étage. Archie lève les yeux, il remarque que toutes les ampoules du hall sont brisées. Les dealers et les putes qui travaillent dans les parages préfèrent l'obscurité.

– Allons-y ! dit-elle d'une voix enjouée dès que les portes de l'ascenseur s'ouvrent.

Elle s'est maquillée. Elle a relevé ses cheveux, glissé de grandes créoles dans les trous de ses oreilles. Il y a longtemps qu'Archie n'a pas vu sa sœur aussi élégante. Quatre grossesses et trois enfants derrière elle semblaient l'avoir voilée et ternie. Pas aujourd'hui. On croirait qu'elle est du voyage, de la tournée, alors que dans deux heures il la redéposera au pied de la tour 303, la laissera monter dans sa cuisine où elle moulinera le potage du soir en se persuadant qu'elle habite le plus bel endroit au monde. Ne pas lui faire remarquer les lampes brisées au plafond.

– Mary n'est pas avec toi ? demande Archie.

– Non, finalement, elle est partie beaucoup plus tôt avec Diane et Flo. Mais je veux y aller quand même, je veux voir ça, tous ces artistes, et les filles parmi eux. Il faut que je puisse le raconter à Johnnie Mae, ses patrons ne lui ont même pas accordé trois heures de congé. Et toi aussi, il faut que tu voies ça ! Le départ est prévu à onze heures tapantes, faut qu'on y soit un peu avant pour profiter du spectacle ! Allez, on se grouille !

Ils marchent jusqu'au parking. Le sol est couvert de dessins d'enfants, qui ces temps-ci récupèrent les morceaux de plâtre des bâtiments effondrés sur Hastings Street, s'en font des craies et tracent des marelles, des messages, des codes, des insultes sur le bitume. Elle avance prudemment sur ses talons hauts.

– *That's my car !* lance-t-il en s'arrêtant devant une Mercury couleur saumon.

Sa sœur éclate de rire.

– Une Merc 55 ! Pas mal !

Elle est incollable sur les marques, les années. *That's my car,* c'était leur jeu de gamins, ils s'asseyaient sur le bord des trottoirs, ils regardaient passer les voitures sur Benton et Erskine Street, et le premier qui criait le nom du modèle en devenait le propriétaire. La voiture était à lui, à elle, ou au copain assis à côté d'eux, l'espace de quelques secondes, jusqu'à la prochaine. Geraldine rêvait d'une Buick. Lui d'une Lincoln.

– Je me suis toujours demandé si c'était un jeu à nous, enfants de Detroit, ou si d'autres, ailleurs en Amérique, avaient le même, dit-elle en s'installant dans sa voiture.

Archie ne répond pas. Il allume une cigarette et démarre. Une fois quitté le Project, il suit les déviations imposées par le chantier. Et il peste parce que le chemin le plus rapide jusqu'à Grand Boulevard n'existe plus.

– Môme, tu visais quand même mieux qu'une voiture d'occasion rachetée aux Blancs, Archie. Si tu entres chez Chrysler, tu en auras une neuve, tu auras un *discount*, ils font ça pour leurs ouvriers.

– Et je roulerai dans ma Chrysler neuve sur l'autoroute Chrysler toute neuve, c'est ça ?

– Exactement !

– Tu comprends pourquoi ce fossé, Geraldine ?

– Parce que c'est l'avenir, c'est plus rapide, plus moderne. C'est partout pareil en Amérique. Tu vas pas recommencer !

– Je reformule ma question : tu saisis pourquoi ils ont tracé cette autoroute précisément là, chez nous, sur Hastings Street ?

Geraldine secoue la tête. Elle sait ce qu'il va lui dire. Qu'ils pouvaient passer ailleurs, mais qu'ils avaient envie de tout détruire, de tout raser, que ce quartier les dégoûtait autant qu'il les fascinait. C'était le plus fou, le plus animé de la ville le soir, mais il leur échappait, même si leurs flics s'amusaient à le quadriller en terrorisant tout le monde. Alors on rase. On enterre. On coule par-dessus une voie rapide qui permettra aux patrons et contremaîtres d'aller plus vite de leur belle maison de banlieue à leur usine. Elle sait tout ça, il le lui a tant répété. Tais-toi, Archie, pense-t-elle. Pas aujourd'hui.

Il tourne sur John R. Street. Le Flame Show Bar, haut lieu s'il en est des vibrations bientôt éteintes, résiste. Le néon semble vouloir clignoter encore ce soir.

– Au moins ils n'ont pas détruit le Project, lâche-t-elle.

– Mais c'est quoi le Project sans Hastings Street, *Paradise Valley*, sans nos clubs, nos épiceries, nos boutiques, nos médecins, nos services d'urgence ? Si Ira tombe malade, va falloir l'emmener à l'hôpital central, tu sais comment ça va se passer là-bas ? Des heures d'attente, des toubibs racistes ! Des Projects, des cubes comme les nôtres, ils vont en construire plein d'autres puisqu'on n'a plus nulle part où aller ! Mais c'est plus que du béton mort accroché à rien. Juste les dortoirs de l'usine.

– Faut toujours que tu râles. T'es comme…

– Mon père, je sais.

Il sourit, parce que ça lui fait plaisir de ressembler au grand inconnu de sa vie.

– Il voulait pas qu'on s'installe dans le Project. Moi vivant, jamais ! Il répétait ça sans cesse. Il disait qu'il s'agissait juste de nous parquer. Il a fallu qu'il meure pour que maman ose demander un appartement.

– Mon père était un visionnaire !

– Mais regarde comme la liste d'attente est longue maintenant. Comme on est bien !

– Comme on était bien ! Tu vas voir… Tout va changer. Ce quartier, c'était nos ailes. Nos commerces. Nos vedettes. Nos premiers souliers vernis. Nos premiers cigares. Nos premiers hommes d'affaires. Nos premières Cadillac. Certains d'entre nous ressemblaient à des princes.

– Oui, les macs ! Les rois du jeu !

– Et alors ? Qui a fait fortune légalement dans ce pays ? Personne ! Demande donc au président Kennedy d'où vient tout l'argent de sa famille ? Ils disent que c'était plein de trafics et de putes, Hastings, bien sûr ! Comment faire autrement ? Tout le monde a eu ses tripots et ses macs, les Italiens, les Irlandais, les Juifs. C'est comme ça qu'ils ont tous commencé et payé les études de leurs mômes pour qu'ils deviennent avocats ou médecins. Pourquoi pas nous ?

Elle se tait. Elle ne l'avouera jamais, mais elle admire sa rhétorique, sa confiance en lui, ses mots qui s'enchaînent avec tant d'aisance. Il ferait un bon avocat.

– Tu te souviens de l'allée des prostituées ? continue-t-il plus calmement. Quand elles nous filaient 25 *cents* pour les prévenir si les flics, surtout Shorty Black, étaient dans les parages ? Elles gagnaient leur vie comme elles pouvaient ! Et pour toi et moi, 25 *cents* ça faisait quatre Mary Jane chez Dotty.

– Trois Mary Jane !

– C'est toi qui gardais le fric de toute façon !

Ils rient. Dix minutes qu'ils sont partis, et ils ont déjà exhumé les caramels mous dans leur papier jaune et rouge dont ils raffolaient, leur père mort trop tôt, leurs jeux, leurs *That's my car !*, assis au bord du trottoir, et la connivence des putains qui leur glissaient quelques pièces jaunes. Ce paysage s'appelle l'enfance. Il refait toujours surface au moment des enterrements. Et ces dunes de sable qui longent le Project dessinent une grande fosse : ci-gît le plus vibrant quartier de la ville. Leur territoire. Mais on peut avoir les mêmes souvenirs et ne pas en faire le même usage.

Ils roulent en silence un moment. Le chantier est enfin derrière eux, avec le Project au milieu dont on ne sait plus s'il appartient au passé ou à l'avenir, s'il est une promesse ou une menace. Ils remontent Woodward Avenue, atteignent enfin Grand Boulevard. Archie tourne à gauche.

– Nous y voilà, sourit-il au bout de quelques minutes.

Au niveau du 2648, un bus et cinq voitures garées en double file ralentissent la circulation dans l'autre sens. Tu vois ! Tu vois ! semblent maintenant dire les yeux brillants de Geraldine, mais aussi ses mains déjà posées sur la poignée de la portière, alors qu'ils roulent encore. Tu vois, qu'il ne faut pas désespérer !

Le bus est barré d'un *Hitsville Motor City Tour* sur les flancs. Les coffres sont ouverts, avalent des instruments dans leur caisse, des valises en carton bourrées jusqu'à la gueule, maintenues fermées par des ficelles enroulées tout autour. C'est l'aube d'un grand voyage. Vas-y, descends, je vais me garer je te rejoins, sourit Archie puisque Geraldine semble prête à bondir. Il la dépose juste en face, de l'autre côté du boulevard. Elle reste là, incapable de traverser même quand la circulation le permet. C'est comme si elle contemplait un tableau, le sigle de la Motown, lettres bleues sur fond blanc plantées dans la pelouse, la petite maison de deux étages à la fois quartier général et studio, où Mary, Diane et Flo ont passé beaucoup de temps ces dernières années, délaissant la cuisine de Mary et privant Geraldine de secrets et de confidences. Où sont-elles ? Probablement à l'intérieur. Geraldine suit le mouvement des employés qui chargent des costumes et des robes longues dans des housses, des boîtes qui débordent d'accessoires. Elle pense à ce qu'elle dira à Johnnie Mae, qu'il y avait des bagages comme elles n'en ont jamais vu.

Elle traverse enfin. Elle sait où se tenir dans cette scène presque irréelle qu'elle vient d'observer. Elle rejoint la petite foule des parents. Ils sont reconnaissables au sac en papier serré entre leurs doigts. Ce doit être le déjeuner du fils ou de la fille qui s'en va, ou celui d'un mari, il y a des épouses aussi. Geraldine n'est rien de tout cela, seulement une voisine, une enfant du Project, bercée de trop de rêves, de trop de chansons, mais rien qu'à ce titre elle a toute sa place ici et elle regrette déjà de n'avoir rien apporté, elle aurait dû faire des sablés pour Mary. Elle frôle les gens, leurs silences, leurs conversations dont s'échappent les noms des villes où la tournée s'arrêtera, où ils ne sont jamais allés, où elle n'ira probablement jamais.

– Paraît qu'ils vont tous dormir là-dedans pendant deux mois, affirme quelqu'un en indiquant le bus avec un brin d'inquiétude dans la voix. Geraldine scrute l'engin. De plus près, ça n'a rien d'un carrosse, il y a de la rouille aux flancs, et probablement des dizaines de milliers de kilomètres au compteur. La porte du studio s'ouvre. Tout le monde se tait. La magie reprend ses droits. La silhouette de Smokey Robinson apparaît, suivie de celles d'autres musiciens. Geraldine frissonne. Elle lui dira à Johnnie Mae, comme ils étaient élégants dans leurs longs manteaux de laine. Il fait froid ce matin. C'est normal, l'automne par ici s'incline assez rapidement devant les poussées de l'hiver. C'est au tour des filles de sortir. Mary rigole avec Flo, Diane est quelques pas en arrière en train de parler avec quelqu'un. Geraldine détaille leurs cheveux, leurs cols, leurs bas, leurs chaussures. Une véritable inspection. Puis elle aperçoit Mary Wells. C'est elle qui chante « My Guy », le tube de cet été. Elle la dévisage, ses sourcils hauts et bien dessinés, ses yeux et son sourire très contrôlés, sa tête subtilement penchée, comme pour évaluer la distance qui sépare la femme à enfants de la femme à succès. Archie approche.

– Qui va nous faire croire qu'il y aura des dortoirs séparés dans ce bus plein de jolies filles ? murmure-t-il.

– Regarde, c'est Mary Wells, lui dit-elle.

Il se met à fredonner sa chanson à voix basse.

I'm sticking to my guy like a stamp to a letter… Like birds of a feather we stick together.

– Chut, lui ordonne Geraldine en riant, mais heureuse de sa bonne humeur retrouvée. Ils soufflent dans leurs mains pour les réchauffer. Ils ont les bouts des doigts gelés. Ernestine Ross sort à son tour du studio. Pourquoi était-elle à l'intérieur quand tous les parents sont restés dehors dans le froid ? se demande Geraldine. Peut-être que Fred a encore fait des siennes, exigé la présence de sa femme. Elle a trop écouté les conversations des filles pour ne pas les poursuivre seule.

De la petite maison bleue quelqu'un rapporte des boîtes pleines de flyers qu'ils distribueront dans chaque ville pour faire la promotion des concerts.

– Qui en veut ?

Geraldine tend la main, elle obtient le sien, petit rectangle où s'empilent des noms qui sonnent comme des comètes ou des galaxies, The Miracles, Martha and the Vandellas, The Marvelettes, Mary Wells, The Contours, Marvin Gaye, The Supremes. Ce sera beau au fronton des théâtres, sur les marquises lumineuses. Elle lève les yeux, les examine encore, en chair et en os, auréolés de ces noms de stars encore trop grands pour eux. Les garçons sont tirés à quatre épingles, cheveux crantés et gominés au-dessus d'un regard doux. Les filles ont l'air de jeunes secrétaires à la mise en pli parfaite. C'est d'ailleurs exactement comme ça qu'elles ont commencé à la Motown, elles ont tapé à la machine, répondu au téléphone, programmé des rendez-vous, des sessions d'enregistrement, puis fini la journée en studio à frapper dans leurs mains ou à faire les chœurs derrière les plus confirmés. C'est une petite usine à tubes, cette Motown, pas une fabrique à divas, une entreprise noire-américaine éprise d'argent et de gloire, qui a choisi quelques enfants de la ville, peut-être les plus talentueux, en tout cas les plus chanceux, et les a confiés aux soins de quelques génies de la mélodie et du rythme, pour son plus grand bénéfice. C'est allé si vite. Ils seront à Washington dans trois jours.

Geraldine glisse le flyer dans son sac et regrette aussitôt de ne pas en avoir réclamé un autre qu'elle aurait pu garder en souvenir, puisqu'elle donnera celui-ci à Johnnie Mae. Mais elle n'ose pas demander, ils sont tous si pressés, excités par le voyage. Les coffres se ferment et se rouvrent pour y glisser les derniers oublis, les filles s'entendent reprocher leur barda, leur nécessaire à maquillage, elles lèvent les yeux au ciel, futures reines au pied de leur carrosse cabossé, puis les portes des coffres claquent dans un grand fracas. Alors les adieux s'accélèrent. Un jeune aveugle d'une douzaine d'années se laisse étreindre jusqu'à l'asphyxie sur le sein de sa mère.

– Lui, c'est le petit Stevie Wonder, souffle Archie, on va entendre parler de lui Geraldine, c'est un petit prodige, il a de la famille au Project.

Il est comme elle tout à coup, gagné par l'allégresse qui plane sur ce grand départ, un peu ivre devant ces enfants noirs de la ville qui s'en vont chanter et conquérir le pays. Mary s'approche enfin.

– C'est gentil d'être venue. Dis bien à maman de ne pas s'inquiéter.

– Et Mme Ross, elle part aussi ? chuchote Geraldine.

– Oui, c'est notre chaperon en plus d'Esther, la dame que tu vois là-bas. Berry ne rigole pas. Tout à l'heure, avant qu'on ne sorte, il a pris les hommes à part pour un sermon, genre, bas les pattes, on touche pas aux filles. Puis nous ensuite. Soyez des ladies, il nous a dit. Bref, on est sous bonne garde. Entre nous, j'envie pas Diane d'avoir sa mère 24 heures sur 24 avec elle !

– Écris à la tienne de mère, demande Geraldine. Écris-nous.

Ses bras voudraient l'enlacer, elle se retient un instant, puis se laisse aller, et serre Mary contre elle.

– Vous ne représentez pas seulement Motown Records, vous représentez Detroit ! lance alors ce Berry Gordy dont les filles ne cessent de parler comme d'un sauveur. Il est monté sur les marches du bus. Il est tout petit. Geraldine a les larmes aux yeux. Archie ne blague plus. C'est vrai, pense-t-il, il y a un peu de nous dans ce bus, un peu de ce bus en moi, il y a notre énergie, notre langage, notre rythme, nos joies, nos protestations aussi. On refait le compte, est-ce que tout le monde est là ? Les artistes, les roadies, les assistants ? Allez, une dernière photo, même s'il y en a déjà eu beaucoup. Tous posent devant le vieux bus proclamant fièrement le Motor City Tour. Ils offrent sans forcer un sourire gourmand, et l'air sage des enfants de chœur qu'ils furent pour beaucoup. Ils chantaient « Jesus Met the Woman at the Well » dans les concours de chant des églises pour gagner des cerises enrobées de chocolat. Maintenant ils prennent la route, ils vont traverser le pays et finiront à l'Apollo Theater de Harlem à New York, pour six spectacles par jour. Le moteur du bus s'enclenche, signal d'un départ imminent.

Ils montent enfin. Les musiciens les plus aguerris filent vers le fond. On devine déjà que ce sera leur repaire, qu'ils vont bientôt sortir les cartes, les dés, les bières et quelques flasques de whisky. Les jeunes chanteurs, dont certains n'ont jamais quitté la ville, s'installent à l'avant. Martha Reeves des Vandellas se tient droite sur son siège à côté de la porte. Ses lèvres bougent.

Seigneur, faites que nous soyons bons, protège-nous aussi du danger, de la violence, de l'injure.

Les voitures partent en tête. The Miracles sont dans l'une d'elles, ils ont suffisamment de hits au compteur pour échapper au bus et s'arrêter chaque soir dans un motel. Les autres doivent encore faire leurs preuves. Bientôt il ne reste plus que des mains qui s'agitent devant le 2648 Grand Boulevard et son panneau Motown. Geraldine sourit encore, alors que la troupe a disparu. Archie fredonne à nouveau *I'm sticking to my guy like a stamp to a letter*, comme si dans le bus les jeunes filles avaient déjà laissé leur tête reposer sur l'épaule des garçons.

Il n'a pas fallu plus d'un quart d'heure ensuite pour revenir au Brewster Project. Ils se garent tout près de chez Roselle qui les regarde arriver depuis un banc devant son immeuble. Une voisine est avec elle. Alors ? font-elles d'un signe de tête. Archie rejoue le patron de la Motown sur les marches du bus,

– Vous êtes Detroit ! lâche-t-il, les bras en avant, mains ouvertes.

Les deux femmes rigolent.

– C'est vrai, c'est nous, nos enfants, approuve Roselle.

La voisine acquiesce en hochant du menton.

Elles ont à peu près le même âge, la cinquantaine. Roselle se tient très droite, presque raide, elle lutte contre la gravité qui vous tire les seins et les joues vers le bas, tandis que sa voisine se laisse aller presque avec soulagement vers cet âge où l'on ne vous remarque plus. Elles n'ont désormais plus d'enfants à surveiller, mais elles prennent encore ceux des voisins sur leurs genoux et continuent de jeter un œil circulaire sur le quartier, les jambes étendues devant elles depuis ce banc couvert de graffitis. Chaque femme est un rouage de cette cité que frôlent les bulldozers. Et personne n'a jamais cherché à savoir comment elles s'en sortent, comment elles ont fait, personne ne reprochera à une mère que son fils soit membre d'un gang, que son mari soit en prison, ni même qu'elle se prostitue pour gagner sa vie. Personne ne cherche en elles l'empreinte et les cicatrices que laissent les enfants et les hommes, personne ne sonde jamais leur fatigue, leur solitude ou leurs fous rires. Elles ne le font pas elles-mêmes.

Archie rentre. Geraldine le suit.

– Je vais faire du café… ça pue le tabac. C'est toi qui fumes ici ? demande-t-elle à son frère.

Il s'est posé en travers du fauteuil, les jambes au-dessus de l'accoudoir. Son pied heurte le guéridon où trônent depuis des années la même lampe à l'abat-jour crème et, tout autour, quelques photos d'eux, et une autre de leur père. Archie semble trop grand, trop encombrant, dans l'appartement de l'enfance. Mais il est revenu vivre chez sa mère, le temps de se retourner puisque le bar où il travaillait, comme la piaule où il s'était installé, n'existe plus.

– Moi et maman.

Roselle est comme lui maintenant, sans travail depuis que l'épicerie qui l'employait a également fini en miettes dans le fossé. Elle se débrouille de bons alimentaires, enroule chaque soir ses cheveux sur de gros bigoudis en songeant aux rendez-vous du lendemain dans de belles maisons en manque de personnel. Parfois, elle dévisage Archie longuement, un peu troublée. Qu'est-ce que tu ressembles à ton père ! murmure-t-elle en tirant de longues bouffées sur sa cigarette. C'est étrange de voir resurgir à côté de soi les traits, les yeux et la voix de celui qu'on a aimé, à l'âge où on l'a rencontré, et de ressentir encore le premier choc amoureux dans un corps qui s'en est éloigné. Archie s'est mis à lui poser des questions. Elle lui a un peu parlé de lui, Waldo, un type tellement sérieux, répète-t-elle avec un mélange d'admiration et de reproche. Puis très vite, comme si elle ne voulait pas s'attarder, ne jamais plus ouvrir son cœur, elle revient à sa blessure à l'abattoir, la gangrène qui l'a emporté. La décision qu'elle avait prise alors de les inscrire tous les trois sur la liste d'attente du Project où il refusait d'aller vivre. La joie d'être choisie. 29 dollars par mois l'appartement avec deux chambres. La certitude qu'elle s'en sortirait. La déception en entrant dans le logement sur Erskine Street. C'était glacial, gris, pas aussi beau que dans les promesses de Mrs. Roosevelt, les murs et les sols étaient en ciment comme si les ouvriers n'avaient pas fini le travail. Elle raconte les tapis qu'elle s'était procurés et qu'elle avait battus longtemps devant la porte car ils n'étaient pas neufs. Puis les rouleaux de papier peint dont elle avait tapissé le trois-pièces, débordant sur le palier parce qu'elle avait vu trop grand. À l'écouter, la vie se résume à des coups de cymbales, des réactions rapides, presque autoritaires, sur le cours des choses. En dessous, les émotions préfèrent rester muettes. Elle a du mal, ou aurait mal, à rapiécer l'amour, elle fait comme si le Project était la matrice, comme si la question n'était pas de venir au monde mais d'y trouver une place. Elle a souvent raconté à ses enfants que les Brewster avaient été construits l'année où Superman avait vu le jour, et où l'on avait découvert Saturne. C'était pour elle un bon présage. Ils n'ont jamais vérifié la coïncidence des dates et des astres.

Roselle entre à son tour dans l'appartement en s'adressant à Geraldine.

– J'espère que t'as découragé ton frère d'aller s'installer à l'ouest sur 12th Street. Qu'il reste ici, avec nous, au Project, c'est plus sûr !

– J'essaie, oui. S'il se fait embaucher chez Chrysler, il aura un appartement, parce qu'ils veulent des gens avec un salaire.

Archie se tait. Là-bas, au pied du bus, il était ému. Mais de retour ici, à deux pas du fossé, il a une affreuse sensation de solitude et de vide. Pourquoi vivre au bord du vide ? Avant tu ouvrais ta fenêtre, tu entendais la rumeur des clubs le soir, et dans la journée la musique que crachait le haut-parleur accroché au-dessus de la porte de la boutique de Joe Von Battle, qui a pressé les premiers gospels du révérend Franklin, mais aussi l'incroyable voix de sa fille Aretha. Quel silence maintenant. On dirait qu'il y avait là un arbre magnifique, une forêt, une Amazonie, qu'on en a cueilli les fruits, pressé le jus, récupéré la pulpe et puis qu'on l'a rasé de peur que ses racines ne plongent si profondément dans la terre qu'on ne puisse plus l'empêcher de grandir. Ils ont gagné la partie trop vite, pense-t-il. Nous n'avons pas défendu le quartier, il a cédé la place comme un cœur brusquement s'arrête. C'est une attaque cardiaque massive. Nous sommes trop habitués à ce qu'on nous chasse, nous sommes devenus insensibles à notre propre douleur. Le vide nous poursuivra.

Il laisse Geraldine et sa mère lui expliquer ce qu'il devrait faire. Il ne leur en veut pas. Il n'est pas de ces hommes que les angoisses féminines fatiguent, il a grandi entre elles, il n'a pas oublié le réconfort de leur voix, de leur présence, et il leur sait gré de ne réclamer aucune consolation, jamais. Ils boivent leur café, puis très vite Geraldine doit filer. Elle les abandonne, mère et fils, comme lorsqu'elle s'est mariée. Ils la regardent marcher vers sa tour. Là-haut, elle va préparer le repas des enfants, ouvrir les pages du *Chronicle*, y lire que désormais les trois quarts des nôtres qui ont une voiture l'achètent neuve. *That's my car*, disent-ils, et ce n'est plus un jeu, le cri d'un gosse assis sur le trottoir. C'est le progrès, l'ostentation des hommes. Est-ce que ça les rapproche de tous courir après la même chose ? Les tas de sable qui bordent le fossé semblent prédire que non. Ce sont leurs cendres.

Octobre 2013

– Ça vous plaît pas ?

– Non, pardon, c'est juste un peu chaud, je laisse refroidir, répond Sarah qui avale quelques haricots pour ne pas froisser le serveur du Lafayette Coney Island. Elle l'aime bien, ce grand type grisonnant, l'air un peu sévère, et trop vieux pour les sourires grimaçants qu'impose le management d'aujourd'hui. Ses épais sourcils sombres vous embarquent plutôt pour un village des Balkans.

– C'est vrai ça, tu penses à quoi ? ajoute Jeff.

– À rien, dit-elle.

Rien, voulant dire, à demain, à tous les jours qui suivent, à Frat Boy, à tous les morts qui m'attendent, peut-être à ma mort, à la tienne, je ne sais pas, et de toute façon tu n'aimes pas que j'en parle. Frat Boy est-il venu ici ? C'est à ça que je pense. Il a probablement poussé cette porte, c'est l'un des rares endroits ouverts en pleine nuit en centre-ville. Il s'y est même certainement arrêté plusieurs fois, il était à Detroit depuis un moment, j'en suis sûre, on ne va pas traîner dans le Brewster Project quand on ne fait que passer.

Toutes ces pensées ne forgent pourtant qu'un silence de quelques secondes. Elles creusent plus qu'elles ne s'étirent.

– Trop salé, murmure finalement Sarah à Jeff en promenant sa cuillère à la surface de son bol de chili.

Puis elle plonge la main dans son sac, en retire une feuille qu'elle déplie et pose sur le bar.

– Ce visage ne vous rappelle rien ?

Le serveur fixe Frat Boy un instant et secoue la tête. Et à lui ? fait-elle en indiquant le type de dos devant les poêles et les friteuses. Le serveur s'en va montrer le portrait au cuisinier. Même réponse.

– Ton cas s'aggrave, soupire Jeff en plissant le coin de la bouche.

– Il est venu, j'en suis sûre. Y a qu'ici pour se nourrir en ville de nuit.

– Tu oublies le Coney Island d'à côté. L'American Coney Island. Nous, on choisit celui-là, mais ton protégé préférait peut-être l'autre. Vas-y, tant que tu y es ! Mais avant, n'oublie pas tous ceux qui sont là, mets-leur ton mort sous le nez pendant qu'ils mastiquent leur hot-dog, ils apprécieront !

Sarah parcourt la salle du regard. À part le vieux Noir seul près de l'entrée, les rares clients ont tous l'air de passage. À l'autre bout du comptoir, ce sont à l'évidence des supporters des Tigers qui sortent du match. À sa droite, des musiciens qui ont joué dans un club de jazz pas loin, vu les instruments à leurs pieds le long du bar. Ils vont repartir aussi. Le serveur bavarde avec eux et semble avoir déjà oublié le jeune homme qu'elle lui a montré. Le cuistot disparaît derrière les fumées grasses qui montent de ses plaques de cuisson. Ici, on dirait que la même scène se répète chaque jour sans se souvenir de la veille. Le lino du bar n'a pas été changé depuis les années 1960, comme les tabourets chromés tapissés de skaï orange, la caisse enregistreuse, gros bloc de métal gris avec ses touches noires sur ressort, ou le menu et ses hautes doses de sel. C'est ici que Patti Smith a rencontré Fred Smith, lui avait confié Jeff la première fois qu'ils étaient venus ensemble. C'est sûrement pour ça qu'il préfère ce Coney Island à celui d'à côté.

– Tu n'as donc jamais envisagé de partir ? lui avait-elle demandé ce soir-là.

– Parfois. J'ai vu beaucoup de gens s'en aller, mais chaque fois que j'ai été tenté de faire comme eux, je finissais par trouver un boulot qui me permettait de rester. Ce n'est ni la plus belle ni la plus sûre des villes, mais c'est la plus dingue, et une des meilleures scènes du pays.

– Mais ce vide ? L'obscurité ? Tout ce qui s'effondrait ?

– On avait l'espace et la liberté que la jeunesse a rarement.

Elle n'avait rien trouvé à répondre à ça. C'était l'envers de ce qu'on lui avait appris, l'envers de ce qui se dit, l'envers de la peur, formulé pourtant avec autant de certitude, mais pas de loin, de près, de tout près, depuis l'intérieur de la ville. Jeff a travaillé dans des organisations caritatives, peint des maisons, livré du lait, conduit des camions, installé des œuvres d'art, avant de rejoindre le musée. Il a longtemps vécu en colocation dans une ancienne fabrique, il avait fait du sous-sol un lieu de répétition, d'enregistrement et de fête. Hey, Judas Priest ! t'as pas un dollar ? l'interpellaient parfois quelques Noirs désœuvrés depuis les marches d'une église abandonnée posée sur son chemin. Ils lui lançaient des noms de groupes de hard rock parce qu'il était blanc et avait les cheveux très longs. Parce que dans la cité déchue, le Noir devenu majoritaire pouvait se permettre de siffler le Blanc. Jeff leur répondait d'un sourire sans s'attarder. Comment leur expliquer que ce qu'il aimait, lui, c'était la musique de leurs grands-parents, ringarde pour eux, précieuse pour lui, ces sons et vibrations montés de Hastings Street depuis longtemps engloutie, la rythmique de John Lee Hooker qui a façonné celle de tous les groupes d'ici ? Il est l'humble gardien de cette histoire-là. Il s'est construit autour d'elle, tandis que les vrais descendants, l'immense majorité noire de la ville, se sont désarticulés, héritant d'une mémoire souillée. Ils ne vivent pas ensemble dans cette ville en quarantaine, c'est trop tard, tout ne peut pas être réparé. On ne se lave pas des péchés et des crimes américains, en étant blanc, cool, dans une ville devenue noire. On vit juste selon les proportions inversées du pays, on s'écarte de ses diktats, on se fout d'avoir beaucoup d'argent, un costume, une bonne situation, on ne fera pas forcément d'enfant, on trouve des petits boulots pour assurer l'ordinaire, de la musique pour se sentir vivre, on se fiche de ce qui marche à la radio, de ce que réclament les grosses maisons de disques, on cherche juste à reproduire et à prolonger un son qui a éclos ici. Et on roule dans des voitures d'occasion dont les flancs rouillent, parce qu'on se contrefout du dernier modèle Ford ou General Motors qui ont infligé tant de douleurs, de défaites et d'humiliations à nos pères et à nos mères.

Tout ça n'est jamais formulé, ou revendiqué, c'est chez Jeff et d'autres un langage du corps, des yeux, débarrassé de toute arrogance, c'est contenu, noyé dans des chansons qu'ils dissèquent pendant des heures comme on démonte un moteur.

Sarah replie le dessin.

– Je déteste cette histoire, soupire-t-il.

– Je sais, dit-elle en glissant ses doigts au creux des siens.

Elle aime ses mains aux ongles courts, salis par la poussière des caisses et des œuvres qu'il manipule au musée, elles sont larges, solides, il y manque une phalange à la naissance de l'annulaire droit, souvenir d'une bagarre sur le parking d'un club qu'elle lui a fait raconter plusieurs fois. Elle aime l'empreinte de cette ville sur lui et en lui, sa façon d'y vivre, d'encaisser, de comprendre, de se taire, de jeter des regards circulaires avant de sortir de sa voiture, puis de plonger, de ne rien dénouer, mais de déjouer sans cesse. Jeff est à lui seul une forme de loi, une trêve avec le danger, un pacte fragile avec cet endroit où il est né. Il fait avec cette ville ce que Sarah fait avec ses morts, il lui rend une vie, des mouvements. Elle s'est rapidement sentie tomber amoureuse de lui lorsqu'ils se sont rencontrés, pas seulement de lui, de ce qui l'entoure, de ce qu'il y voit encore, de cette zone sombre et dangereuse au bord de laquelle elle avait grandi. Par lui, elle y entrait pleinement. Avec lui, elle n'avait plus peur. C'est peut-être cela, tomber amoureux. Dans ce cas, ça ne lui était jamais arrivé.

Ce soir, Frat Boy prend trop de place. Il éclaire la ville d'une lumière trop crue. Detroit n'a eu aucune clémence pour sa jeunesse, ses tâtonnements, ses désirs. Que cherchait-il ? Quelle musique ? On en cherche forcément une par ici ou alors ce n'est pas la peine de venir.

Sarah serre plus fort la main de Jeff. C'est sa façon de dire, Je sais que je t'emmerde avec mes élans de bienfaitrice, qu'il faut avoir grandi ailleurs pour croire aux miracles, mais demain, je fais mon dernier geste pour lui, et j'aimerais tant qu'il y en ait d'autres possibles.

Le lendemain, une voix familière et forte résonne dans le hall de la morgue.

– Ira ?

Sarah s'approche, ses dossiers sous le bras. Il se retourne. C'est lui, avec sa casquette, ses lunettes rectangulaires, son col roulé, sa barbe qui blanchit sur sa peau noire. Il y a un moment qu'ils ne se sont pas croisés.

– Qu'est-ce qui t'amène ? lui demande-t-elle.

– L'autopsie d'une femme trouvée morte chez elle il y a quelques jours. Et toi ?

– Trois prélèvements d'ADN ce matin. Dont celui du gamin tué dans le Brewster Project fin juillet, tu te souviens de cette histoire ?

– Bien sûr. Toujours pas d'identité ?

– Rien. Je pige pas comment il a pu sortir des radars à ce point. À son âge, et aujourd'hui, alors que tout le monde est hyperconnecté, ça n'a jamais été aussi compliqué de disparaître.

– Sauf ici.

– Mais je comprends encore moins que personne ne le réclame. La première fois que je l'ai examiné, j'ai pensé à un étudiant issu d'une famille aisée, un môme qui va à l'université, qui est membre d'une fraternité là-bas, avec une devise, une formule secrète, un réseau qui lui servira toute la vie, tu vois de quoi je parle, un frat boy quoi… J'ai d'ailleurs pris l'habitude de l'appeler comme ça, Frat Boy…

– Possible. Je me rappelle avoir parcouru les rapports de patrouille à l'époque. La veille ou l'avant-veille de sa mort, des étudiants en vadrouille se sont fait racketter là où on a retrouvé ton gamin. Eux, ils ont eu la bonne idée de venir de jour, ça leur a probablement sauvé la vie. Ça doit être un trip maintenant, le Project ! Qu'est-ce qu'ils vont foutre là-bas, tous ? Ils ne peuvent pas se contenter des ruines de l'opéra, du vieux lycée sur Cass, ou de la grande gare ? Au moins, là-dedans, y a eu de la dorure, du marbre, du prestige. Ils veulent les vestiges du ghetto en plus ? Veulent aussi voir ce que laissent les pauvres ? Rien ! Ils ne laissent rien ! Ils n'avaient rien ! Mais c'est même pas ça qu'ils cherchent, ceux qui viennent, c'est pas les gens, c'est juste le frisson, la palme du courage ! Je dois t'avouer que je commence à en avoir marre de ces touristes des ruines, de leurs vidéos qui tournent, de leurs photos, c'est pornographique, paraît même que ça fait fureur dans les galeries chics ! Mais tu ne vois personne, jamais personne, sur leurs clichés ! Comme si y avait plus un habitant dans cette ville, comme si les gens d'ici ne comptaient pas, n'existaient pas ! Pourtant nombreux sont ceux qui sont restés malgré tout, qui se battent chaque jour, qui ont vu s'effondrer la maison du voisin, trembler la leur, qui font ce qu'ils peuvent ! Des gens magnifiques ! J'ai le nez dans le sang et le crime, mais je ne cesserai jamais d'aimer ceux d'ici… Et personne ne prend de photos d'eux ! Personne ne leur demande ce qui s'est passé, ils en savent long pourtant, ils ont des choses à raconter, mais au fond ceux qui viennent, ça ne les intéresse pas de comprendre comment on en est arrivé là, ils veulent poser devant les éboulis de Packard et poster la photo sur Facebook. Packard est fermée depuis 1958. 1958 ! Tu parles d'une nouvelle. Mais ils n'en savent rien, ils s'en foutent, c'est l'apocalypse qui les excite, le vide. Moi et l'apocalypse. Moi et le vide. Et ils m'emmerdent avec leur vertige, leur angoisse. S'ils ont tant de couilles, qu'ils aillent à Tchernobyl ! C'est quoi leur vie pour avoir besoin de contempler le drame ? Je te promets que s'il en vient de partout pour renifler le danger, ils vont le trouver ! Et va bientôt nous falloir une morgue plus grande encore que celle-là !

D'ordinaire rien ne déborde chez Ira. Sarah n'a jamais rien senti d'autre qu'une obscure persévérance. Mais aujourd'hui sa voix résonne dans le couloir, pleine d'une colère froide dont il n'est pas coutumier. Ce qu'il faudrait, là, maintenant, c'est pouvoir traverser la rue, aller s'asseoir, prendre un café, prendre le temps, parler de ces morts qui traversent leur existence, de ceux qui subitement prennent plus de place que les autres, sans qu'on sache bien pourquoi. Pourquoi s'est-il emporté ? Et pourquoi a-t-elle évoqué Frat Boy et pas l'un des deux autres cas dont elle a la charge ce matin ? Qu'importe. C'est comme ça, un écho venu des profondeurs qu'on n'a pas besoin d'élucider. Il n'y a de toute façon rien de l'autre côté de la rue qu'une station-service, des entrepôts vides ou au ralenti et une vieille fabrique de cigares en ruine. Le café maintes fois réchauffé de la machine réservée au personnel fait donc l'affaire. Ils sont pressés, ils sont flics, ils viennent régulièrement ici sans être sûrs de résorber quoi que ce soit, sans frayeur dans le regard, même si c'est l'une des morgues les plus fournies du pays, du monde peut-être. Ils s'attachent aux détails et aux circonstances. Le reste, ils finissent par l'enfouir.

– Pardon, je vais trop loin, s'excuse-t-il finalement. Je peux ? demande-t-il en indiquant les dossiers qu'elle a sous le bras.

Elle lui tend celui de Frat Boy. Il parcourt les premières pages, les éléments classiques de la découverte d'un corps, et il voudrait subitement savoir où exactement ils l'ont trouvé, au pied de quelle tour. Ses yeux cherchent l'information tandis qu'il exhume en silence la 301, la 302, la 303, les escaliers, les rires, les cris, la géographie de l'enfance, ses points cardinaux envolés, mais que la mémoire n'efface pas, ils sont là, dans sa tête, comme des toises : un voisin, un parking, une aire de jeux, un arbre depuis longtemps disparus, le banc d'où ta mère te regardait jouer, puis sur lequel tu t'es frotté à une fille pour la première fois, le lampadaire qui en s'allumant sonnait l'heure de remonter mais aussi l'entrée en piste des dealers, des putes, des gangs.

Trouvé au coin d'Alfred Street et de St. Antoine, dit l'un des tout premiers rapports.

Donc, pas loin de la 303.

– J'ai grandi là, lâche-t-il sans lever les yeux.

– Ah oui ? J'ai l'impression de les avoir toujours vues vides, moi, rétorque Sarah aussitôt gênée par ce qu'elle vient de dire. Mais c'était comme ça, en vitesse, depuis l'autoroute, ajoute-t-elle.

– Moi, j'en entends encore les bruits. Des mômes, des mômes partout, dont moi, plein de mômes qui courent, crient, se marrent, s'agglutinent autour de la première belle bagnole venue. C'était notre territoire. T'avais jamais envie de reprendre l'ascenseur jusque chez toi. Mais c'était il y a si longtemps.

Il lui rend le dossier.

– On a eu de la chance qu'un ouvrier le repère dans les débris de la démolition On aurait pu ne le découvrir que bien plus tard, quand ils auraient tout rasé, tout nettoyé.

– Appelons ça de la veine, si tu veux, réplique Sarah. Mais on n' en a retiré aucune information. Ni son visage ni ses empreintes ne nous ont été utiles. Si on ne l'avait trouvé que dans six mois, j'aurais fait exactement ce que je m'apprête à faire maintenant.

Quelques minutes plus tard, Sarah saisit doucement le poignet de Frat Boy. Un instant, elle se contente d'inspecter la forme, la taille, la longueur de ses doigts comme si elle cherchait à en mesurer la force ou le talent. Ça n'a plus aucune importance. Mais il y a en elle l'envie d'imaginer, de revenir aux mouvements, d'inventer des caresses, des poings serrés, un instrument de musique ou un sport au creux de cette main-là. Le corps est la preuve de notre existence et celui-là s'en va sans rien avoir raconté. La peau commence à prendre la texture visqueuse de l'argile. Sarah voudrait le retenir encore. Mourir c'est une chose, mais disparaître sans nom, sans laisser de trace, sans personne pour nous pleurer, c'est comme mourir deux fois. La ville est pleine de gens comme ça, qui s'en vont sans que quiconque s'en rende compte. Sarah est bien placée pour le savoir.

Mais ce n'est pas possible pour Frat Boy. Ça ne colle pas.

Puis son scalpel s'enfonce tout seul dans la chair où déjà les muscles se décomposent. Elle incise, elle n'aime pas ce geste, parce qu'il est le dernier, parce qu'il est intrusif, et qu'il crée une plaie supplémentaire. Tout va vite, elle atteint l'os, elle change de lame, en choisit une plus épaisse et dentée qu'elle enfonce dans le radius vers la moelle osseuse. Là, tout au fond, c'est encore frais, elle le sent à la façon dont son outil avance, c'est comme un magma où flottent depuis les origines du monde des gens aux cheveux noirs comme lui. Leurs voyages, leurs secrets, leurs amours, leurs mélanges sont au bout de son scalpel. Il y a en chacun de nous beaucoup d'hommes et de femmes. C'est comme ici, Detroit, vieil eldorado. Comme dans chaque rue de cette ville encore pleine d'ombres et de fantômes qui s'agitent sur les trottoirs aujourd'hui défoncés du passé.

Elle taille maintenant l'os en longueur. Elle finit par en extraire un morceau de dix centimètres qu'elle dépose dans une boîte de glace sèche qu'elle referme aussitôt. Elle note les dates et les codes sur des étiquettes qu'elle colle sur le prélèvement qui va partir au laboratoire du FBI. Center for Human Identification. University of North Texas.

C'est notre dernière cartouche, Frat Boy.

Il disparaît dans la housse qu'elle vient de refermer.

Le long de la route, ensuite, des ours en peluche crasseux regardent passer Sarah. Leurs yeux en bouton ne s'étonnent pas d'être accrochés aux arbres ou crucifiés aux poteaux électriques. Il y a un moment que ce coin de la ville sert de champ d'opération à l'artiste Tyree Guyton, un type d'ici, qui a choisi de colorier et d'égayer son quartier d'enfance rongé par l'abandon. Il peint des couleurs vives sur les façades condamnées, y colle des vieux vinyles, empile des objets, des chaussures, des crucifix, des meubles là où l'herbe a recouvert les fondations d'une maison, ou simplement laissé trois marches qui ne mènent nulle part. C'est un peu comme à la morgue, songe Sarah, ça ne saigne plus, mais c'est plein d'entailles qui témoignent de ce que les gens ont enduré. L'endroit est de plus en plus connu, il fait partie de la ballade, de la tournée des ruines désormais. Est-ce qu'il y est venu, Frat Boy ? Est-ce qu'il a aimé ? Il valait sûrement mieux que les petits nantis avides de frisson contre lesquels s'énervait Ira tout à l'heure, elle le sait. Non, en fait elle n'en sait rien. Il était seul, et de nuit. Il existe des gens singuliers qui ne tiennent compte ni de l'heure ni du temps qu'il fait, ils marchent sans but, curieux du monde. Il était peut-être comme ça. Son inconscience cache un idéal. Pensait-il triompher d'un univers aussi hostile ? Pensait-il ne croiser personne, ou bien avait-il trop confiance ? Pensait-il que la désolation engendre des innocents ?

WDET annonce que la procédure de mise en faillite a finalement été validée par un juge dans la matinée. Le manager a carte blanche. Ce n'est pas une surprise. Sarah monte le son. C'est étrange, la politique. Elle a grandi sans, Jeff avec, et il en parle beaucoup. La radio publique laisse la parole aux perdants. Un pasteur dénonce une prise de contrôle financière après des décennies d'abandon, mais que pèse encore l'aristocratie noire des hommes d'Église naguère si importante dans cette ville ? Une vieille femme s'énerve :

– J'ai voté pour mon conseil municipal et mon maire, que je sois d'accord avec eux ou non. Nous n'avons pas besoin d'un dictateur, d'un propriétaire d'esclaves. Je ne suis pas une esclave !

C'est le vieux Detroit qui s'exprime, ceux dont les racines ici sont si profondes que les temps reculés ne sont jamais loin, comme des brumes jamais dissipées. Ils sentent bien que quelque chose leur fonce dessus. *Bankruptcy*, ça veut dire que d'autres gens arrivent avec des millions de dollars en poche. Ils sont partout chez eux. Ils seront ici chez eux. Et ils ne signeront aucune reconnaissance de dette à ceux qui sont restés.

Sarah roule doucement. Les œuvres de Tyree se font plus rares dans le paysage. C'est l'art brut après la tempête, toujours les artistes qui font le boulot, a dit Jeff un jour alors qu'ils passaient par ici, ajoutant qu'il faudrait que les éminences grises, les professeurs d'université, les penseurs de l'économie et l'élite du Parti démocrate tiennent leurs réunions et leurs travaux, là, sous les yeux doux des oursons sales qui accusent : Où sont passés les mômes ?

Des mômes, des mômes, des mômes partout, racontait Ira tout à l'heure.

Novembre 1962

1 Mississippi 2 Mississippi 3 Mississippi 4 ssissippi, 5 ssippi

Geraldine sourit en écoutant les plus petits jouer à cache-cache dans l'appartement, écorner les syllabes du vieil État sudiste qui sert depuis toujours de sablier entre les chiffres, à moins qu'il s'agisse du fleuve, qui sait, c'est comme ça depuis si longtemps. C'est comme une partie infinie que se refilent les générations les unes après les autres. Mais est-ce qu'on apprend jamais à trouver les bonnes personnes ?

6 sissippi, 7…

Depuis le salon, le générique de l'« Andy Griffith Show » fait entendre sa petite musique répétitive, le sifflotement satisfait d'un homme qui marche avec son fils et sa canne à pêche sur l'épaule jusqu'à la rivière, il fait beau, le poisson les attend, le père porte son uniforme de sheriff, autant dire qu'il aime son gamin et l'ordre.

– Ira ! Change de chaîne ou éteins-moi cette putain de télé ! crie Nelson.

Le couteau de cuisine dérape. Geraldine s'entaille légèrement le doigt. Son sang perle sur la pomme de terre. Un instant, lui vient l'idée que la pomme de terre saigne avec elle. Elle la passe aussitôt sous le robinet.

– Ira ! Éteins-moi cette putain de télé ! répète Nelson. Je vais pas laisser cette lopette de flic blanc te laver le cerveau ! Regarde-le, mais regarde-le ! Avec ses risettes et son cul serré, je veux pas de ça chez moi !

Ira ignore les remarques de son père. Il fixe l'écran. Il est tout près, assis en tailleur juste devant, comme s'il faisait barrage de tout son corps. Il sait que son père ne bougera pas, il suffirait pourtant qu'il se redresse et tende le bras pour tout arrêter, mais ici, il n'a d'autoritaire que le ton, il ne quitte le fauteuil que pour aller manger ou se coucher. Ira imagine qu'il s'épuise ailleurs.

– Tu veux que je t'explique ce que c'est qu'un flic, Ira, tu veux que je te dise ? crie Nelson encore plus fort. Tiens, interroge l'oncle Archie ! Il en sait long. Raconte-lui, toi !

Archie secoue la tête. Assis sur l'autre fauteuil, les coudes sur les genoux, les yeux rivés sur le tapis, il a l'air de se demander ce qu'il fait là, coincé chez sa sœur, entre les adultes et les gosses, alors qu'il n'est ni l'un ni l'autre. Il a vingt ans, il est libre comme l'air.

– Mais raconte-lui au petit, puisqu'il en pince pour ce trouduc d'Andy Griffith !

– Sûr qu'à son âge je préférais Superman, rigole Archie. Mais ça lui passera, fiche-lui la paix s'il aime ça.

L'eau coule toujours dans la cuisine. Andy Griffith est maintenant en train de montrer à son adjoint comment ne pas coincer son doigt dans son revolver. Voilà deux ans qu'il sévit sur CBS, il est très populaire dans le pays, il a une tête de brave type, une étoile de sheriff, un fils qu'il aime, et un acolyte stupide qui met en valeur sa jugeote et son grand cœur. Il semble avoir été inventé pour racheter tous les crimes du pays.

– Putain ! Ça se saurait si les flics ne savaient pas se servir de leur arme ! peste le père d'Ira d'un rire amer. Raconte-lui, Archie, ce qui vous est arrivé la semaine dernière, à toi et ton pote ! insiste-t-il.

La mâchoire de l'oncle se contracte. Ira fixe l'écran en se mordillant le pouce. Raconte-lui, bordel ! Tu roulais vers le sud-ouest de la ville, c'est ça ? continue Nelson.

– Arrête ! soupire Archie.

– Ton pote était dans sa caisse, toi dans la tienne, juste derrière lui, quand les flics lui ont donné l'ordre de s'arrêter, c'est ça ? Et ensuite ?

– Ensuite, rien ! Ça suffit ! explose l'oncle Archie en se levant.

– Rien ? Après ce qu'ils ont fait à ton pote ? Rien ! Tu parles comme les flics, t'es avec eux ? Circulez, y a rien à voir !

– C'est pas des trucs à déballer devant les mômes !

– Si, justement ! Faut qu'il sache dans quel monde il a mis les pieds. Ensuite, ils lui ont fait baisser sa vitre. Il l'a fait. Il a obtempéré, hein ? Faut leur obéir, hein ? Nos mères nous ont toujours appris à répondre, Oui, Monsieur l'agent, à ne pas chercher les ennuis. Nos mères nous ont appris à survivre, pas à nous battre. Elles nous ont appris à ne pas moufter s'il nous traite de sale nègre. Hein ! Oui, Monsieur ! Alors il a obéi…

Archie quitte la pièce, passe dans la cuisine. Son blouson au creux du coude trahit son envie de déguerpir. Geraldine lui lance un regard qui ne lui laisse pas le choix : Tu restes. Et elle lui colle une pile d'assiettes entre les mains. Elle ressemble à maman, se dit Archie. Mêmes pommettes hautes sous deux yeux qui s'interdisent le doute et le regret, même façon de devenir agressive quand elle a peur. Et puis cette cuisine, l'odeur du poulet frit, des patates douces plongées dans l'eau bouillante, les aubergines venues du marché. Toutes ces habitudes qu'elle a gardées. Marcher chaque samedi matin vers l'Eastern Market, comme eux derrière leur mère sur Erskine Street qui l'écoutaient à peine répéter qu'il leur fallait des produits frais, qu'ils étaient des gens du Sud, que là-bas leurs ancêtres avaient tout fait pousser, que c'est impossible ici, il n'y a pas de place et puis la terre est mauvaise avec toutes ces usines, mais qu'il faut cuisiner comme sa propre mère le faisait. Ils s'en foutaient à vrai dire, ils rêvaient de hamburgers et de hot-dogs. Mais ils aidaient Roselle à porter son panier plein sur le chemin retour et, à leur insu, ce qu'elle leur inculquait entrait en eux. Ce quartier est leur refuge, ce grand marché leurs racines. C'est lisible dans chaque geste de Geraldine. Elle a hérité de tout ça.

– Ton fils, c'est pas le flic qu'il aime chez ce crétin de Griffith, c'est le père, murmure Archie à sa sœur.

– Tu crois que j'ai pas compris ? marmonne Geraldine. N'empêche que moi aussi je le déteste ce blanc-bec sudiste qui joue les papas parfaits.

Il retourne au salon déposer les assiettes sur la table. Aussitôt, la voix de Nelson reprend sa tirade.

– Il a baissé sa vitre à moitié et ils ont empoigné sa petite gueule de nègre, c'est ça, hein, Archie ? C'est ça que ces salopards de flics ont fait à ton pote ! Ils ont passé le bras à l'intérieur et ont tiré violemment sa tête vers l'extérieur de la bagnole, je la vois coincée entre la vitre et la carrosserie, il pouvait plus bouger. C'est ça, hein ? Et là... !

Et là, sans même lui poser une question, sans même lui demander ses papiers, ils ont sorti le gourdin, et ils ont cogné, cogné comme des sourds, comme sur un ballon. La scène est soudain si nette pour Archie. Le visage et le crâne de Peter ne formaient plus qu'une boule de sang et de chair. On n'y distinguait plus les yeux des cheveux. Archie a voulu sortir de sa voiture, protester, l'aider, un autre flic a alors pointé son arme vers lui. Il ne sait pas combien de temps ça a duré. Les secondes étaient comme des heures, il craignait de voir exploser la tête de son ami, sans se rendre compte qu'il tenait la sienne entre ses deux mains. Et lorsque, enfin, ils sont partis, Archie s'est rué vers la voiture de Peter qu'il a déplacé doucement pour l'allonger sur la banquette arrière, il a pris le volant et l'a emmené aux urgences.

Mais il reste muet tandis que la séquence se termine, à peine déformée, dans la bouche de son beau-frère, et que le sheriff Andy Grifftih dépose un vase plein de fleurs fraîchement coupées dans la cellule de son prisonnier, pour le plus grand plaisir d'Ira.

– Ils ont fait ça sous tes yeux, et toi, tu pouvais rien faire d'autre qu'assister au massacre de ton pote. C'est ça les flics, Ira ! Éteins-moi cette putain de télé ! Qu'est-ce que tu crois, sale petit égoïste ! T'es en train de te faire bouffer le cerveau par la télé des Blancs.

Geraldine est sur le seuil du salon. Son petit dernier court se réfugier dans ses jambes. Elle aussi fixe le sheriff Andy Griffith.

– Éteins ces conneries immédiatement, Ira ! lance-t-elle.

Ira se lève doucement comme s'il n'était capable d'entendre que la voix de sa mère. Il pousse à regret le bouton du poste. Andy Griffith, son fils, sa petite ville imaginaire de Mayberry s'évaporent d'un coup. Son père se calme aussi rapidement qu'un ballon de baudruche se dégonfle, ce n'est bientôt plus qu'une chose molle. Geraldine retourne en cuisine. Elle sort les patates de l'eau bouillante. Archie la rejoint. Il se poste devant la fenêtre. D'ici, la vue est terrifiante. L'immense no man's land de l'autoroute en construction s'est encore élargi, laissant un gouffre à leurs pieds, le sentiment d'une irréparable disparition.

– Le marché semble loin désormais, dit-il.

Sa sœur ne répond pas.

– Tu te souviens, insiste-t-il, les petites tortues que nous avions rapportées du marché aux poissons ?

– Oui, on leur avait même donné des noms. J'ai oublié lesquels. Mais on n'avait pas le droit de les emporter à la maison, maman ne voulait pas.

– On leur faisait faire des courses de vitesse, puis on les abandonnait dans des boîtes devant la porte jusqu'au lendemain, quels sales gosses !

Et ils rient tous les deux des cruautés que les enfants infligent aux bêtes. Un instant, la cuisine n'est qu'à eux, caisse à souvenirs perchée un peu plus haut que le trottoir où ils rêvaient de grosses voitures et criaient à leurs tortues d'aller plus vite.

Le repas commence dans le silence.

– Ah, c'est moins drôle qu'à Mayberry par chez nous, hein, Ira ! ricane Nelson en donnant une tape trop forte sur la tête de son fils.

– Archie t'a dit qu'il embauche chez Chrysler finalement ? le coupe Geraldine.

– Une connerie, grommelle Nelson.

– C'est de l'argent légal, plus que dans les bars. Et ça lui donnera une retraite plus tard.

– Pauvre Geraldine qui croit toujours tout ce qu'on lui raconte. En tout cas, prends ta carte de l'UAW, Archie.

– J'y compte bien.

– Comme ça, tu pourras emmener les enfants au défilé des syndicats au printemps prochain, déclare Geraldine.

– C'est moi le père, je peux aller avec mes mômes au défilé.

– Tu l'as pas fait au dernier. Et de toute façon, c'est une blague entre Archie et moi, parce que quand on était gamins, on mentait le jour du défilé, on se pointait au stand, on baratinait que notre père travaillait chez Ford, même si on n'avait pas de père du tout, et ça nous donnait droit à un hot-dog et une limonade gratuits.

– Si t'avais vraiment eu un père chez Ford, tu l'aurais vu cracher son sang et t'en parlerais pas comme ça, avec ta voix perchée d'idiote qui redemande de la limonade.

– Ma sœur est tout sauf une idiote et notre père a travaillé chez Ford ! s'interpose Archie.

Combien faudra-t-il d'années là-bas chez Chrysler, avant qu'il ne devienne comme ce beau-frère épuisé ? Il se souvient d'un autre homme pourtant, qui aimait sa sœur, plongeait ses yeux dans les siens, la faisait rire, danser au gré de mouvements doux et souples qu'on leur imaginait jusque dans l'intimité. Il revoit son bras autour de sa taille au défilé du syndicat justement, c'était il y a des années sur Woodward Avenue, tous marchaient en direction de l'hôtel de ville, sous les bannières des sections d'entreprises, Packard Local, Chrysler Local 212, Dodge Local 140, tous ces gars que l'usine met en rang, qui relevaient la tête, ils avaient l'air plus jeunes tout à coup. « Accélère et meurs plus vite », clamait la banderole de Ford Local 600, celle de Rouge Plant, ce monstre de tôle tremblante et fumante à l'ouest de la ville, là où il faut tant d'hommes, qu'on y mélange les Noirs et les Blancs, là qu'ils gueulent le plus fort contre les cadences des machines qui les désarticulent.

Accélère et meurs plus vite.

Un présage.

C'était quand ? 1954 ? 1955 ? Un beau jour en tout cas. Toujours un grand jour la parade syndicale, où le *Michigan Chronicle* proclame en Une : « Fier et heureux de dédier cette édition au mouvement des travailleurs. Nous considérons que ce mouvement a fait beaucoup pour la dignité de l'homme, quel qu'il soit. »

L'a-t-il rêvé ce journal, ce jour-là, ce bras de Nelson autour de la taille de Geraldine, cette marche fière des travailleurs de l'automobile, du bâtiment, de la chimie, ces conducteurs de bus, ces machinistes agitant le drapeau américain tout en chantant les hymnes ouvriers, l'a-t-il rêvée cette ville ? Il est désormais plus près de Nelson que d'Ira. Il s'en va vers la vie des autres, celle qui vous fait comprendre qu'il faut à peine y croire, que l'amour est comme une marche syndicale, voué à se fatiguer. Pas sûr que ce soit sa vie, même s'il va la vivre.

La sonnette retentit et les sauve du silence qui s'installe. Ira court ouvrir la porte comme s'il attendait une excuse pour se lever de table.

– Maman ! appelle-t-il.

Johnnie Mae est sur le seuil, l'air triste. Geraldine l'invite à entrer, l'entraîne dans la cuisine. Quelque chose est arrivé à Mary ? Johnnie Mae secoue la tête. Vous n'avez pas entendu la radio ?

– Non.

– Mrs. Roosevelt est morte.

Geraldine fronce les sourcils, puis baisse les yeux sans rien dire. Johnnie Mae prend sa main. Archie, curieux du silence qui a suivi l'arrivée de la voisine, les rejoint dans la cuisine.

– Mrs. Roosevelt est morte, lâche Geraldine.

Archie pose la main sur la nuque de sa sœur, puis l'enlace, comme pour réunir leurs souvenirs, laisser monter en eux la voix de Mrs. Roosevelt à la radio. Leur mère l'écoutait fidèlement, qui parlait pourtant de choses lointaines et compliquées, des nations enfin unies pour des délibérations sans fin. Elle s'en fichait au fond, Roselle, c'est la présence d'Eleanor qu'elle aimait, elle en avait quasi fait un membre de la famille. Elle envisageait souvent de lui envoyer une lettre comme tant de gens, mais elle ne savait pas écrire, en tout cas pas assez bien pour un courrier aussi important, alors elle se contentait de l'approuver à voix haute, Bien dit, Madame !

Comme si ses mots pouvaient arriver aux oreilles de l'épouse du président, transportés par les ondes.

– Tu lui dirais quoi, maman ? avait un jour demandé Geraldine.

– Je sais pas, moi… Je lui dirais… Merci. Merci pour le Project. Et aussi que j'aime pas quand son émission se termine. Qu'elle me manque ensuite. Tu lui écriras tout ça, toi, hein ?!

Geraldine savait quelle fierté sa mère éprouvait à la voir courir chaque lundi et mercredi vers le camion de la bibliothèque municipale qui se garait en fin d'après-midi, devant les immeubles.

Chère Mrs. Roosevelt, brodait-elle parfois.

Ma mère s'appelle Roselle, elle ne peut pas vous écrire, elle n'a pas le temps, elle travaille beaucoup. Mais elle vous admire énormément. Nous habitons le Brewster Project à Detroit, vous vous rappelez sûrement…

Ces mots jamais écrits circulent dans la tête de Geraldine posée sur l'épaule d'Archie. Ira les fixe sans comprendre de quoi il s'agit. Il enroule ses bras autour de la cuisse de son oncle pour rejoindre cette chaîne humaine qui s'est nouée dans la cuisine. Qui est cette femme dont ils parlent ? Quelle est l'ampleur du drame ? Il ne le sait pas. Sa mère a l'air triste. Les enfants n'aiment pas ça. C'est à peine s'ils l'autorisent, une mère triste, c'est l'eau qui monte, et à coup sûr le navire qui sombre.

– Quoi encore ? Quoi encore ? tonne Nelson depuis le salon.

– Mrs. Roosevelt est morte, vient finalement lui annoncer Archie qui le trouve seul à table.

– Et alors ? grommelle Nelson après un instant. Et alors ? répète-t-il plus fort, tout en farfouillant une dent creuse avec sa langue. Faudrait peut-être arrêter les contes de fées. Ouvrez les yeux ! Les premières tranches du Project, vous avez vu dans quel état elles sont ? Et cette tour, et celle d'à côté, elles n'ont même pas dix ans, et pourtant on leur donnerait le double... Y a pas de quoi pleurer la vieille Eleanor. Ils nous ont parqués là pour qu'on n'aille pas ailleurs, les Roosevelt. O.K., ils nous ont offert une plomberie neuve sur des fonds fédéraux et c'était la première fois. Mais dis-toi bien que quand ils te sortent d'un taudis et t'installent dans une cité toute neuve, c'est le prochain taudis, et ça ne va pas prendre longtemps ! Tu vas voir ! C'est truffé de racistes, là-bas, à Washington, et ça n'a jamais été autrement.

– Mrs. Roosevelt les a combattus !

– Peut-être bien. C'est même pour ça qu'ils nous l'ont envoyée. Tu vois le leurre ? Pendant ce temps-là, je t'assure qu'ils dessinaient des cartes, des subdivisions : ici les Blancs dans leurs belles maisons de banlieue achetées à crédit avec emprunt garanti par l'État, ici les Noirs dans les tours à bas prix parce qu'à eux on fera jamais crédit. Crois-moi, Archie, les bonnes femmes, elles rêvent trop, gueule-t-il en inclinant la tête vers la cuisine. Et puis j'ai faim, merde ! À table ! La suite ! À table, bordel ! Putain de famille. Mon fils en pince pour ce pauvre con de Griffith. Ma femme pleure la vieille Roosevelt. On se croirait chez des suceurs de Blancs ! C'est pour les cafards, ce ragoût, ou c'est pour nous, Geraldine ?

Les patates épluchées et la viande dans sa sauce refroidissent. Geraldine tend le plat à Ira qui l'apporte à son père. L'enfant tremble en le posant sur la table. Un peu de sauce déborde sur la nappe. Il prend une gifle. Assieds-toi ! À table ! On mange ! Nelson sert son fils en raclant volontairement la cuillère contre la faïence. Ira s'installe, les jambes pendantes, les lèvres tremblantes, il est sur le point de pleurer. Archie vient s'asseoir à côté de lui, presse doucement sa cuisse dans sa grande main pour le rassurer. Les hommes mangent, les plus petits sont dans leur chambre, Geraldine et Johnnie Mae en cuisine où la radio répète que Mrs. Roosevelt est la femme la plus aimée du monde.

Une demi-heure plus tard, Nelson a laissé une assiette vide et a fini par sortir en claquant la porte. Ça a résonné sur le palier, un bruit parmi tant d'autres dans la cage d'escalier pleine de pulsations, de conflits, de chansons, on y vit autant que dans les appartements. Et bientôt Archie part à son tour, fatigué de ce drame familial. Johnnie Mae reste, elle n'a pas la télé et veut voir les informations. Quand c'est l'heure, Geraldine et elle s'installent devant le poste. Ira est juste derrière elles, en retrait. Il veut voir l'héroïne de sa mère. Il découvre, à l'écran, une vieille dame souriante dans des robes longues démodées. C'est la femme la plus célèbre, la plus aimée du monde, clame la télé après la radio. La table n'est pas débarrassée. La cuisine en désordre. Ira est impressionné, moins par la femme adulée, que par sa mère dont le dos s'arrondit devant la télé, comme lui devant l'« Andy Griffith Show ». Le visage de Geraldine change. Les images, les phrases et les superlatifs des commentateurs y découpent un étrange sourire, qui lui est inaccessible mais qu'il n'oubliera jamais, qu'il mettra du temps, des années, des décennies à décrypter. Il faut être adulte soi-même pour subitement s'intéresser aux émotions de ses parents, leur vie avant vous.

Chère Mrs. Roosevelt,

Quand vous avez dit au revoir ce matin à la radio, c'est comme si une amie chère qui venait de me rendre visite s'en allait. Je me suis sentie seule ensuite, vous me manquiez déjà. Je vous écoute depuis si longtemps. Vous me semblez sincèrement intéressée par le bien-être des gens comme nous. Depuis que je suis enfant, j'ai l'impression que vous m'accompagnez…

Elle n'a jamais terminé la lettre. C'est inutile désormais. La télé retrace la vie de l'ancienne première dame, les archives défilent sur l'écran, la grande famille Roosevelt, le mariage des cousins, les années 1930, la guerre. Geraldine espère apercevoir fugacement son passage par ici, le lancement du chantier du Project, peut-être même la danse des enfants. Mais des visites, elle en avait fait tellement, à travers tout le pays.

… Vous ne vous souviendrez pas de moi, Madame. Vous avez rencontré tant de gens, serré tant de mains et d'enfants dans vos bras, et je sais que vous recevez beaucoup de courrier. Cela fait des années que j'hésite à vous écrire, maintenant je me dis qui ne risque rien n'a rien. J'avais cinq ans quand vous êtes venue à Detroit pour lancer la construction du Brewster Project où je vis encore. J'ai dansé et chanté devant vous. Ma mère avait cousu ma robe avec soin et tressé mes cheveux pendant des heures, plus longtemps que pour mon mariage. Elle vous admire beaucoup. Elle s'appelle Roselle. Elle a pleuré ce jour-là, je crois. Car c'est moi qu'on a montée à la tribune pour vous souhaiter la bienvenue. Elle a pensé que j'étais sauvée, protégée pour toujours…

– Mon père disait la même chose que Nelson, murmure Geraldine pour s'extraire de ses souvenirs. Il n'est pas venu applaudir Mrs. Roosevelt quand elle est venue. Il ne voulait pas habiter le Project. C'est après sa mort qu'on a emménagé.

– Les hommes sont comme ils sont. L'usine les rend fous, soupire Johnnie Mae. Tu sais ce que Sam disait… Et Sam c'était pas un tendre. Il avait même perdu une jambe au boulot. Sam affirmait qu'ils avaient beaucoup fait pour nous, les Roosevelt. Et s'il avait été là, il aurait cloué le bec à Nelson.

Mais il n'est pas là, il n'a jamais été là, voudrait lui répondre Geraldine soudain nerveuse. Il ne faudrait pas que Johnnie Mae suggère un concours des maris, parce qu'à ce jeu-là elle défendra le sien. Il n'a pas fait montre de beaucoup de respect pour Mrs. Roosevelt tout à l'heure, encore moins pour elle, mais il n'a jamais laissé sa femme et ses enfants dans le besoin comme ce Sam. Elle se tait pourtant. Aux dernières nouvelles, Sam vient de mourir là-bas dans le Mississippi. Mieux vaut laisser Johnnie Mae enjoliver. Toutes les veuves enjolivent, c'est leur droit après tout. S'il fallait se repasser la vie telle qu'elle était une deuxième fois, quel cauchemar ! Autant se raconter une autre histoire en attendant son tour.

Mais ce qui la gêne au fond, et que jamais elle n'avouera, c'est la façon dont Johnnie Mae évoque Sam malgré tous les coups durs où il l'a entraînée, la façon dont les trois lettres de son prénom sortent tendrement de sa bouche. Johnnie Mae n'a jamais cessé de l'aimer, même si elle a préféré s'éloigner. Ça s'entend et c'est pénible de sentir vibrer les sentiments des autres plus fort que les siens. C'est douloureux, une femme amoureuse tout près de soi, quand on ne se rappelle plus l'avoir été.

… Je me souviens de votre parfum, Madame, de la fourrure si douce au bout de vos manches. De votre main dans la mienne. C'était bref, j'ai cru que c'était tout ce que je garderais de vous, mais non, je ne crois pas…

– Nelson s'emporte, mais c'est un brave type, il fait tout pour qu'on ne manque de rien, lâche finalement Geraldine sans décrocher les yeux du grain noir et blanc de l'écran, qui ne veut manifestement pas repasser par ce jour tellement important de sa vie, le 9 septembre 1935.

Ce n'était rien. Qu'une goutte dans le torrent de l'histoire. Ça n'appartient qu'à Geraldine. Il y a longtemps d'ailleurs qu'elle ne le raconte plus. On ne ressuscite pas une joie comme celle-là, et mieux vaut protéger ses meilleurs souvenirs de la banalité des réactions des autres. La télé s'en fiche, Nelson s'en fiche, tout le monde s'en fiche.

15 novembre 1962

Chère maman,

Je ne sais pas combien de temps cette lettre mettra à vous arriver, mais j'espère que vous la recevrez pour Thanksgiving puisque je ne serai pas avec vous cette année. Nous sommes dans le Sud maintenant. Je vais bien. J'ai pensé à papa quand nous sommes entrés dans l'État du Mississippi, je me suis dit qu'il serait peut-être venu nous voir s'il était encore vivant. À dire vrai, on n'est pas encore très populaires sur scène. Toujours pas de hit. « Let Me Go the Right Way » n'est que 90e au *Pop chart* et 26e au *R&B chart*. Alors on passe les premières dans le spectacle. Les gens ne nous connaissent pas. Ils nous applaudissent, mais ils ne nous rappellent pas. On ne les met pas en transe comme Martha and the Vandellas. Ça énerve Diane, tu la verrais, maman ! Elle est tellement jalouse ! Elle veut qu'on porte les mêmes robes, les mêmes coiffures que les Vandellas, enfin tu la connais, elle veut être une star. On le veut tous sûrement, mais elle, plus que nous tous.

Cela dit, ça peut servir. L'autre jour, en Caroline du Sud, on avait enfin droit à une nuit dans un motel. Quel bonheur de décharger nos affaires, d'avoir enfin un lit, une douche, un shampooing. Certains ont enfilé leur maillot de bain et ont foncé vers la piscine. Les Blancs sont sortis de l'eau aussitôt, il y a en a même un qu'était prêt à appeler la police. Puis quelque chose a changé tout à coup, certains sont mêmes retournés se baigner, d'autres ont disparu et sont revenus avec des papiers et des crayons. On a vite compris, la radio avait annoncé notre présence dans le coin et passé nos disques en vue du concert du lendemain. On n'était plus des nègres, mais des artistes noirs, et ça changeait tout. Ils voulaient des autographes de Smokey, Stevie, Martha, Mary. Pas de nous, mais ça nous a quand même fait rire. Avec les filles, on s'est dit qu'être chanteuses nous protégerait.

Mais ce n'est pas comme ça tous les jours. Je crois que les gens d'ici confondent notre bus avec ceux des marcheurs de Luther King, parce qu'il est immatriculé dans le Michigan. Les musiciens qui nous accompagnent portent une arme sous leur veste. Parfois Martha contemple le paysage et nous assure qu'on reconnaît les arbres où les nôtres ont été pendus au fait qu'ils n'ont plus de feuilles. Le succès ne l'empêche pas d'avoir peur. Elle a paniqué, l'autre soir, après notre show à Birmingham. Généralement, on ne s'attarde pas. À la minute où le concert est fini, on saute dans le bus, direction la ville suivante. Nous étions en train d'embarquer, quand on a entendu des projectiles contre la tôle. Martha, déjà à l'intérieur, a quitté son siège, s'est mise à plat ventre dans l'allée, en criant que c'était des coups de feu. Elle empêchait les autres d'avancer, et ceux qui étaient encore dehors de monter. Nous avions tous envie de décamper. Mais elle était terrorisée, elle ne pouvait plus bouger. Mary Wells et Marvin Gaye ont essayé de la raisonner, ils lui ont dit que c'était des cailloux ou des pétards, mais elle était paralysée. Ça a duré quelques minutes comme ça et puis on l'a aidée à se relever. Alors les derniers se sont précipités, les portes se sont refermées et le chauffeur a démarré en trombe. Passé quelques kilomètres, il s'est garé, il est sorti pour voir, c'étaient bien des impacts de balles.

Tu sais bien, maman, que rien n'est simple dans le Sud. On les connaît toi et moi les gens d'ici, le doigt sur la gâchette. Flo, elle, n'y est jamais venue, mais tu verrais comme elle sait leur parler ! Quand on s'est arrêtés dans une station-service de Jackson pour utiliser les toilettes, le patron a immédiatement sorti sa carabine et l'a pointée sur nous. Flo ne s'est pas démontée, elle lui a proposé de nous donner au moins un seau et un tuyau d'arrosage. Et c'est comme ça que ça s'est fini, chacun a fait sa petite affaire derrière la station-service, on nettoyait le seau et on le passait au suivant. Ensuite, on est partis.

On a tous hâte d'être à New York, à l'Apollo de Harlem. Avoir ton nom écrit là-bas sur le fronton, même en tout petit, WHAOU ! À la fin du spectacle, on rejoint tous The Miracles, et on chante « Shop

Around », on a l'impression d'être une vraie famille. Une grande famille, en plus de notre vraie famille. Deux valent mieux qu'une, non ?

Il fait chaud dans ce bus. Le soir, vaut mieux être côté fenêtre pour trouver le sommeil. Le petit Stevie nous empêche de dormir avec son harmonica. Il prétend que le jour ou la nuit, ça ne fait pas de différence pour lui. Mon lit me manque. La salle de bains aussi. Vu d'ici maman, le Project est encore plus beau, c'est un peu comme les gratte-ciel chics de Park Avenue à New York.

Embrasse Roosie et Pat.

Love you, mum.

Mary

Novembre 2013

Quand les types de Hollywood entraient ici, tu voyais tout de suite l'excitation et l'inspiration sur leurs visages. 1300 Beaubien Street, ça sentait le vieux bois, le mégot froid, le crime, la haine raciale. Un concentré de ce maudit et violent pays posé sur un parquet des années 1920. Alors il en venait régulièrement, de ces gars qui écrivent des histoires pour les studios, et j'aimais bien m'asseoir avec eux, bavarder, leur raconter quelques affaires bouclées ou non. On s'installait à mon bureau ou dans la salle de réunion, parfois je sortais un dossier, je montrais pas tout, quelques pages, j'étais devenu un consultant, comme ils disent. J'ai même laissé mon patronyme à un détective dans *Le Flic de Beverly Hills 3*. Pardon, Ira, il meurt au bout de dix minutes, ils m'ont dit en m'envoyant le scénario. C'est plausible, je leur ai répondu. Ils aiment bien truffer leurs films d'allusions à Detroit, un flic de Detroit, un gang de Detroit, même si ça se passe à l'autre bout du pays. Tu lâches le nom de la ville, et y a rien besoin d'expliquer, les gens comprennent immédiatement. Ça se corse. Ça saigne. Ça sonne comme un générateur à emmerdes. C'est comme ça. Que ça nous plaise ou non. On est le climax de ce pays. Alors les studios viennent faire un prélèvement, puis repartent vers les plages de l'Ouest, là où la conquête s'est stoppée net, et où le cinéma s'occupe d'entretenir nos mythes et nos cauchemars.

Je veux respirer le 1300 Beaubien une dernière fois.

Voilà six mois qu'on a déménagé vers le nouveau quartier général, là-bas sur 3rd Avenue, dans l'ancien casino, six longs mois qu'on a pris la suite des machines à sous, du poker, des tapis verts dont il ne reste rien, et qu'on a accroché tous les portraits de nos héros en uniforme dans le hall d'entrée. Ça sent encore la colle et le plastique neuf. On dirait une station orbitale. Mais ça va se salir vite. Faudra pas longtemps à la ville pour y déverser tout son merdier.

Ce silence maintenant, ici. Ce vide.

Nos bureaux et nos chaises bancales que les maraudeurs et les brocanteurs ont déjà commencé de récupérer.

Ce fichu ascenseur qui ne décolle plus. Salle d'interrogatoire au cinquième. Détention provisoire au neuvième, puis direction la taule, le trou du cul du monde. Ici, c'était l'intestin de la ville. Digestion d'autant plus rapide que la mairie nous mettait la pression pour faire baisser les statistiques. Criminalité en hausse de 500 % quand j'ai commencé. Je monte. Je prends l'escalier. Les souris dansent. Elles ne s'en privaient déjà pas quand on était là. Deuxième étage. Mon premier poste. Je revois Dannis en face de moi. Comme un miroir. Gueule noire de la mixité au sein de la police. On ne mettait jamais nos pieds sur le bureau comme tant d'autres, on n'aurait pas osé. Il a même fallu un peu de temps pour qu'on se laisse aller contre le dossier de notre chaise. D'autant qu'on en a vu passer des gars de notre quartier, de notre école, en face de nous avec les menottes aux poignets, parfois c'étaient même des cousins, de la famille. Un jour, ça a été Tim. C'était dur. J'avais grandi avec eux, j'avais connu les gangs qui te draguent dans le Project, te protègent, ou te rackettent à la sortie de l'école, je sais qu'il suffisait d'un rien, d'un mot, d'un sourire et t'étais des leurs pour la vie. Je sais que j'aurais pu franchir ce pas-là. Puis un soir qu'on faisait une ronde dans le quartier latino de la ville, Dannis et moi, on a merdé, un type étrange nous a foncé dessus, on a tiré, il n'était pas armé, il est mort. Ici, tout le monde nous a assurés de son soutien. Le tribunal nous a acquittés. Les flics avaient fait de nous des flics.

J'avance. Le parquet craque. Les murs se lézardent. Cet immeuble me fait l'effet d'un vieux tyran à poil. On lui voit plus que varices et couilles pendantes. Jamais ! m'avait lancé l'oncle Archie le jour où je lui avais proposé de lui montrer où je travaillais. Jamais ! Je fais même en sorte de ne pas passer devant ! Je fais le grand tour quand je suis dans le quartier, au cas où il leur prendrait l'envie de m'accuser d'un crime que j'ai pas commis.

Je ne sais pas trop ce que lui répondaient mes yeux à ce moment-là. Rien sûrement. Ma confusion. Ce n'est pas que je voulais le réconcilier avec la police. Je crois que je ne voulais pas le perdre. Je voulais me sentir du même camp, de la même famille que lui. Qu'on soit du même avis, au moins sur l'essentiel.

J'aurais dû l'emmener ce soir, Archie. Viens voir, y a plus de danger, plus rien à craindre, c'est plus qu'une ruine de plus dans cette ville, y a plus que toi, moi et le gardien qui m'a laissé entrer parce qu'il m'aime bien. Viens cracher sur le vieux parquet du 1300 Beaubien si tu veux, viens ! Je t'autorise, je te laisserai faire. Viens, entre avec tes souvenirs, ta colère, viens, puisque c'était ici le cœur du système. Viens dire au silence, aux murs, tout ce que tu m'as raconté. Viens leur rappeler l'histoire de ton pote devenu sourd et à moitié aveugle après qu'ils l'ont battu sous tes yeux dans sa bagnole. Viens redire cette unité secrète de flics blancs en civil, véritable escadron de la mort, chargée de nettoyer les rues du crime, le S.T.R.E.S.S., elle s'appelait, tout un programme ! Viens, Archie. Viens crever l'oubli, ne le laisse pas s'installer. Viens retrouver tes fantômes, crier ta rage quand la dope s'est répandue dans les allées et les étages du Project après les émeutes de 1967, tes larmes quand on a découvert que la plaque tournante, c'était le poste de police du 10e district de la ville. Tout était sur leurs étagères, la poudre, tout, pas scellée, prête à être distribuée aux dealers. Tu criais, Archie, tu criais qu'après avoir rasé notre quartier ils tuaient nos enfants ! Tu criais comme mon père criait. Mais tu pleurais aussi, et ça faisait toute la différence. Je ne t'avais jamais vu pleurer comme ça avant. Je n'avais jamais vu pleurer un homme, je crois. Ça m'a fait du bien. J'en ai vu beaucoup depuis. Ici même. J'ai fait ce que j'ai pu pour eux. J'ai toujours fait en sorte de les écouter, de les traiter comme j'aurais voulu qu'on traite mon frère ou mon fils. S'ils étaient sales, s'ils avaient dormi dehors, je leur offrais une brosse à dents, du savon, une douche. S'ils avaient faim, je leur trouvais un sandwich. Je cherchais leur bon côté, tout le monde en a un. Je pense qu'on ne sauve le monde qu'en sauvant une personne à la fois. Le mal est trop puissant.

Je leur ai dit, aux scénaristes de Hollywood, que c'est en regardant l'« Andy Griffith Show » que j'avais voulu être flic. Ils se sont marrés. Un blancbec du Sud ?! Vous parlez comme mon père, je leur ai répondu.

Ça les a fait rire encore plus fort. La conversation n'est pas allée plus loin. J'aurais pu leur raconter le jour où la police a cogné à notre porte pour arrêter mon père. Ils auraient pris des notes. Mais je ne l'ai pas fait. Parce que j'avais honte de mon père ce jour-là.

Il a sûrement atterri ici.

Comme maman bien plus tard.

Je n'oublierai jamais le coup de fil. C'était quand ? 1988 ? 1989 ? Je patrouillais encore à l'époque. Ira ? Je crois qu'on a ta mère au neuvième, en tout cas une vieille qui jure que t'es son fils, qu'est-ce qu'on fait ?

J'arrive…

La ville inaugurait le nouveau casino. Encore un. Elle touchait le fond. Elle était totalement démembrée, un dangereux Far West dévasté par la ségrégation économique et immobilière. Les salles de jeux étaient censées remplir les caisses municipales. Maman et quelques figures du Project s'étaient postées sur le chemin du maire pour réclamer l'entretien de nos immeubles et de nos logements laissés à l'abandon, et si j'ai bien compris, elle faisait partie des plus teigneuses, elle a tapé sur le capot de la limousine, ils l'ont embarquée avec quelques autres, et je l'ai trouvée assise là-haut, au neuvième, avec ses copines. Elle portait un gros anorak, un bonnet de laine. Une pancarte tanguait entre ses jambes, proclamant dans le vide, Des logements ! Pas des casinos ! Elle riait. Ses amies aussi. Les mères du Project avaient atterri dans le lieu qu'elles avaient redouté toute leur vie pour leurs hommes et leurs gosses. Mais ça produisait un drôle d'effet sur elles, comme un shot de whisky dans un gosier pas habitué. Elles avaient peut-être l'impression d'être prises au sérieux, d'être enfin considérées comme dangereuses.

C'était tout le contraire.

Elles n'étaient rien. Elles n'étaient plus que ce que le président Reagan et sa clique appelaient alors des *welfare queens*, des reines de l'aide sociale, c'était à la mode ce mot-là, ça voulait dire des voleuses, des profiteuses, des femmes noires qui font des gosses pour vivre au crochet de la société. Maman n'avait plus l'âge d'avoir des enfants, elle avait soixante ans, mais le délit était bien sûr rétroactif. Tout habitant du Project était accusé d'avoir abusé de l'argent public. Au fond, c'était ça le chef d'accusation contre Geraldine Walker, ma mère : *welfare queen*. Pour ça qu'elle et ses copines étaient retenues au neuvième étage parmi les dealers, les voleurs et les assassins. Elles violaient la loi économique, la propriété privée et le profit. Elles et leurs mômes avaient pris trop de place dans cette ville.

Maman s'est excusée de m'avoir fait déranger. Elle ressemblait tant à Roselle, au souvenir que j'avais d'elle, que j'ai vu le fantôme de ma grand-mère serré avec les autres sur le banc des accusées. Toutes venues défendre leurs souvenirs, leurs maisons sorties de terre au temps de Superman et de Mrs. Roosevelt. Elles refusaient d'obéir au temps qui passe, aux humeurs fluctuantes des hommes, le monde avait tellement changé pourtant.

Et moi, j'ai revu maman le jour où Eleanor est morte, j'ai revu son dos voûté devant la télé, son étrange et lointain sourire, il s'était depuis longtemps détaché d'elle mais il flottait mystérieusement dans ma mémoire, espérant sans doute que je m'en empare. C'est en la voyant sur le banc des accusées que j'ai subitement compris ce qu'il exprimait,

Jamais vous n'aurez le privilège d'espérer comme moi.

C'est ça que ça voulait dire.

Et j'aurais voulu la protéger, gueuler, C'est ma mère ! Elle a tout connu, tout espéré de cette ville ! Ce sont les gens comme elles qui l'ont portée à bout de bras, plus que tous les flics du périmètre ! J'aurais dû gueuler ça. Elle aurait pu être la mère de n'importe quel agent qui la surveillait. La moitié des flics étaient noirs. Mais je me suis tu. Le sujet, c'est moins la couleur de notre peau, que les régurgitations du système. Cet étage était plein d'enfoirés en uniforme qui transformaient des innocents en coupables. Il leur suffisait de garder là quelques gars au casier chargé et de leur promettre un peu de drogue ou une réduction de peine s'ils inventaient les confidences et les aveux de ceux qui venaient d'être arrêtés, et qu'on prenait soin de jeter en cellule avec eux. Il y a encore des types en taule qui ont avoué ici un crime qu'ils n'avaient pas commis.

J'ai pris un air froid et faussement autoritaire pour avoir l'air important aux yeux de ma mère. Je les ai fait libérer sur-le-champ. Ça n'aurait pas tardé de toute façon. Elles ne comptaient pas. Puis j'ai entraîné maman vers mon bureau pendant que ses amies descendaient. Elle non plus n'avait jamais voulu voir où je travaillais. Comme tous, elle avait appris à ne pas s'approcher de ce bâtiment. Mais je ne lui ai pas laissé le choix. Il y a beaucoup de policiers noirs maintenant, elle m'a dit. Elle parlait tout bas. Son rire s'était évaporé. Elle boitait, elle avait mal à la hanche. Elle a posé ses deux mains sur le bord de mon siège, mais elle n'a pas voulu s'y asseoir, elle a souri à mes enfants en photo dans deux cadres. Elle me semblait si chétive, presque chancelante dans ces lieux animés et virils. Elle avait cette manie de se frotter le bras gauche de la main droite. Elle n'était pas à sa place, elle n'avait plus son armure de manifestante, ni sa pancarte. Nous sommes ressortis en silence. Elle a souri à nouveau. Soulagée que ce soit terminé, et peut-être aussi de me savoir là plutôt qu'ailleurs.

J'aime cet endroit. Il s'est laissé ronger par le crime qu'il était censé combattre, comme notre Project a été a rongé par la misère qu'il était censé éradiquer. Ce sont là mes deux territoires, l'un après l'autre. Souvent l'un contre l'autre, c'est vrai. Trente ans ou presque que je porte un badge et un flingue, je veux être en paix avec ces murs. J'ai réprimé les miens en pensant les sauver.

Je salue le gardien en sursis. Ils l'ont laissé là pour faire respecter un peu encore l'ancien siège de la police. On ne déclasse pas d'un coup le bâtiment qui a fait trembler la population depuis un siècle ! Mais il n'y aura bientôt plus personne devant la grande porte. Ce n'est désormais qu'une merveille architecturale à l'abandon de plus dans cette ville. Il ne sera pas difficile d'en faire sauter la serrure. Les petits merdeux qui se pâment dans les ruines apprécieront notre vieux quartier général. Ils vont s'en faire des films. Je leur en veux déjà de ne rien comprendre à ce qui s'est passé là.

Il va geler demain. Ici le froid se prend pour le propriétaire. Il nous saisit d'un coup, tous autant qu'on est, les hommes, la rivière ou les lacs qui se couvrent de glace d'un jour à l'autre. Personne ne s'en étonne, c'est comme s'il reprenait possession de ses droits. Il est chez lui, il congédie l'automne, repousse le printemps. Il n'y a que les oiseaux qui lui échappent. J'en ai vu la semaine dernière, des rangées de cinquante sur les fils électriques, ils s'en vont en bande, ils voyagent de nuit, se posent au petit matin. Le pygargue doit déjà être loin au sud. Il reviendra. J'ai lu qu'il aime nidifier toujours au même endroit et toujours avec la même passion monogame. S'il a laissé un nid dans le Project, il n'y sera plus à son retour. Il ne le sait pas. Il ne sait même pas qu'il est notre emblème national, que nos pères fondateurs l'ont choisi pour sa face blanche, trace selon eux de sa noblesse et son courage. Pauvre rapace, devenu le symbole du racisme congénital de ce pays. Il s'en fout. Son royaume, c'est le ciel.

Je rentre à la maison.

L'autoroute.

Le Project à gauche. Je ne suis jamais retourné m'y balader comme je viens de le faire au 1300 Beaubien. Aucune envie. La dernière fois, c'était il y a plus de vingt ans, quand Archie et moi avons sorti maman de force. Parce que c'est comme ça que ça s'est terminé. Adieu, le Project. Je ne reconnaissais plus rien ni personne. Ni les mômes ni leurs mères. Leurs pères. Leurs gangs.

Les derniers habitants ont depuis été relogés de l'autre côté de la rue. Les Brewster Homes ça s'appelle, un lotissement construit dans les années 1990 quand on a commencé à démolir les premières tranches du Project. C'est là qu'il faudra chercher quand Sarah aura donné un nom à l'étudiant dont elle a la charge. Je ne lui ai pas dit, mais je l'envie presque du mystère qui entoure son travail. Ça me manque, le mystère. Les types que j'arrête ne me surprennent pas. Ceux qui ont tué le môme ne me surprendront pas non plus. Je n'aurai qu'une seule question à leur poser si je les croise.

Est-ce qu'il vous a suppliés ?

Vu la trajectoire descendante de la balle, il était peut-être à genoux.

Est-ce qu'il vous a suppliés de l'épargner là où je me suis tant amusé ?

Il m'arrive souvent de revoir ce grand rectangle où nous jouions au milieu des tours, et les pelouses tout autour en forme de triangles plantés d'arbres. C'est très géométrique dans mes souvenirs. Je n'y retourne qu'en pensée.

J'ai repris le livre hier soir, en rentrant à la maison, celui sur les filles, je l'avais pas rouvert depuis un moment, j'avais corné la page au temps de « Baby Love ». Cette chanson, tu l'entends rien qu'en lisant le titre ! Tu sens les gars qui sont entrés en studio avec un seul mot d'ordre : Les mecs, on fait un hit ! J'avais dix ans à l'époque, le succès avait été énorme tout à coup, les médias s'emparaient des filles. Elles ont été les premières Noires à faire la couverture d'un magazine de programmes télé, à s'imposer dans tous les salons de ce pays. Maman dévorait tout ce qui s'écrivait sur elles, elle montait le son dès qu'il s'agissait d'elles. On était heureux, on les regardait s'éloigner avec le sourire, conscient du miracle en train d'opérer. On leur trouvait bien quelque chose d'un peu raide quand elles ondulaient devant le micro à la télé, mais il n'y avait rien d'étonnant, elles n'allaient pas bouger comme les femmes en bas de chez nous qui, avec vingt ans de plus, chantaient le bon Dieu en secouant les fesses et en tapant frénétiquement des pieds. Qu'elles aient l'air de marionnettes, qui pivotent à droite, à gauche et agitent les mains mécaniquement d'un côté puis de l'autre, nous paraissait normal. C'est ce qu'il fallait faire pour passer à la télévision, ne pas être comme nous, ne pas danser comme nous. On le savait.

Le livre parle de ça. Il fallait les relooker, les diriger, surtout Diane, parce que les deux autres comptaient déjà moins, leur enlever leur parfum trop fort, trop sucré, leur imposer un nouveau vernis à ongles, ne plus se contenter des robes cousues à la maison par Ernestine, leur apprendre à monter en voiture sans écarter les jambes. Il fallait les laver du Project. Ce sont les mots du livre, parce que c'était aussi clair que ça dans la tête de ceux qui s'occupaient de leur carrière. Berry Gordy y avait consacré un gros budget, il voulait les rendre comestibles pour le public blanc, montrer que son entreprise pouvait transformer des filles du ghetto en véritables ladies, comme la chaîne d'assemblage transforme un bout de tôle en belle bagnole, il voulait qu'elles ne nous ressemblent plus. On le savait, mais c'est plus violent de le voir écrit.

Les laver du Project.

Comme la ville se lave de lui maintenant.

Puis se lave du crime.

Est-ce qu'il les a suppliés là où j'ai tant joué, là où Diane, Flo et Mary complotaient pour devenir des stars, là ou Roosevelt, le frère de Mary, me demandait de le pousser sur la balançoire ?

Il est mort sur notre terrain de jeu. Au coin de St. Antoine et d'Alfred Street.

C'est par là naguère que, par une nuit froide comme celle qui tombe, passaient les chars, les animaux géants, les fées, les héros en carton-pâte du grand défilé de Thanksgiving, puis le père Noël qui fermait la marche. Une fois l'obscurité installée, ils remontaient aussi discrètement que possible St. Antoine jusqu'à Frederick Street, déjà dans l'ordre d'apparition de la parade qui descendrait Woodward Avenue en grande pompe le lendemain. Mais nous, enfants du Brewster Project, on était aux premières loges, on tâchait de rester éveillés, on se collait aux fenêtres les mieux orientées, et on attendait l'avant-première de la fête. C'était comme un songe. Un jeu d'ombres. Le cortège apparaissait dans le silence, sous la faible lumière des lampadaires. Les chars semblaient sortir de nulle part, être tombés du ciel, même s'ils provenaient en réalité d'un hangar pas très loin. Le matin venu, beaucoup d'entre nous courraient voir le spectacle comme pour vérifier la vision de la nuit. Tout finissait devant le grand magasin Hudson. Ses portes s'ouvraient tandis que le maire remettait symboliquement les clés de la ville au père Noël qui s'engageait ensuite dans les travées commerciales, invitant les enfants, leurs parents et leur porte-monnaie à le suivre. Les gamins du Project, eux, rebroussaient chemin, ils quittaient le mouvement dont ils avaient pourtant été les premiers témoins. Nous trouvions le défilé de la nuit plus beau que celui du grand jour.

C'est demain, le défilé.

Il n'y a plus d'enfants pour l'observer à la lumière de la lune, plus de fenêtres sur les façades du Brewster, et même plus le grand magasin Hudson tout au bout pour la sponsoriser. Il a fermé au début des années 1980, il a été relocalisé dans les centres commerciaux de banlieue en bordure des autoroutes. L'immeuble est resté vide pendant quinze ans, il a finalement été détruit juste avant les années 2000. Il y avait du monde, ce jour-là, pour voir s'effondrer le vieux temple de nos envies, le plus haut building jamais livré à une implosion. C'est qu'on aime les records par ici, dans l'ascension comme dans la chute. Certains pleuraient. Puis une énorme vague de poussière a recouvert le centre-ville, nos voitures, nos routes, nos vêtements, nos cheveux, avec une odeur âcre et piquante. Il a plu des débris toute la nuit. Le vent soufflait du nord. À la Une du *Detroit Free Press* du lendemain, on voyait la photo de l'immeuble s'affaissant, et il était écrit : « À Detroit, le XXe siècle s'est achevé à 17 h 47 le 24 octobre 1998. » Comme si les grands magasins contenaient tout le siècle écoulé.

On ne savait pas ce qui s'annonçait ensuite. Était-ce le XXIe siècle ou une sorte de purgatoire ?

Le défilé a continué, il continue, serpent à plumes increvable avec sa fanfare, les grosses têtes en carton-pâte de nos célébrités mortes ou vivantes, Henry Ford, Joe Louis, Aretha Franklin, Bob Seger, mais aussi Diana Ross, notre Diane du Project, sans Mary ni

Flo. Demain il descendra Woodward, avenue bordée de commerces fermés, de bars, de banques, de salles de spectacle depuis longtemps murés, ou de terrains vagues. Le père Noël sans hotte fermera la marche et le maire sans pouvoir et en fin de mandat lui remettra les clés d'une ville en décrépitude. C'est comme ça, chaque année.

Sarah traverse l'univers apaisé mais fracturé de la banlieue où elle a grandi. Les routes sont larges d'au moins trois files, les voitures se frôlent, se croisent, s'observent, s'évitent, doublent par la droite, par la gauche. C'est la seule trace de densité humaine par ici. Foule sous carrosserie. On n'y cherche pas le contact. Les voies rapides sont dessinées tel un ordre de dispersion. Les bolides glissent vers des résidences ou sur des parkings immenses qui alimentent en consommateurs des cubes pas très hauts qui n'ont d'autre identité, d'autre couleur, que le nom de la boutique ou du restaurant qu'ils abritent.

Sarah s'arrête devant chez Target. Elle y a ses habitudes puisqu'on ne trouve rien en ville, ni ampoules, ni soutiens-gorge, ni paires de chaussettes, ni même un choix rudimentaire de lessive. Elle parcourt les rayons. Tout semble de bon goût, porteur de réconfort, la vaisselle neuve et les serviettes de bain en piles parfaites semblent l'inviter à s'occuper davantage de son intérieur et d'elle-même. Elle soulève, repose.

S'attarde devant les interminables rangées de shampoings. Mais elle n'ajoute finalement à sa liste qu'un nouveau grille-pain pour le petit déjeuner et quelques bougies pour ses parents.

Une heure plus tard, elle est chez eux. Le couvert du dîner de Thanksgiving est déjà mis. Elle explique que Jeff les rejoint très vite. Sa mère se plaint de ses migraines. Son père l'entraîne dans la cuisine, ouvre le réfrigérateur, en sort deux bières, une pour elle, une pour lui, ils ont l'air de deux collègues, ils évoquent des histoires internes à la police, elle soupire que Frat Boy glisse dangereusement vers les cas insolubles. Il n'est pas d'ici, répète-t-elle.

– Si tu avais des enfants, tu t'inquiéterais moins des morts, ma fille, lui lance sa mère.

– Maman !

– Ça fait cinquante ans que j'entends parler des cadavres de cette ville… ton père ! Toi maintenant ! La vie, Sarah ! La vie ! S'il te plaît !

Son père ne dit rien. Elle garde son calme. Dans le salon, rien n'a changé depuis qu'elle y a grandi, elle le ressent particulièrement les soirs de fête, théâtre névrotique des nœuds familiaux. Elle pose les yeux sur une photo d'elle en maillot de bain à dix ou onze ans, qui prend la poussière sur une étagère. Elle regarde son corps sans hanches, sa coupe au carré, elle ne se souvient pas de ce qu'elle imaginait de la vie alors. Elle n'en saura pas davantage quand, tout à l'heure, elle poussera la porte de sa chambre d'adolescente restée identique elle aussi. Sarah le fait à chaque fois, ça ne dure que quelques instants, quelques minutes, mais c'est suffisant pour laisser passer un flot d'images, d'âges traversés par la fille unique qui a le pouvoir d'éveiller et d'éteindre cette maison. C'est une trop grande responsabilité, une trop forte pression.

Jeff arrive enfin pour briser le trio originel. Il tape des pieds sur le paillasson, déroule son écharpe, retire son bonnet, sa veste, sort deux bouteilles de vin de son sac et, sans rien avoir demandé, se retrouve dans un fauteuil un verre de whisky à la main.

– Alors, au musée ? demande le père de Sarah.

– On se défend. On fait ce qu'on peut. Ce manager est d'une vulgarité sans nom. La semaine dernière, il déclarait avoir eu au téléphone des oligarques russes et des milliardaires brésiliens intéressés par nos tableaux. Il y a aussi manifestement un fonds de pension agressif qui continue de réclamer un examen de ce qui peut être vendu. Et des banquiers qui au nom de certains de leurs clients demandent si des enchères auront lieu en ville. Vous les imaginez, ces enfoirés débarquant avec leur fric pour nous prendre le peu qui nous reste ?

– Jeff, sans vouloir vous choquer, il ne s'agit pas de vider le musée. Si vous cédez dix œuvres, et que ça rapporte quelques millions, c'est un moindre mal. Et un effort uniformément réparti. Toutes les pensions des employés municipaux ont été baissées. J'entends beaucoup râler chez mes anciens collègues de la police ou des pompiers. On peut les comprendre, les entendre, quand ils disent que de leur retraite dépend leur santé, ou ce qu'il y a dans leur assiette. Que l'art c'est un luxe, qu'il ne doit pas être au-dessus des gens, qu'il faut que tout le monde s'y mette, que l'élitisme ne doit pas l'emporter.

– Vous savez quoi, Joe ? Je crois savoir que le musée est tiré d'affaire, car beaucoup de fonds fédéraux ont été versés dans les caisses de la ville. Mais on ne le dit pas. Les financiers continuent à nous menacer, et d'une certaine manière, c'est pour arriver à des discussions comme celle que nous avons ce soir, c'est pour diviser les gens. Ils ne s'en sortent toujours que par la division. Ça revient à quoi ce débat, sinon à opposer l'art aux plus pauvres ? Tous les jours, je vois débarquer des classes entières des écoles publiques de la ville, vous savez bien qui sont ces enfants, Joe, ils n'ont parfois rien dans le ventre le matin, pas même un manteau sur le dos alors qu'il fait si froid. Ben, c'est beau de les voir descendre de leurs bus jaunes, se balader dans nos salles et s'asseoir par terre devant un grand tableau qu'on leur présente. Je ne m'en lasse pas. Dans un mois, comme chaque année, mon équipe accrochera les plus beaux dessins de ces élèves, des écoles primaires jusqu'au lycée, dans l'une de nos petites galeries au rez-de-chaussée. Vous en connaissez beaucoup, vous, des musées de cette envergure, où Rembrandt côtoie la peinture de votre gosse ? C'est pas pour l'élite et les plus riches qu'il faut sauver chaque œuvre du Detroit Institute of Art, ceux-là, ils voyagent, ils en voient ailleurs, de l'art. C'est pour ces mômes-là, dont tout le monde pense qu'ils ne le méritent pas.

Chaque mot de Jeff semble sortir de la canne d'un souffleur de verre, ils sont brûlants, précis, et doux aux oreilles de Sarah. Le silence qui suit ne la gêne pas. Il n'est porteur d'aucun conflit. Il rappelle à ses parents quel genre d'homme elle a choisi. Sa mère saisit la bouteille, remplit les verres, et déclare que Jeff a raison, qu'elle garde un souvenir inoubliable de ses sorties d'écolière au musée. Qu'importe qu'elle n'ait jamais ressemblé aux mômes des quartiers pauvres dont il vient de parler, l'essentiel dans les discussions de famille, c'est de savoir les terminer. De toute façon, dans ces allées résidentielles des banlieues calmes, les gens devisent sans cesse sur la ville qu'ils ont quittée, comme si elle était encore en eux, à eux, et qu'ils étaient en exil. On dirait même qu'ils attendent de la reprendre.

Ils passent à table. La dinde est servie avec sa sauce aux cranberries. La même que dans bien des foyers américains. La même qu'il y a des années. Elle n'a pas la chair très tendre, mais la saveur des choses immuables et rassurantes.

– Raconte-leur tes virées de Thanksgiving sur les toits de la Motown pour regarder passer le défilé, lance soudain Sarah.

Jeff fronce les sourcils, Sarah insiste.

– Quelle année, Jeff ? demande le paternel, tout ça a été démoli depuis si longtemps.

– C'était 1981 ou 1982, dit Jeff. J'avais dix-huit ou dix-neuf ans.

– Vas-y, j'adore cette histoire, insiste Sarah.

– Allez, Jeff, racontez-nous, enchaîne sa mère.

Il sent que Sarah lui demande de perturber l'ordre dans lequel elle a grandi. Il n'en a pas particulièrement envie, mais il esquisse à grands traits les silhouettes gentiment délinquantes de ses copains et lui montant sur les toits devenus leurs promontoires, puis entrant par effraction dans les locaux vides du Donovan Building. C'est là que la Motown avait déménagé quand la petite maison de Grand Boulevard était devenue trop étroite pour sa gloire, mais elle avait déserté Detroit quelques années plus tard, elle était partie vers le soleil, les studios, les grandeurs de Los Angeles, en laissant beaucoup de choses derrière elle, autant de trésors pour les fans et les nostalgiques. Jeff égrène le butin de ce jour-là, les 45 tours, les accessoires, il sent encore en lui l'énergie et l'excitation avec laquelle ils avaient parcouru les pièces, ouvert les armoires, les sacs et les cartons dans ce coffre-fort sans gardien ni alarme, la scène peut l'emmener loin, mais quand bien même il la détaillerait, il sait que les parents de Sarah ne la verraient pas comme il la voit, ils sont silencieux, l'écoutent poliment, résidents d'une autre ville, partisans de la quiétude, alors il faut savoir se taire, admettre que tout ne se partage pas. Il change rapidement de sujet en indiquant la photo de la petite Sarah en maillot de bain.

– C'était où ? demande-t-il.

– Lake Huron, répond Joe.

Alors la conversation dérive vers les grands lacs alentour qui font les bonheurs de l'été. Sarah et ses parents possédaient une petite maison de bois donnant directement sur la plage au niveau de Lakeview, ils y passaient quatre semaines pendant l'été, deux seulement pour son père, obligé de retourner travailler. Jeff, ses six frères et sœurs et leurs parents avaient une grande caravane posée sur un terrain loué à l'année à un vieux fermier sur les rives d'un minuscule lac intérieur, Cook Lake. Il raconte son père qui empruntait un bateau le temps d'aller acheter un peu de vin à l'agriculteur sur l'autre rive, ou les petits serpents que ses frères et lui enroulaient autour d'un bâton pour se les envoyer à la figure. Sarah pousse des cris d'effroi tant elle déteste ces bestioles. Il rigole. Il porte en lui les jeux et le bruit des fratries nombreuses, et elle le calme qui s'abat sur les fins d'après-midi quand les amis sont rentrés chez eux. Mais ils ont en commun ces bols d'air des familles blanches qui transhument aux beaux jours vers les grandes et petites poches d'eau que la calotte glaciaire a laissées là en fondant il y a des milliers d'années.

Ils s'en vont passé 23 heures. La neige a des reflets argentés dans la nuit. Les premières décorations lumineuses de Noël sont apparues sur les maisons de Livonia, elles dégoulinent depuis les toits jusque dans les jardins, sculptant des rennes, des pères Noël, ou des anges. Jeff et Sarah repartent comme ils sont arrivés, chacun dans leur voiture. Peut-être écoutent-ils la même chose, The Detroit Cobras joue « Chacha Twist » sur WDET. Sarah se met à chanter du bout des lèvres, elle laisse cet électrique chacha éloigner le monde minéral des absents qu'elle fréquente, mais aussi les obsessions et les gestes plus lents et tremblants de ses parents qui parfois l'inquiètent. La musique fait son travail, ramasse les débris, regroupe tout, redonne à la vie son rythme cardiaque.

Jeff, lui, se souvient.

Il avait garé le break de sa mère sur Winder Street. Ils étaient huit, des Blancs des quartiers ouest, des fils de prolos dont les parents n'avaient pas quitté la ville. Une bande de jeunes, c'est exactement à ça qu'ils ressemblaient, une bande de jeunes aux épaules arrondies, avec des capuches, des bonnets, des blousons de cuirs élimés. Il faisait froid. Ils s'étaient hissés par une fenêtre ouverte à l'arrière d'une petite fabrique abandonnée qu'ils avaient repérée quelques jours plus tôt, juste en face du Stone Burlesk, le strip club. Ce serait leur perchoir pour voir le défilé.

Une fois tous à l'intérieur, ils avaient pris les escaliers, direction le toit. Au niveau du cinquième étage, ils avaient remarqué un trou dans le mur qui semblait mener vers l'immeuble d'à côté, mais ils avaient continué leur ascension, comme prévu. Là-haut, ils s'étaient installés derrière le parapet, ils avaient allumé un joint, enclenché la radiocassette. The Ramones chantaient « End of the Century », puis les MC5 gueulaient « Future/Now ». Les punks, comme le paysage, disaient clairement qu'une civilisation dont le rêve ultime est d'avoir deux voitures est condamnée à mourir. Mais Reagan venait d'être élu président avec le soutien des cols-bleus qui viraient autoritaires et républicains au fil de la désindustrialisation. La convention du parti pour l'introniser candidat avait eu lieu ici, un an plus tôt. Où mieux qu'à Detroit pouvait-on pleurer le grand rêve industriel, la toute-puissance américaine ? Où mieux qu'ici pouvait-on cracher sur les bastions syndicaux, les logements sociaux, et les Noirs qui se soulèvent ? Où mieux qu'ici, puisque tout s'était mal terminé ? Leur grand-messe avait eu lieu dans le stade qui porte le nom de Joe Louis, l'enfant du Brewster Project devenu champion du monde catégorie poids lourds. Les supporters de Reagan avaient débarqué en brandissant partout son effigie en carton. Un jour, on la retrouverait accrochée au plafond d'un bar de la ville, telle une blague ou une cible, et on coulerait le bras de Joe Louis dans le bronze pour en faire un monument car le temps finit par distinguer les héros. Mais en attendant, il était le président. Jeff et ses copains n'y pensaient pas. Ils s'étaient penchés au bord du toit, ils regardaient passer les chars, les majorettes, la fanfare. Ils étaient restés fidèles au rituel de leur enfance, ils le surplombaient mais ne le méprisaient pas du haut de leurs vingt ans. Ils vérifiaient que les choses continuaient malgré tout.

C'était un peu avant la fin du défilé qu'ils avaient décidé d'aller voir où menait ce trou aperçu au niveau du cinquième étage. Ils s'y étaient faufilés, c'était bien un passage vers l'immeuble contigu, quelqu'un avait ouvert la voie, probablement à coups de massue. Ils n'étaient pas les seuls à se réjouir du vide. Ils avaient atterri dans une grande pièce où les lattes du parquet commençaient à gondoler, le plâtre à semer sa poussière blanche, ils avaient avancé, pris des couloirs, d'autres escaliers, bientôt ils avaient ramassé sur le sol des badges où The Supremes en noir et blanc souriaient sur fond rouge, des cartes de membre du fan-club de Stevie Wonder, ils avaient suivi ces objets comme le Petit Poucet les cailloux, ils avaient compris où ils les menaient. Ils avaient fini sur le toit, beaucoup plus haut que celui dont ils venaient. Les chars semblaient minuscules, les héros et le père Noël des nains, les usines de lointains paquebots sur la mer. Le froid fouettait leurs visages. Ils avaient enjambé un muret, ils étaient désormais sur le toit goudronné de la Motown, parmi les cheminées, juste derrière l'arrondi de la célèbre enseigne. Ils avaient fini par trouver une petite fenêtre brisée, ils s'y étaient glissés un par un, et ainsi ils étaient entrés par effraction dans le temple abandonné de la musique. Ce n'étaient d'abord que des couloirs, des bureaux aux tiroirs encore pleins de dossiers, des fauteuils à roulettes d'employés administratifs, juristes, comptables, et autres chargés de pub. La musique était une industrie. Ça ne les intéressait pas. Enfin, ils avaient poussé les deux battants d'une grande porte. Une vaste salle de danse avec son parquet, sa barre, son miroir, s'était offerte à eux. Alors ils s'étaient mis à bouger, s'étaient spontanément alignés, mis de profil, ils avaient décidé laquelle, de la jambe droite ou de la gauche, croiserait l'autre, ils avaient tapé dans leurs mains, huit petits punks blancs un peu boutonneux avaient mimé The Temptations devant la glace, et évidemment ça avait été un massacre. Plus jamais ce miroir ne refléterait des types noirs en costumes scintillants qui chantent, dansent et claquent des doigts comme si c'était la chose la plus naturelle au monde, il n'accueillerait plus que des intrus. Eux s'étaient tordus de rire sur ce territoire mythique et déserté qui était le leur désormais. Ils avaient fini par s'éparpiller. L'un d'eux était sorti d'un bureau en smoking.

– Hey ! je suis Berry Gordy ! s'était-il exclamé.

Un autre avait ramassé un saxophone.

– Je suis Junior Walker ! avait-il crié à son tour avant de souffler dans le bec.

Un troisième avait trouvé un sac postal plein de lettres de fans qu'il s'était mis à lire,

« 8 mars 1970. Chers Messieurs. Je sais que vous cherchez de jeunes talents. Si c'est vrai, alors nous voudrions tout faire pour vous plaire. Tout ce dont nous avons besoin, c'est d'une chance d'être entendus. Mon groupe se compose de quatre garçons et trois filles. Si vous nous donnez l'occasion d'être écoutés, nous l'apprécierions beaucoup. Si vous voulez une cassette, dites-le-nous, on vous l'enverra. »

Ils avaient écouté en silence ces mots qui resteraient sans réponse, et qu'ils auraient pu écrire.

Jeff avait déniché des bandes de studio. Il n'osait imaginer ce qu'il y avait là-dessus, des sessions d'enregistrement, des pépites jamais sorties. Alors lui et ses copains s'étaient saisis de boîtes, de caisses, qu'ils avaient remplies de disques, d'objets et de ces cassettes. Puis, à regret, chargés comme des ânes, ils avaient fait le chemin inverse, tout en se promettant de revenir. Au pied de la fenêtre par laquelle ils étaient entrés, l'un d'eux, déjà penché vers l'extérieur, avait prévenu que les flics quadrillaient le périmètre.

Ils étaient sûrs de se faire interpeller, mais il fallait bien y aller, alors le premier avait sauté une boîte entre les bras et ainsi de suite jusqu'au dernier. La police était finalement trop occupée à régler la circulation après le défilé. Jeff avait chargé le break de sa mère, puis raccompagné quelques copains. Deux heures après, il était à table avec ses parents, ses frères et sœurs, pour la dinde de Thanksgiving.

À peu près la même que ce soir.

Les lumières de Noël se raréfient.

L'autoroute est une longue rampe grise. Rouler vers Detroit, c'est aller vers l'obscurité. Il neige à nouveau.

L’HIVER

Une tasse de café qu'on réchauffe sur le radiateur brûlant.

La voix de Mrs. Roosevelt dans le poste de radio comme chaque samedi à la même heure.

– Mets ton écharpe, Archie, on n'aura pas de quoi aller chez le docteur si tu tombes malade, crie Roselle depuis la cuisine.

Ça sent bon. Tout est calme.

Mrs. Roosevelt raconte qu'un monsieur insistant lui a écrit plusieurs fois pour lui demander quelle est la différence entre un démocrate et un républicain, qu'elle lui a suggéré de prendre contact avec les représentants des deux partis dans sa ville. Il m'a répondu que je ne savais manifestement pas faire la différence non plus, dit-elle.

– Pardon, chère mère, mais il est temps de mentionner nos sponsors. Aujourd'hui c'est le jus d'orange Flamingo. Vous vous souvenez, mère, c'est celui qu'il y avait chez nous sur la table du petit déjeuner.

Ça, c'est le fils de Mrs. Roosevelt. Elliott. Il travaille avec elle à la radio. Il énerve Roselle. C'est quand même grossier d'interrompre sa mère pour un vulgaire jus d'orange, alors qu'elle parle du monde et de la justice. Roselle répète souvent qu'il n'est qu'un enfant gâté qui se croit tout permis. Mais Mrs. Roosevelt rit et obéit quand Elliott l'interrompt. Elle connaît la loi du marché. Pas de publicité, pas de bons sentiments. C'est donnant donnant.

Archie sort. Il est excité. Il a neigé toute la nuit. Il desserre l'écharpe qui lui serre le cou.

– Archie !

La cour est immaculée. La brique rouge des immeubles du Project prend soudain une teinte plus vive. Des hommes armés de pelles dégagent les allées. Archie fonce vers l'un d'eux.

– Tu fais un étang ?

– O.K., Archie.

Et le voisin commence à dessiner un cercle en repoussant la neige sur les bords. C'est comme ça ici. Les enfants des autres sont aussi vos enfants. Et il y en a rapidement beaucoup d'autres qui se regroupent autour d'Archie. Une fine buée s'échappe de leurs petites bouches entrouvertes. On dirait que le froid ne les atteint pas. C'est plutôt la chaleur des appartements qui leur pèse. On est serrés à l'intérieur. Plusieurs par lit. Et le chauffage collectif est si fort qu'on étouffe.

Le sol gelé apparaît bientôt sous les coups de pelle. L'homme lâche son outil. Il rentre chez lui. Revient avec un seau d'eau froide qu'il jette dans le périmètre qu'il vient de tracer. Très vite, l'eau se fige. À cette température, ça va vite. Le thermomètre flirte avec les – 4° Fahrenheit. Un relais se forme. Suivent plusieurs seaux d'eau vite pétrifiée. Et le Project a son étang gelé.

– Archie !

C'est étrange, sans Geraldine. Il n'y a pas si longtemps, elle était avec eux, l'une de ces enfants qu'on voit toujours dehors. Elle restait avec Archie, ou l'entraînait dans sa bande. Sur les toits. Sur les bancs. Sur la voie ferrée. Ils faisaient tout ensemble. Même si huit ans les séparent. Mais plus maintenant. Elle est grande. Elle savoure d'être seule. De marcher, sans personne, sans son frère. La vraie vie, quoi. Elle s'est mariée avec Nelson. Ils habitent à côté sur Mack Avenue dans le Project. Peut-être qu'elle va passer.

– Archie !

Sur l'étang gelé, on peut chausser des patins à glace. Ou se contenter de ses semelles comme Archie. Ça glisse bien aussi. Mais on en a vite fait le tour. Dans un sens, puis dans l'autre. Au bout d'une heure, on s'ennuie. Qui le premier a parlé d'aller vers les tas de sable ? Aucune importance. Tout le monde en a envie. Ils ressemblent à des montagnes maintenant qu'il a neigé. Mais c'est interdit, rappelle un gamin. C'est interdit quand il fait beau ! décrète un autre. Et rien que l'évocation de ce ciel bleu a suffi à leur rappeler l'été dernier. Ces dunes apparues au-delà de Wilkins Street, tout près du Brewster Wheeler Recreation Center, le centre de loisirs. Parce que le Project va s'agrandir, à ce qu'il se dit. Bientôt six tours de quatorze étages. En attendant, un nouveau territoire. Un nouveau terrain de jeu. Tellement haut. Beaucoup plus haut qu'ils ne l'imaginaient. Mais grimper. Puis rouler dans la pente. Se laisser glisser. Parfois même escalader les machines laissées par les ouvriers. S'inventer des histoires. Rapporter à la maison le sable resté dans les poches, les chaussures et les plis des vêtements. Se faire engueuler. Y retourner quand même. Inventer des subterfuges. Enlever ses chaussures avant l'ascension. Rentrer sa robe dans sa culotte pour les filles. Et puis Roy est mort. Il était là-haut, il s'est lancé depuis le sommet. Et soudain, il a disparu. Le sable l'a avalé. Étouffé. Il restait ses chaussures au pied de la dune avec celles des autres. Puis toutes seules, une fois que tout le monde s'est rechaussé. Alors des cris. Des larmes. Les parents ont interdit d'y aller. C'est du sable pour construire des tours.

– Archie !

Mais la neige ne peut pas nous avaler, insistent maintenant les plus grands. Archie opine. Et soudain le petit étang gelé n'a plus d'importance. Les enfants marchent vers les montagnes. Les plus élevées qu'ils verront sans doute jamais. Les plus éphémères aussi. Qui ne témoignent d'aucun mouvement de la Terre, mais de l'empressement des hommes. Il faut de nouveaux logements. Il y a de l'embauche. C'est la guerre en Corée. Mrs. Roosevelt en parlait tout à l'heure à la radio. Elle reçoit beaucoup de lettres de mères qui ne veulent pas que leurs fils partent là-bas. Je ne veux pas que mon bébé s'en aille, écrivent-elles. Mais à dix-huit ans, ce n'est plus votre bébé, répond la première dame.

À Detroit, dès que c'est la guerre, les usines redoublent d'ardeur, elles produisent moins de voitures, mais des chars et des avions qu'on entend voler dès qu'ils sortent de l'assemblage. C'est un bruit qu'on aime par ici. Il promet du travail. La destruction ailleurs. Mais on ne se sait rien de l'ailleurs. Archie glisse. C'est si drôle ! Ça va si vite ! Il hurle de bonheur quand la luge prend de la vitesse. Ils n'ont pas beaucoup de temps. La neige fond rapidement. Le sable réapparaît en dessous. Et un adulte va sûrement bientôt venir les déloger. Il remonte encore. Attend son tour. Il faut se partager la luge. Se serrer à deux. Quelle ivresse ! Les bosses. Les secousses. Ils ne savent pas que leurs montagnes n'ont poussé qu'à cause de la guerre. Qu'elles vont accoucher d'autres immeubles auxquels on donnera le nom d'une grande figure de la lutte contre l'esclavage, Frederick Douglass. Ils ne savent pas qu'ils y habiteront. Ils ont même presque oublié l'été dernier, Roy, ses chaussures abandonnées. Ils rentrent ensuite. Frigorifiés. Heureux.

Pressés d'être à la prochaine fois. Pourvu qu'il neige encore. Rêvant maintenant du radiateur brûlant de l'appartement. D'une tasse de lait qu'on pourra réchauffer dessus. Une fois revenus dans l'allée, ils ne prêtent plus attention à l'étang. Il a l'air minuscule. Une goutte d'eau comparée à leurs sommets enneigés. Archie grimpe au troisième étage. Il ouvre la porte. Elle se referme violemment, le repoussant à l'extérieur.

– Archie ! Tu m'entends ? Archie !

Le vieil Archie bouge les lèvres sans qu'aucun son n'en sorte. Son visage se crispe. Ses yeux s'affolent. On dirait que ses poings tambourinent encore. Puis sa main droite serre son avant-bras gauche, comme pour réprimer une douleur. Quelle douleur ? C'est le claquement de la porte ou le battement de son vieux cœur qui lui fait mal ?

– Archie ! Parle-moi ! Archie ! insiste Phyllis.

Il a vu que quelqu'un était là. Et maman presque toute nue. Elle a couru et violemment claqué la porte.

– Archie !

Elle l'a peut-être appelé ensuite, Archie ! Comme Phyllis l'appelle aujourd'hui. Elle était inquiète, Roselle. Archie, reviens ! Archie ! Pardonne-moi. Mais il est sorti du Project, il a couru vers Hastings Street. C'était l'heure à laquelle la lumière décline. L'heure à laquelle les paternels sortent en titubant des bars où ils se sont arrêtés après le boulot. Leurs gamins adorent venir les cueillir là, par surprise, parce que les bonshommes se sentent si coupables de ne pas marcher droit qu'ils cherchent un peu de monnaie au fond de leur poche et la tendent à leurs mômes pour qu'ils aillent s'acheter des bonbons. Souvent, ils font tomber quelques pièces au passage, alors Archie ramasse quelques *cents* du père d'un autre et s'en va les dépenser au Penny Candy Store, à côté de l'Église de l'Amitié. Mais il neige trop fort ce soir, il marche sans trop savoir où il va, puisque sa mère presque toute nue n'a pas voulu qu'il rentre. Sur l'autre trottoir, il devine Finnie. Puis Larue un peu plus loin. Elles tapinent, même par ce temps. Il baisse les yeux. Il voudrait qu'elles ne le remarquent pas, qu'elles ne l'appellent pas, qu'elles ne lui crient pas que leurs orteils sont gelés. Bien sûr qu'ils sont gelés ! Des montagnes ont même poussé dans le Project ! Archie rumine du haut de ses douze ans. C'est que d'ordinaire, avec une couche de neige comme celle-là, lui et ses copains vont chercher des briques, ils en posent six, les unes contre les autres, et construisent une petite plateforme pour que les filles aient les pieds au sec. Elles leur donnent dix *cents* pour ces quelques centimètres supplémentaires. Un peu moins que pour surveiller la ronde des flics. C'est l'étrange pacte des putains et des gosses dans cette rue qui laisse tout voir des titubements des adultes. Ce soir, Archie ne le ferait pas pour un dollar. Il presse le pas. Il n'aime plus les putes.

– Archie !

Il se réveille deux heures plus tard. Son corps est une masse inerte et grise sur les draps blancs et rêches d'un lit d'hôpital. À sa gauche, Phyllis et le pied de la perfusion qui le nourrit. À sa droite, Ira.

– Archie ! Tu nous as fait peur.

– Ça va, murmure-t-il dans un souffle mais suffisamment clairement pour que sa femme et son neveu soient soulagés. L'attaque ne l'a pas privé de la parole.

– Comment s'appelle le président ? le teste Phyllis.

– Obama. Enfin, je crois… Peut-être que c'était juste dans mon rêve.

– Et c'est quoi mon métier ? ajoute Ira.

– Ben, t'es toujours un sale flic, non ?

Ils rient. Tout est en ordre.

– Et c'est bientôt notre anniversaire de mariage, articule-t-il au bout de quelques minutes.

– La semaine prochaine, sourit Phyllis.

– Épatant ! s'exclame Ira. Combien ?

– Quarante-sept ans, dit-elle

– Quarante-sept ! J'ai même pas tenu le tiers ! Mais au fait comment vous vous êtes rencontrés, vous deux ?! J'en sais rien, moi !

Un sourire las mais beau comme si c'était hier se dessine sur les lèvres d'Archie

– Oh ! très simplement, raconte Phyllis. Mon frère travaillait avec lui chez Chrysler. Et un jour, il l'a ramené à la maison.

La main d'Archie s'agite comme pour l'encourager à continuer. À donner des détails.

– C'est vrai, je n'ai pas été très gentille ce jour-là. Il avait soif, et mon frère m'a demandé de lui offrir un verre d'eau. Je lui ai répondu que c'était son ami, pas le mien, qu'il n'avait qu'à s'en charger. J'avais quoi ?

Dix-huit ans. C'était juste pour faire suer mon frangin. Mais j'y suis allée finalement. Et sans faire attention, je lui ai apporté de l'eau chaude. Tu vois, ça commençait bien !

– Et ensuite ? s'amuse Ira.

– Ensuite il est revenu. Je me rappelle un jour, j'étais en train de regarder la télé, il était là à tourner dans le salon, il m'a demandé si j'avais un petit copain. J'ai répondu que non. Alors il m'a proposé qu'on aille voir un film ensemble le samedi suivant. J'ai rien dit. Ni oui ni non. Mais quand le samedi est venu, j'attendais. Et là, rien ! Alors en fin d'après-midi, j'ai pris le téléphone, et je l'ai traité de sale menteur, parce qu'il m'avait promis qu'on irait au cinéma ensemble ! Il a dit O.K., O.K. ! J'arrive ! Il est venu me chercher. Et puis après, on ne s'est plus quittés.

Malgré l'immense fatigue qui masque son visage, Archie rejoue cet air abasourdi qu'il avait dû avoir il y a près d'un demi-siècle en raccrochant le téléphone. À n'y rien comprendre, cette fille-là. À toutes les filles, peut-être.

Quelques jours plus tard, Archie est de retour chez lui. Il fait trop froid pour rester sous le porche. À chacune de ses visites, la grande carcasse d'Ira se faufile dans la maison au plafond fissuré, aux pièces encombrées de vieux meubles et d'objets sans usage. Il tire une chaise entre le buffet et la table, en retire ces journaux gratuits pleins d'encarts publicitaires balancés sur les porches, quelques factures aussi. C'est réglé, tout ça, hein ? lance-t-il, faussement blagueur.

– Qu'ils viennent pas nous couper la flotte, on est en règle, maugrée Phyllis assise devant la télé.

L'oncle est plus silencieux. Ira se charge d'entretenir la conversation. Bientôt l'ouverture de la saison des Tigers, ce sera contre les Kansas City Royals. Archie se contente d'opiner. C'est-à-dire de soulever vaguement le menton qui retombe sur sa poitrine.

– Et tu sais ce que le manager vient de déclarer ? lance Ira. Il a dit que du plus profond de son cœur, il croyait que Detroit allait aller mieux. Que la ville paye ses créanciers pour la première fois depuis longtemps.

Silence d'Archie.

Ira ne ravivera pas la colère de son oncle. L'attaque n'a rien dilué, mais ralenti ses gestes comme ses emportements. Ira l'observe, la peau est plus grise, le corps massif se relâche, ses joues restent rondes comme celles d'un vieux jazzman sans trompette. Ils sont usés, les lutteurs de la ville, syndicalistes, musiciens ou combattants des droits civiques, ce ne sont plus que des vieux messieurs et des dames aux artères encrassées, au souffle court désormais. Ils gardent des manières d'enfants de chœur, mais ils sont fatigués qu'on leur parle des dettes de la ville, jamais de ce qu'elle leur doit, fatigués de n'avoir pas vu ruisseler le fruit de leurs conquêtes sur la vie de leurs enfants, leurs petits-enfants, dont certains finissent dans le bureau d'Ira, puis en taule, de vraies piles, de vrais dangers ces gamins, chargés de violence et, sans le savoir, de cette vieille dette que le monde n'a jamais reconnue, encore moins honorée. Les hommes se sont effondrés avec la ville.

Dans la cuisine, le réfrigérateur ronronne bruyamment. On dirait que son moteur est tout près de rendre l'âme.

– On achetait onze kilos de glace au marchand pour la semaine, lâche soudain Archie. Un jour, maman a annoncé qu'une nouvelle boîte à glace venait d'être inventée. Ma tante, qu'était là, lui a répondu : Ils l'appellent le réfrigérateur ! Oui, enfin c'est quand même une boîte à glace ! a rétorqué maman.

Et il rigole tout seul.

Peut-être qu'il est plus jeune qu'Ira en ce moment, qu'il est ailleurs, sur une pente neigeuse ou dans les allées du Project, qu'il suit sa mère avec Geraldine jusqu'au marché, ou bien se rend à son premier rendez-vous avec Phyllis, peut-être est-il dans cette maison-ci, mais quand des enfants couraient encore à l'étage. Une foule d'événements, petits ou grands, se réveillent dans le désordre de sa tête. Il a tant de raisons de s'y perdre, de s'y attarder. Ceux d'aujourd'hui ne le concernent plus. Qu'est-ce que ce « mieux » qu'annonce le manager ? Ça ne s'adresse pas à Archie, pas même à son quartier, à sa rue. Ça se passe dans le centre, un milliardaire rachète pour pas grand-chose les plus beaux buildings qui naguère rivalisaient avec ceux de Chicago, il promet des hôtels, des bureaux, des restaurants. Un autre monde va émerger, qui offrira peut-être un boulot de gardien de parking à l'un des petits-enfants de Phyllis et d'Archie. Leur histoire à eux est écrite et révolue. Le présent ne passe plus leur porte. Sinon par la télé, le pas et la voix d'Ira qu'ils écoutent avec tendresse mais sans toujours pouvoir lui répondre.

Ira enchaîne sur le récit de ses journées. Il raconte qu'il y a deux jours le leader d'un des gangs les plus puissants de Detroit s'est fait tuer, qu'ils s'attendent à une opération de représailles, à un embrasement de la guerre des clans, qu'il travaille avec le FBI sur un vaste coup de filet. Il parle sans filtre. Il ajoute que le *800 SpeakUp*, numéro de téléphone qui promet récompense financière et anonymat à qui donnerait toute information permettant d'arrêter les criminels, fonctionne très bien. Archie opine. Il y a longtemps que les crimes de la ville ne troublent plus son sommeil ni celui de Phyllis. Ils sont d'ailleurs cernés de petits gangs qu'ils ignorent et qui le leur rendent bien.

Un léger galop, puis des grattements au-dessus de leurs têtes interrompent Ira.

– Il y a du monde là-haut ! dit-il en levant le menton.

– Fichus écureuils, peste Archie. Tout l'été ils ont planqué leurs réserves de nourriture sous le toit. Je les ai vus faire, longer la gouttière et disparaître sous les tuiles. Ils entrent là-dedans comme dans du beurre. Ils ont mis là de quoi traverser l'hiver. Pour eux, c'est plus sûr qu'un trou dans le sol. Parce qu'ensuite faut creuser à découvert, et à peine ils commencent que les aigles leur foncent dessus et les chopent entre leurs serres.

Ira sourit intérieurement. À cause des aigles. Il garde un instant les yeux au plafond qui ploie sous l'effet du temps, de l'usure, du fatras qui s'empile, comme si le poids de la vie tenait autant à son insignifiance, à ses petits riens qu'à ses drames. Quarante-sept ans de mariage. Ils ne les ont pas fêtés. C'est juste un chiffre qui tourne, comme sur le réveil à quartz posé sur le buffet qui n'est à l'heure que l'hiver. On ne le règle pas quand vient celle de l'été. Quarante-sept ans d'amour et de sang-froid. Qu'importent les proportions. Beaucoup d'enfants, quoique ceux qu'ils appellent leurs enfants soient parfois leurs petits-enfants qu'ils avaient adoptés car leurs deux filles étaient bien trop jeunes pour agir comme des mères. Tout le monde est parti maintenant au grand hasard de la vie. Eux ne montent plus à l'étage. Trop fatigant. Il y a là-haut de vieux jouets, des vêtements, des couvertures, de la verroterie, de l'électroménager, une ancienne télé, tout un bazar. Tels deux écureuils, Archie et Phyllis stockent les restes d'un temps plus facile, qui ne sont rien d'autre que le compromis des hommes avec la servitude.

– On ne voyait pas des aigles comme ça avant, poursuit Archie. Pas autant d'écureuils non plus ! De temps en temps, mais pas comme aujourd'hui… Faut dire que c'était habité, y avait des maisons, des gens dedans, partout !

– Y en a qui racontent que de tout temps à Detroit, les écureuils sont roux à l'ouest, et noirs à l'est.

– N'importe quoi ! Quand j'étais môme, j'ai jamais vu un écureuil noir. Et crois-moi, je me baladais. C'est nouveau ça !

– Ils sortent d'où, alors ? Ils viennent du Canada ?

– Non ! Ils sont d'ici.

Il sourit.

– Tu sais ce que je me dis parfois ? poursuit-il.

– Non.

– Qu'ils ont tout fait pour nous empêcher de prendre trop de place, trop d'importance. Ils ont rasé nos quartiers, nous ont obligés à nous recaser ailleurs, à laisser nos commerces derrière nous. Et après ils sont partis pour leurs banlieues chics, ils ont quitté la ville, ils nous l'ont laissée avec ses squelettes d'usines, ou plutôt ils nous ont mis en quarantaine en attendant je ne sais quoi, qu'on meure peut-être, qu'on s'entre-tue. Ils veulent revenir maintenant. C'est ça qu'ils veulent avec leur mise en faillite, leur manager. Ils veulent nous la reprendre. Ben, tu sais quoi ? Après tout ce temps, faut qu'ils sachent un truc. Cette ville est noire. Si noire que les écureuils aussi sont devenus noirs !

Et il rit. Ira aussi. Archie retrouve du tonus. Il continue.

– Tu te rends compte que, quand j'étais gamin, les gangs c'était essentiellement ceux du loto. Leurs gars passaient dans le Project, ils frappaient aux portes, on ouvrait, ils nous demandaient : Tu joues quel numéro ? C'était interdit, un sacré racket, mais tu choisissais un numéro, tu donnais dix ou vingt-cinq *cents*. Et si trop de gens remportaient la mise, ils changeaient le numéro gagnant ! De vrais truands !

Et Archie rigole encore. Il n'en veut pas à ces truands-là. Ils lui sont même sympathiques. Ils ont dessiné dans le paysage de son enfance des hommes noirs et souriants en costumes croisés au volant de belles voitures, qui s'en allaient compter leurs sous au dernier étage de l'Hôtel Gotham, un imposant établissement de deux cents chambres avec salles de bains, détenu par des Noirs et pour les Noirs, au niveau d'Orchestra Place. Il fallait être membre de la NAACP pour se faire embaucher comme simple serveur ou femme de ménage. Les plus grandes vedettes et les sportifs s'arrêtaient là. Quand la police y a fait une descente pour jeux interdits, elle a tout fermé. À se demander si les affaires licites ne la dérangeaient pas davantage que l'illicite. Ensuite, à cause de l'autoroute, l'hôtel a été rasé.

– Parfois, maman jouait même trois numéros, un pour moi, un pour Geraldine, et le 7 pour elle. Elle répétait que c'était son chiffre porte-bonheur. Alors, elle ouvrait son sac et cherchait la monnaie ! reprend Archie.

Il s'arrête à nouveau, les yeux baissés derrière les verres épais comme des culs-de-bouteille de ses lunettes. Il se tait. Où est-il ? Quelque part penché sur le sac à main de sa mère ? Aspiré par le fatras, les fards et les secrets de Roselle ?

Puis il revient, reprend l'histoire du quartier, de ses voyous, il est comme un poste de radio aux ondes brouillées, il raconte l'héroïne qui s'est répandue dans les années 1960, les mecs qui tombaient comme des mouches, devenaient dingues, grelottaient l'hiver par 5° Fahrenheit dans les cages d'escalier et volaient leur pauvre mère pour se payer une dose. Il veut dire qu'il aurait fallu foutre la paix aux gangsters du loto, comme aux putains de son enfance, à sa rue, à l'Hôtel Gotham. Que les lois sont faites pour ceux qui les écrivent. Qu'il est des mondes illicites et protecteurs. Et d'autres très légaux qui vous enserrent et vous flinguent. Qu'ensuite ça a été pire encore.

– Enfin, tu sais ce que j'en pense, soupire Archie.

Parle, parle, vas-y, casse du flic ! le supplie Ira en silence.

Mais il n'en a plus la force. Il fait court désormais. Tout est dit. Alors d'une réplique ou d'un cri mal joué, le feuilleton de Phyllis emplit leur silence. Puis le moteur du réfrigérateur fait entendre son agonie. Ira prend la pelle et s'en va dégager la neige devant la maison.

Sarah fixe un long moment le dessin qu'elle a fait de lui il y a quelques mois. La feuille est légèrement plus grise, elle vieillit, mais pas lui.

Pardon, Frat Boy.

Ça ne s'entend pas. Seul signe de sa nervosité, ses pupilles qui tremblent entre ses cils noirs chargés de mascara. Sinon aucun cri, aucun coup sur la table, aucun signe de colère.

Quand les résultats définitifs de l'ADN sont arrivés il y a une dizaine de jours, ils ont confirmé ce que Sarah craignait : aucune trace de Frat Boy dans les fichiers du centre d'identification des restes humains. Il a fallu tout reprendre. Impossible qu'un cadavre aussi frais ne livre aucune information. Seule certitude, il n'est pas d'ici. Alors Sarah a vu plus loin, plus loin qu'un autre État, plus loin que le Canada voisin. Elle a envoyé ses empreintes au service de la sécurité intérieure qui contrôle tout passage à la frontière. Le résultat était sans appel : c'étaient celles d'un autre. Il y avait eu une erreur lors de la constitution du dossier.

Pire. On avait perdu celles de Frat Boy et sa peau en décomposition n'est probablement plus à même de les offrir. Sarah a tout de même immédiatement appelé le labo et la morgue pour un prélèvement de la dernière chance le lendemain matin. Elle a raccroché sans trop y croire. Glen est sorti griller une cigarette sur le parking, en se demandant de quel bois elle était faite. À sa place, il aurait injurié la terre entière.

Un silence coupable s'abat sur cette unité toute neuve. Le téléphone sonne. Des rapports tombent. D'autres histoires. Trois cents enfants sont portés disparus rien que sur le comté, ils vous pressent d'oublier Frat Boy et les déjà morts. Sarah, prostrée devant son bureau comme si tout mouvement était vain, lit machinalement le fil interne de la police. Un gamin signalé en fugue il y a quinze jours par le foyer où il avait été placé vient d'être retrouvé lors d'une patrouille. Elle clique, curieuse des détails. Retrouvé à sa dernière adresse. Rentré chez lui. Une maison vide, sans chauffage, ni électricité, ni eau courante. Quatorze ans. Père inconnu et mère trop défoncée pour le prendre à sa charge. N'avait pas mangé depuis trois jours. Avait fait son lit, ajoute le rapport. Sarah note le nom de celui qui l'a rédigé. C'est le genre de type qu'elle aimerait dans son équipe si sa hiérarchie tenait ses promesses et augmentait ses effectifs, quelqu'un qui s'intéresse à celui ou celle qu'il a en face de lui. Il a remis l'enfant aux services sociaux qui le replaceront sûrement dans le même centre. C'est à 150 kilomètres de Detroit. Ceux d'ici sont pleins.

Il a dû faire du stop, avancer droit devant lui sans que personne n'y ait prêté attention.

Il s'évadera à nouveau.

S'enfuir par grand froid... Il n'y a sans doute pas de bon ni de mauvais jour pour ça. C'est le jour, c'est tout. Ces gamins-là ont leurs raisons. Ils ne passent pas de la chaleur du foyer à la tempête. Ils ne quittent rien. Et ils n'ont pas peur de la neige.

Aucun gamin n'a peur de la neige.

Brusquement Sarah se lève, enfile son blouson, longe le couloir, et ouvre la porte qui donne sur la cour ensevelie sous une épaisse couche de poudreuse. Combien de fois, ici même, elle et ceux de sa classe ont-ils foncé sur cette aire enneigée comme dans un duvet moelleux ? Sarah avance, sa jambe droite s'enfonce jusqu'au genou, puis la gauche. Le froid la saisit. Il mord. Mais elle fait ce qu'elle a toujours fait, ce qu'ont toujours fait les écoliers, ceux qui n'ont pas à faire leur lit pour ranimer une maison effondrée, pas à faire leur lit du tout, ils sont là pour marcher dans la neige, déchirer son manteau, jouer avec elle, se signaler à la nature avec toute la grâce et toute la violence des enfants.

Mais ici il n'y a plus que des agents de police. L'enfance n'arrive plus que déformée, trahie, sans jeux possibles. Sarah est maintenant au milieu de la cour, tel un soldat égaré dans la glace. Son pantalon est trempé, ses cuisses gelées, mais bizarrement ça lui fait du bien, ça refroidit son corps et ses émotions. Qu'est-ce qu'ils croient, Glen et les autres ? Qu'elle ne sent pas la pointe brûlante de l'angoisse et de l'échec lui transpercer l'estomac ? Qu'elle ne voudrait pas hurler ? Ce serait plus simple. Le calme n'est pas indolore. Mais elle est de ces gens qui serrent les dents et trafiquent leur sourire. C'est l'ultime barrage, il contiendra sa colère et sa peur, ne les laissera pas rejoindre les eaux tourmentées des autres, le courant y est trop fort, vous emporte, et alors on ne sait plus où commence la rage, où elle s'arrête. On s'y noie. Comme dans cette ville gavée de victimes qu'on empile à la morgue et qu'on finit par confondre.

Sarah se retourne. Derrière elle, la trace des grosses semelles de ses chaussures de flic que Jeff n'aime pas, son école devenue poste de police. Elle a toujours été une bonne élève, toujours eu de bonnes notes, d'excellentes notes. Elle ne pensait pas travailler un jour dans une morgue. Quel enfant aurait un tel rêve ? Elle ne se rappelle pas vraiment à quoi elle se destinait alors. Ses bonnes notes l'ont menée facilement vers l'université de Wayne State. Elle s'était inscrite en anthropologie, avait appris à tout déduire des ossements, elle pouvait reconnaître un homme ou une femme, un Noir, un Hispanique ou un Blanc, rien qu'en examinant un tibia, mais elle ne faisait pas de lien entre ce qu'elle apprenait et ce qu'il se passait dehors, elle reprochait même alors à son père les méthodes et les outrances des policiers qui sillonnaient la ville. Elle était loin de savoir que ses études la conduisaient tout droit dans leurs rangs. Là encore, elle avait rapidement brillé. Alors qu'elle venait de commencer comme artiste médico-légal, elle s'était intéressée, sans qu'on le lui ait demandé, à un squelette repêché dix ans auparavant pendant le dragage de la Red River, puis oublié dans un recoin de la morgue. L'affaire était classée. Elle avait pourtant remodelé son visage en trois dimensions avec de l'argile, ses mains avaient suivi l'arête des os rongés par la vase, rempli ses joues, ses orbites, recouvert son crâne, dessiné un nez, une bouche, un peu comme Dieu d'après la Bible avait façonné l'homme rien qu'avec la poussière de la Terre. Elle avait ensuite croisé sa création avec le fichier des disparus. Le résultat avait été immédiat, elle venait de retrouver la trace d'un jeune homme de dix-neuf ans dont on était sans nouvelles depuis qu'il était sorti d'un bar de la ville vingt ans plus tôt. Ce qu'elle avait vu ensuite dans les yeux de sa famille, c'est la douleur quand elle vous déchire le visage, puis très vite un mélange d'horreur et de soulagement, l'abolition du néant pour eux et pour lui, la mort, la fin de l'errance, c'est le mot qui lui était venu, probable reflux du chapelet de craintes et de menaces égrené pendant le catéchisme de son enfance. La pire de toutes étant d'errer aux portes du paradis. On meurt deux fois, croit le monde si préoccupé du salut des âmes depuis la nuit des temps. Sarah, à sa manière, le croit aussi. Elle ne fréquente plus les églises depuis longtemps. Elle n'a charge que des corps. Ils ont droit à un nom, à des larmes, à une escorte, aux mots essentiels qu'on murmure une dernière fois au bord d'une tombe. Alors elle fera tout pour rassembler une tête qui a volé trop loin de son tronc, tout pour faire parler une jambe trouvée dans la gueule d'un chien, tout pour remettre la mort à sa place, c'est-à-dire au bout de l'existence, parfois juste au sortir de l'enfance ou de l'adolescence. C'est là son pouvoir, sa lutte contre cette ville dépecée qui dépèce à son tour. Ce jeune homme dont elle sculpta le visage, elle aurait pu l'appeler Frat Boy, lui aussi, car il allait rentrer à l'université. Mais elle n'avait pas eu besoin de lui chercher un nom puisqu'elle lui avait rendu un passé. C'est une vie, à défaut d'être la vie.

– Tu sais ce qu'il faudrait, Glen ? dit-elle dix minutes plus tard, les jambes collées au radiateur.

– Non, répond-il en s'approchant.

– Que deux ou trois fois par an, on ait une vingtaine d'hommes pendant une journée avec nous. On reprend tous les cas d'enfants portés disparus dans le comté, et on va frapper aux portes de leur dernière adresse connue. On vient aux nouvelles. Plein de mômes finissent par revenir chez eux. Ils fuguent, puis rentrent, et personne ne pense à nous avertir.

– C'est vrai qu'une mise à jour de nos dossiers et, du coup, une petite fonte statistique ne nous feraient pas de mal.

– Oui, mais pas seulement. Je suis sûre que ces gamins qui réapparaissent après des semaines passées je ne sais où, ils ont vécu des choses, voire de sales trucs, et ce serait bien qu'on leur demande de nous raconter. Qui ils ont rencontré, qui les a hébergés, si on leur a offert de l'argent, si on les a touchés, leur a demandé des choses… On pourrait remonter ces réseaux de trafics sexuels qui se font beaucoup de fric, notamment les soirs de match, quand la ville s'emplit de supporters.

– Tu devrais faire un rapport dans ce sens. Ils n'ont pas finalement créé cette unité, que tu réclamais, pour rien.

– J'ai pensé à autre chose, ajoute-t-elle. Un autre genre de journée. Lancer un appel à toutes les familles de disparus. Fixer une date, les faire venir pour un prélèvement tout simple dans la bouche. Ainsi nous pourrons recouper leur ADN avec ceux des corps non identifiés.

– On n'a pas le personnel pour ça, soupire Glen.

– On demandera. Encore une fois, on ne le ferait que ponctuellement, une ou deux fois dans l'année.

– Les gens auront peur de venir. T'imagines… Admettre que celui ou celle qui s'est évaporé est dans une housse de la morgue depuis des mois, voire des années !

– Je sais. Mais dans une famille, il y a toujours quelqu'un qui veut savoir. C'est celui-là qui se présentera. Et, petit à petit, on dénouera de vieilles histoires. J'ai annoncé plus de décès que la plupart des aumôniers de cette ville, et des morts atroces, crois-moi. J'ai vu beaucoup de gens s'effondrer devant moi, mais chaque fois j'ai senti la même chose, ils avaient enfin fini de chercher.

– C'est pour lui que tu imagines tout ça ? demande Glen en indiquant le portrait de Frat Boy.

– Non. Lui n'est pas d'ici. C'est la seule certitude qu'on ait.

Mais c'est peut-être à cause de lui. Frat Boy est en train de mourir une deuxième fois et Sarah ne parvient pas à l'empêcher. Elle voudrait quelques jours dans l'année où Detroit deviendrait pour les services de police une constellation d'enfants perdus, de voitures patrouillant à leur recherche, d'agents frappant aux portes avec la poigne qu'on leur connaît, qui toujours déclenche des regards inquiets à l'intérieur, une hésitation avant d'ouvrir, Qu'est-ce qu'ils cherchent ? Qu'est-ce qu'ils nous veulent encore ? Elle sait, elle a patrouillé au début de sa carrière, elle a perçu la défiance derrière les fenêtres, elle la décèle souvent dans les yeux de Jeff, mais elle imagine la poignée qui tourne finalement, et des policiers simplement venus aux nouvelles. Elle imagine perturber quelque chose dans la ville, ses oublis, ses silences, son triste sortilège.

Ce soir, Jeff est chez Sarah. L'appartement vire à l'orange, baigné par le feu du soleil couchant. Detroit semble en combustion lente. On voit un peu de fumée au loin. Qu'est-ce qui brûle ? Une église ? Une maison ? Un vieux bar ? Une salle de danse ? Les flammes dévorent probablement d'incroyables faïences du début du siècle dernier, ou un autel qui consacra des centaines de baptêmes, mariages et enterrements, ou une scène où tout groupe de rock digne de ce nom devait se produire vingt ans plus tôt. Les sirènes des pompiers hurlent là-bas sans qu'on les entende ici. Ils arrivent trop tard. Tant de casernes ont fermé par mesure d'économie. Ce ne sera plus que des cendres grises au matin, ou un bâtiment noir dégageant une forte odeur de brûlé pendant des semaines. Ce sera le sujet de conversation d'un quartier, d'une communauté qui fera l'inventaire de ses souvenirs. Les autres vaqueront à leurs occupations, à leur tranquillité, ils ne font plus attention. Ça fait si longtemps que dure ce paisible carnage. La ville rétrécit, on le sait bien. Un quart de la population est parti ces dix dernières années. Le vide avance, il mange consciencieusement cette vieille frimeuse et besogneuse qu'a été Detroit, qui se vantait d'avoir édifié le plus haut building, la plus grande gare, le plus grand magasin au monde. Pourquoi se mesurer à lui ? Ce qui compte, c'est ce qu'on fera ce soir, où on va atterrir, dans quel bar, dans quel lit, devant quel film. Sarah et Jeff sont sur le canapé. Une pizza de chez Supino est posée sur la table, qu'ils mangeront tout à l'heure. Les rayons du soleil couchant leur font du bien. Jeff s'est servi un whisky. Sarah lui a raconté ce qui s'est passé, l'erreur commise. Merde, a-t-il dit les dents serrées. Puis rien. Parce qu'il y a comme ça des gestes simples qui ruinent tout. Parce qu'il déteste cette histoire.

Il se lève, enclenche le disque sur la platine. Le diamant saute un peu sur le vinyle poussiéreux. Les MC5 chantent « Motor City Is Burning ». Jeff sourit à Sarah. Il dispose de plus de chansons que de phrases pour partager ses émotions. Peut-être que les mots sont en train de disparaître par ici, aspirés par le vide eux aussi, usés, détournés, salopés.

– Ce morceau me donne envie de porter un cuir en pleine chaleur, de monter sur les toits de la ville et d'y allumer une clope. J'aurais tellement aimé avoir dix ans de plus pour les voir à l'époque !

– Tu serais vieux aujourd'hui. En tout cas, trop vieux pour moi ! lui répond Sarah.

– Ou mort ! Le problème de ces années-là c'est que tu avais un son de dingue, mais tu risquais de finir au Vietnam.

– Ou barré au Canada. La ville est plutôt bien située pour s'enfuir. Suffisait de passer la rivière.

– C'est vrai. Je me souviens d'un flic qui nous harcelait moi et mes copains dans la rue, parce que le frère aîné de l'un d'entre nous s'était fait la belle, le flic nous fouillait, il nous traitait comme des suspects, on avait onze ans !

– T'as jamais rencontré un flic bien ? sourit Sarah.

– Toi !

Ils rigolent. Jeff ouvre la boîte à pizza, détache les parts prédécoupées. Ils mangent sur le canapé. Laissent tomber quelques miettes sur le tapis à poils longs. Ils pourraient sortir ensuite, il ne neige plus, il y a bien un groupe ou un film à aller voir, mais c'est l'heure et la saison où il est difficile de remettre le nez dehors après être rentré.

On entend les pleurs d'un bébé dans le couloir.

– Y a des nouveaux ? demande Jeff.

Sarah acquiesce. C'est vrai qu'il y a longtemps qu'on n'a pas entendu chouiner dans les étages. Une poussette encombre désormais le couloir. C'est un signe des temps. L'accessoire des nouveaux venus. Ils arrivent en terre dévastée, escortés de promesses, embauchés par des entreprises qui s'installent dans les tours vides du centre-ville en échange d'une fiscalité nulle pendant dix ans. Ils pensent pouvoir bientôt promener le petit dans la rue. *Bankruptcy*, c'est la fin de l'histoire. Le début d'autre chose.

– Leurs loyers sont de 30 % plus élevés que les nôtres, soupire Sarah.

– Le mien augmente de 15 % tous les six mois. Ils nous poussent dehors. À ce train-là, plus personne ne vivra dans mon immeuble en fin d'année prochaine. Alors, ils le réhabiliteront et en feront des appartements de luxe. Tu vas voir qu'un jour prochain, pas si lointain, il y aura même des pelouses réservées aux chiens, ils pourront pisser et chier là où on avait nos potagers. Parce que les nouveaux auront des enfants et des chiens.

– Tu nous promets l'apocalypse !

– La gentrification. C'est tout comme.

Elle rit tout en étendant ses jambes sur les genoux de Jeff. Il attrape doucement sa cheville, réchauffe ses pieds nus entre ses grandes mains, puis presse un par un ses orteils du bout des doigts.

– Viens t'installer ici, dit-elle en fermant les yeux.

Les grandes fenêtres ne laissent plus voir que le noir complet tombé sur la ville.

Le lendemain matin, dans la semi-obscurité de la chambre aux stores encore fermés, elle devance le réveil programmé pour 7 heures. Jeff la regarde enfiler sa tunique et son pantalon bleu nuit de la morgue. Il préfère ça à l'uniforme du sergent Sarah Tapes, mais il ne le lui avouera jamais. Il sait où cette tenue l'emmène. Il se lève, file dans la cuisine, dépose deux cuillères à soupe de café moulu dans le filtre de papier blanc et enclenche la cafetière. Bientôt l'eau qui bout et s'égoutte libère la douce odeur et le ronronnement tranquille du matin. C'est l'aube, le soleil se lève de l'autre côté de la tour, et la ville réapparaît. Elle ne s'est pas dissoute dans la nuit.

Il fait 10° Fahrenheit d'après le bulletin météo. Jeff grille quelques tartines, y étale rapidement le beurre pour qu'il fonde sur le pain, comme Sarah aime. La radio enchaîne avec les infos locales, l'histoire de l'homme blanc au volant de sa voiture qui a renversé un enfant noir à l'est de la ville, il s'est arrêté, a voulu secourir sa victime, mais des types du quartier l'ont violemment tabassé. L'enfant s'en est sorti sans trop de mal. Le conducteur a été transféré aux urgences dans un état grave. Depuis la veille, comme le gibier sur la broche, Detroit est en boucle autour de cet accident. Une chute réveille toutes les chutes, un choc tous les coups. La ville se noie dans sa colère et ses divisions. Elle semble avoir déjà oublié ce corps retrouvé au mois de juillet dernier dans le Brewster Project au chevet duquel se rend Sarah. Jeff la regarde tremper doucement ses toasts dans le café au lait. Il sait comme elle pense à ce môme. Il le lui reproche, mais c'est la façon dont elle se soucie de ce môme qui l'a fait tomber amoureux d'elle. Il lui propose une autre tartine. Elle secoue la tête. Elle n'a pas beaucoup d'appétit et ne dit pas grand-chose. La nuit laisse toujours ses yeux gonflés au matin. Elle les maquille. Puis s'en va arracher des victoires au néant.

Janvier 1966

« Swingin' Time » a commencé quand la sonnerie retentit. Geraldine demande à Ira d'aller ouvrir, elle ne veut pas rater une seconde de l'émission, celle d'aujourd'hui est consacrée aux filles. Et puis Geraldine n'imagine pas qu'il s'agit de la police. Son buste balance doucement de droite à gauche, douce injonction de la neuvième chaîne, « Swingin' Time » ! Dès le générique des jeunes gens remuent au premier plan, roulement d'épaules, ondulation des hanches, les coudes vont d'avant en arrière, les pieds l'un vers l'autre, ou alors ils restent plantés dans le sol, légèrement écartés, laissant au bassin l'impulsion du mouvement. On danse seul désormais, les corps se désarticulent, c'est sans code, sans mode d'emploi. On compte parmi eux autant de Noirs que de Blancs, des gens de la ville qui se sont inscrits, ont sorti leur plus beau costume, leur plus belle robe, se mélangent pour une fête à nulle autre pareille, une révolution en dansant, c'est le mirage de la télévision. Ce sera sur Marvin Gaye lundi. Bob Seger mardi. Detroit couve et pond tant d'artistes qu'elle a de quoi s'offrir chaque jour de semaine, en fin d'après-midi, un programme local sous la houlette de Robin Seymour, DJ vedette qui officiait déjà sur les ondes de CKLW il y a dix ans. Il doit être un de ces Juifs libéraux qui copinent avec les Noirs, comme Howard Cosell avec Muhammad Ali, il y en a beaucoup dans le spectacle.

Il a d'abord offert un bouquet de roses à chacune des filles en les embrassant. Les baisers de l'homme blanc ne sont pas si courants.

– Quelles belles roses ! a-t-il insisté.

– J'espère qu'elles sont vraies ! a lancé Mary.

Superbe Mary qui ne se démonte pas. Geraldine adore cette gamine ! Depuis toujours.

– Tu l'entends, Ira ?!

Il a ri avec sa mère, car, à ce moment de l'émission, la police ne s'est pas encore montrée, ça ne fait que commencer et Ira ne se lasse pas de voir Geraldine envoûtée par la télé.

– Vous l'entendez ! Mais c'est un show très chic, Mary, un show à gros budget ! rigole Robin Seymour pour faire monter l'ambiance dans le studio.

On dirait que la jeunesse écrase le vieux monde, ses pas de deux et ses codes raciaux, qu'elle résout tout en se trémoussant sur The Supremes.

– C'est ça ! C'est ça ! Dansez ! On est faits comme des rats, grommelle Nelson dans son fauteuil.

Geraldine fait mine d'ignorer son mari. Robin Seymour pose exactement les questions qu'il faut :

– Où est-ce que vous êtes rencontrées, les filles ? Où est-ce que vous êtes devenues amies ?

– Dans le Brewster Project, a répondu Mary.

– Vous êtes toutes du Brewster Project ?

– Oui, font-elles en chœur, déclenchant immédiatement un sourire extatique sur le visage de Geraldine qui ramène ses genoux entre ses coudes. Elle n'est plus qu'une boule à ne déranger sous aucun prétexte, elle ne demande qu'à rouler sur la piste de danse, qu'à crier, Oui, nous sommes du Brewster Project !

– Expliquez-nous où ça se situe, pour ceux qui nous regardent et ne connaissent pas bien ce côté de la ville, a insisté Seymour.

– C'est dans l'est, tout près du centre, a encore précisé Mary.

Elle n'a pas dit qu'elle n'y habitait plus. Les gens s'en doutent. Mais jamais ils ne sauront combien elle a aimé cet endroit. Robin Seymour fait maintenant signe à trois jeunes filles anonymes du public de les rejoindre. Les voilà qui chantent en play-back « Where Did Our Love Go ». Les futures Supremes ! lance l'animateur comme si cette ville allait produire des artistes à l'infini. Autant que des voitures.

– C'est ça, amusez-vous ! Tapez du pied ! rouspète Nelson en ricanant.

C'est chaque jour la même scène. Geraldine prépare sa cantine puisqu'il est de l'équipe de nuit à l'usine, puis elle allume la télé, les enfants la rejoignent, moins curieux du programme que de la métamorphose de leur mère qui s'assouplit, révèle un versant d'elle-même qu'ils ne connaissent pas, une jeune femme qui n'est pas morte en couches, qui habite encore le corps de Geraldine, qui est Geraldine mais s'était tapie tout au fond d'elle. Leur mère est sur le point de danser, comme elle le faisait avec leur père, il aimait l'entraîner, la faire virevolter, aussi improbable que cela puisse paraître puisque Nelson, derrière eux, à deux heures d'embaucher, ne laisse plus rien voir de ce qu'il fut, et éructe depuis son fauteuil,

– C'est ça, dansez ! Regarde-moi ces faces de craie, infoutus de trouver le rythme !

Il plaquait sa grande main dans le dos de Geraldine, alors leurs pas, leurs bassins s'alignaient, ils formaient un beau couple et après le bal, souvent, à tant avoir frôlé la fermeture éclair de sa robe, il la descendait doucement, ses doigts glissaient sous l'étoffe, cherchaient sa peau, il murmurait dans son cou, la mordillait.

– Moi, je vous dis qu'on est faits comme des rats ! Tiens-toi, Geraldine ! T'es trop vieille pour ces conneries !

Elle est maintenant sa cible favorite, coupable de se souvenir, d'onduler seule encore, même en rêve. Il crache sur ce qu'il lui reste de légèreté. Sur leur légèreté et leurs joies passées. Il crie par honte d'avoir laissé mourir ces moments-là. Il revendique un crime qu'il n'a pas commis.

– Vous chantiez déjà ? demande Robin Seymour emporté par son enthousiasme cathodique.

– Oui, nous avons tout de suite chanté, dès le début, répond Diane.

Elle porte un chapeau zébré comme une reine sa couronne. Mary blague encore. Le sourire de Flo n'est qu'une éclipse. Parfois il disparaît, ses grands yeux noirs s'abaissent pour ne fusiller personne. Geraldine est-elle la seule à le remarquer ? Elle est littéralement aspirée par l'écran. Elle les a vues naître, ces filles-là. Elle leur a dérobé leurs premiers chuchotements, leurs premiers mensonges, leurs premiers conflits. La suite, c'est Johnnie Mae qui la lui confie désormais. Flo boit, elle aime arriver en retard, mettre le groupe, et surtout Diane, sur les nerfs. Quand Mary le lui reproche, Flo l'envoie promener d'un, Je vais pas m'épuiser à faire de Diana Ross une star, ma chérie !

C'est peut-être pour cela qu'il l'a placée à côté de lui, Seymour, pour qu'elle ne s'absente pas. Qu'elle se sente bien, reconnue, vue, surveillée, qu'elle ne gâche rien. Il aurait été plus logique d'installer Diane à sa place, c'est elle la reine, la chanteuse, elle qui parle le plus, mais c'était prendre le risque de laisser flamber les regrets de Flo à l'écran. Rien ne doit assombrir la gaieté du programme. Alors Seymour a inversé le plan de table. Il annonce la première surprise. Voilà qu'entre le professeur de cinquième, une petite dame ronde au visage doux dans une robe en jersey. Elle a eu Mary et Flo en classe, elle assure qu'elles étaient charmantes. Les filles pouffent de rire, même Flo. Effacées les mauvaises notes, les remontrances, tout est pardonné au nom du succès. Le principal du collège apparaît à son tour, mâchoire carrée et autoritaire, il dit se souvenir d'elles aussi. Diane qui fréquentait un autre établissement cache mal sa déception de ne pas voir arriver ses enseignants. Mais Seymour sollicite Flo, son sourire. Geraldine est contente pour elle, mais aussi pour ces écoles publiques qu'elle a fréquentées quelques années avant les filles. Il n'y a pas de secret si tant d'artistes émergent aujourd'hui, le programme artistique et culturel y était incroyable, le professeur de chant se jetait sur le piano comme s'il avait passé la nuit à jouer dans un club de Hastings Street.

– Où est cette école ? demande Robin Seymour au principal.

– Elle a été rasée pour construire l'autoroute.

Ira s'est levé pour ouvrir puisqu'on a sonné.

La foule danse maintenant sur « Baby Love ». Un couple noir et élégant s'enlace, un peu comme Geraldine et Nelson il y a longtemps.

Le cri de Nelson oblige cette fois Geraldine à se retourner. Il a quelque chose d'inhabituel. Deux policiers sont dans le salon.

– Vous êtes en état d'arrestation.

Nelson tend les bras vers les deux plus petits réfugiés dans les jambes de leur mère, comme pour dire qu'on n'arrête pas un père devant ses enfants, qu'il est un honnête ouvrier en charge de sa famille, ou bien pour prendre à témoin les siens, leur prouver qu'il avait raison, ces saletés de flics s'acharnent sur eux. Mais passé le cri, il n'articule rien.

– Qu'est-ce qui se passe, Nelson ? Il embauche bientôt ! s'inquiète Geraldine qui s'est levée et fait face aux agents.

– Y a peu de chances qu'il retourne travailler, lui répondent-ils sèchement.

Ira a fui l'appartement tout de suite après avoir laissé entrer les policiers. Il n'a pas vu Geraldine gifler Nelson. Il est monté deux étages au-dessus, s'est assis sur les marches entre le troisième et le quatrième, il a écouté l'écho des questions paniquées de sa mère, entendu un objet voler, peut-être le cendrier sur l'accoudoir du fauteuil. Tout résonne, tout se sait. Des portes s'entrouvrent. Les flics sont là ! Alors « Swingin' Time » s'échappe de partout, parce que tout le monde regarde, c'est eux à la télévision, le meilleur d'eux. Ira tend l'oreille, il racontera la suite à maman puisqu'elle ne peut plus regarder. Qu'est-ce qu'elle fait en ce moment ? On n'entend pas les petits. Robin Seymour annonce alors le clou de l'émission. Ira croit comprendre qu'un monsieur important est venu lire un texte du conseil municipal qui déclare que The Supremes sont de belles personnes, un exemple pour la jeunesse de la ville et leur exprime officiellement toute sa fierté. Ira trouve la surprise un peu décevante. Ses yeux errent sur le mur parsemé de graffitis, des noms qu'il ne connaît pas, des cœurs, des bites, des flèches, des filles, des garçons qu'on insulte ou qu'on aime, la signature de groupes ou de gangs, comme deux voies possibles. Un type descend à toute vitesse, puis s'immobilise à son niveau, tout en se penchant par-dessus la rampe pour voir ce qui se passe plus bas. Y a les flics ? murmure-t-il. Il doit avoir quinze ans. Ira hoche la tête. Observe l'autre à la dérobée, tout tremble en lui, ses pieds s'agitent, ses paupières clignent sans cesse, le genre de gars que sa mère méprise. Sont chez toi ? se hasarde-t-il. Ira fait signe que oui. Alors l'autre lui sourit.

Il les entend sortir de l'appartement maintenant, un flic de chaque côté de son père, pense Ira. Est-ce qu'ils lui ont passé les menottes ? Papa se tait. Maman sanglote sur le seuil de la porte. Ira lui en veut de pleurer. C'est ridicule. Il n'a pas envie de bouger. Il laisse passer un moment. Il attend, sans vraiment savoir quoi.

– Ira !

Une chanson des Supremes emplit la cage d'escalier. Ça doit être la fin de « Swingin' Time ». Tim apparaît qui descend bras ballants de son quatrième étage. Il vient s'asseoir à côté d'Ira. Il ne dit rien. C'était plus drôle quand elles vivaient ici.

– Ira ! C'est maman. Ira ! T'es où ?

Il ne répond pas. Les pas des policiers et de son père résonnent dans le hall, puis le claquement de la porte battante de la tour. Nelson se dissout dans une scène qu'il a souvent racontée. Mais Ira n'envisage pas une seconde que la police se soit trompée. Son père est coupable. Il ne le soulève plus à bout de bras comme il le faisait quand il était tout petit, il ne l'embrasse plus, ne rit plus, ne fait plus de blagues, il est coupable d'avoir changé. Ira se redresse, lance un regard à son copain et rejoint l'appartement d'une démarche contrariée. Geraldine a les yeux rouges, elle l'attire à elle, le serre fort, passe sa main longuement sur ses cheveux, promène ses pouces sur ses tempes, c'est doux, c'est bon, il y a longtemps qu'il n'a pas posé sa tête, là, sur la poitrine de maman, qu'elle ne l'y a plus invité, ou qu'il n'a pas osé, son père étouffait tout ce dont ils étaient capables, sa colère les pétrifiait. Il est coupable. Tout va bien se passer maintenant. Tout redevient possible. Ira ne pose aucune question, il reste collé contre sa mère. Elle le protège et semble s'appuyer sur lui. La porte voisine sur le palier s'entrouvre puis se referme aussitôt. C'eût été Johnnie Mae, elle serait sortie, elle aurait rejoint leur étreinte, Geraldine l'aurait fait entrer, elles auraient discuté, Johnnie Mae l'aurait aidée avec les enfants, aurait même glissé son nom à ses patrons qui lui auraient peut-être trouvé des ménages, une bonne place à Grosse Pointe, car désormais il va falloir que Geraldine travaille. Mais Johnnie Mae s'en est allée, elle regarde sa fille à la télé depuis sa belle maison de Buena Vista Street. On est aux antipodes et aux racines du succès ici.

La télé est éteinte. Maman semble désarticulée. Elle a des gestes étranges dans la cuisine.

– Ira, veut tu aller chercher Archie ?

– Qu'est-ce qu'il a fait ? questionne-t-il.

– Je ne sais pas, ils ont parlé d'un vol dans un bar. Ne dis rien à ton frère et à ta sœur, en tout cas pas tout de suite, il faut attendre d'en savoir plus. Mais je suis sûre que ce n'est pas grand-chose, qu'il va revenir vite.

– Ça va aller, maman, déclare Ira.

Elle le regarde. Elle sait ce qu'il veut dire. Qu'on sera peut-être mieux sans lui.

– Va chercher Archie, s'il te plaît.

Ira sort. Il fait nuit maintenant, il fait froid, il n'y a pas grand monde dehors. Un lampadaire sur deux fonctionne encore. Des rires retentissent sur le parking, Ira devine des gars attroupés autour d'une voiture, le moteur tourne, ils s'apprêtent sans doute à rejoindre l'une de ces courses de bagnoles qui s'improvisent dans les rues le soir, certains font ça, ils rentrent du boulot, ils se lavent, prennent leur bolide et vont tenter leur chance. Ira presse le pas vers les immeubles à trois étages qu'habite son oncle. Archie ouvre. Il a la même odeur que Nelson maintenant qu'il travaille chez Chrysler. Son regard se voile quand Ira lui raconte l'arrestation, mais il n'a pas l'air plus surpris que ça. Il réclame des détails, Ira n'en a pas. Archie l'entraîne à l'intérieur, c'est sommaire, comme une maison sans femme, mais Archie va bientôt épouser Phyllis, ils vont vivre ensemble. Il lui offre un verre de Vernors puisque la bouteille est sur la table. Les bulles, le sucre, le gingembre, c'est bon. Ira a toujours entendu les adultes répéter que c'est recommandé pour les maux d'estomac et la gueule de bois. Un silence s'installe.

– Tu es déjà monté là-haut ? lâche finalement Archie

Ira secoue la tête.

– Tu sais que, ta mère et moi, on a grandi dans un de ces immeubles ?

– Oui, dit Ira.

– Ben, quand on avait envie de prendre l'air, on grimpait sur le toit. Tu veux que je te montre ?

Bientôt il pousse la trappe sur le palier, fait glisser l'échelle. Pas un mot à ta mère, hein ? Il voudrait lui offrir cette sensation d'échappée qu'il ressentait au même âge. Et les voilà sur le toit, debout dans le froid, sous le ciel sans étoiles des villes trop lumineuses, qui contemplent d'un côté les phares des voitures serpenter sur l'autoroute, de l'autre les magasins rivaliser d'enseignes qui contiennent chacune des centaines d'ampoules. Ça sent le blé et l'orge que relâche la brasserie Stroh, la bière que tout le monde boit par ici. Ils ont de la chance, ça pourrait être pire, l'odeur de caoutchouc brûlé de Good year poussée par les vents depuis Belle Isle. L'industrie est partout, ses cheminées sont comme des flèches dans le ciel, les portes des usines marquent le terminus des grandes avenues, leurs couloirs dessinent des passerelles au-dessus des rues, les trains de marchandises roulent pour elles, même la rivière leur appartient. La ville est un immense circuit de production, elle ne répond à aucune esthétique, à aucune question, à aucun rêve humain. Ses clochers, ses bars, ses maisons ne sont que des succursales chargées de réparer rapidement la force de travail, d'un jour à l'autre, d'une nuit à l'autre, à coups de paradis artificiels. Impossible d'imaginer, depuis ce toit du Project, et aussi loin que le regard t'emporte, qu'un jour tout sera éteint, que l'épave de Packard, vide depuis huit ans déjà, est un présage. La Ford Mustang est indétrônable. La Plymouth Barracuda un vrai succès. Chrysler s'étend partout en Europe. Nelson ne sera pas à son poste ce soir, mais quelqu'un aura pris sa place dès demain.

Archie pose sa main sur l'épaule d'Ira, il la presse affectueusement.

– Ici c'était Hastings Street, Ira. N'oublie jamais ce nom-là, dit-il en tendant le bras en direction de la voie express. C'était un endroit fantastique. Je ne sais pas si tu te rappelles.

Ira fait signe que oui. Mais il n'a pas de fantômes encore. Ou peut-être son père, à compter de ce soir. Archie, lui, a découvert la nostalgie il y a quelques années, il répète souvent que c'est un drôle de sentiment pour un Noir, que si tu regrettes le passé, c'est que le répit a été de courte durée. Mais Ira est trop jeune pour entendre ce genre de choses. Il a l'air heureux. Là-haut, tu tangues à cause du froid, du vent, du passé, de l'avenir et des pensées contradictoires. Mais, là-haut, t'échappes aux parents, au Project, t'es vivant. Tu sens Detroit vibrer, une machine folle, huilée, qui tourne sans arrêt, qui va t'entraîner, t'employer, t'absorber, t'épuiser, te broyer peut-être, mais t'es fier d'en être, parce qu'ici on calibre les voitures, les magasins, les pistes de danse et les canons du monde entier. Alors, tant qu'à suer quelque part, autant que ce soit là.

– Allez, on file. Ça caille et ta mère nous attend.

Archie et Geraldine ont chuchoté dans la cuisine, ils ont repris le fil de l'histoire, la dérive, les mauvaises fréquentations. Archie a promis son aide, celle de Phyllis. Par un étrange coup de dés, il entre dans le mariage quand celui de sa sœur semble se briser. Il s'en va une heure plus tard. Geraldine se penche sur les lits des enfants, remonte les draps et les couvertures jusqu'au bord de leurs petites bouches qui ne pipent mot, elle y pose ses lèvres. Ira garde les yeux ouverts. Il lui sourit.

Elle regagne la cuisine, saisit l'éponge pour nettoyer quelques traces sur l'inox de l'évier, elle remarque ensuite d'infimes éclats de gras autour de la plaque de cuisson, elle frotte vigoureusement, puis empoigne un chiffon et frotte encore, elle repousse l'usure, la crasse. Elle voudrait que ce soit aussi propre qu'un bloc chirurgical. C'est là qu'on recoud les vies. Tant de tours, d'immeubles à mauvaise réputation, et aux couloirs sales, mènent vers des appartements où flotte une odeur de nettoyant, ou règne le propre, une femme qui croit conjurer le sort en briquant sa cuisine. Elle se couche tard. Que Nelson soit à l'usine ou en prison, la place à côté d'elle reste froide.

Bientôt des chevaux foncent sur elle. Ils ont des flammes sur le dos. Ils hurlent de douleur, ils se cabrent. Ils sont fous. Elle court, elle appelle Archie. Elle les reconnaît, vieille horde. Nos cauchemars sont peuplés de souvenirs, et pourtant, ils sont indéchiffrables. Elle court mais elle n'avance pas, ses enjambées sont vaines, le sol n'est plus qu'un point fixe, un endroit familier où elle est condamnée à mourir, ils vont la piétiner, la brûler, ils brûlent eux aussi. Leurs sabots au galop sont sur le point de s'abattre sur elle quand enfin elle ouvre les yeux. Elle est en sueur. Tout est à sa place sur le mur en face d'elle. Le crucifix. La commode. Le réveil. Elle a soif. Elle se lève. Marche doucement vers la cuisine. Sa main sur l'interrupteur hésite un instant, puis elle allume. Quelques cafards se baladent le long de l'évier qu'elle a frotté la veille. Elle éteint. Se dirige vers la salle de bains, fait couler l'eau froide et colle sa bouche au robinet. C'est le geste d'une adolescente pressée qui ensuite s'inspecte dans la glace juste au-dessus du lavabo, se prépare pour aller au cinéma ou à la Music Station, ce club sans alcool où tu vas danser tout en rêvant d'amourettes, et sans rien imaginer, mais alors rien du tout, de ce que la vie te réserve ensuite. Geraldine s'essuie le menton. Ne se regarde pas. La vérité, c'est qu'elle a peur que tout s'évapore. Son visage dans le miroir. La cuisine envahie par les bêtes. Même la tristesse de voir Nelson arrêté, qui déjà se fait moins sentir.

Deux jours plus tard, c'est dimanche. Le jour où elle emmène les enfants à la bibliothèque de la ville sur Woodward Avenue. Elle ne change rien à leurs habitudes, au contraire. Elle insiste même pour qu'Ira aille chercher son copain Tim. Ça lui fera plaisir. Ira renâcle un peu, il n'aime pas aller chez Tim, qui sait sur quelle tempête il va tomber. Et puis Tim s'en fiche des livres. Mais Geraldine n'en démord pas, elle lui fait le coup de l'amitié, de la générosité, alors qu'il ne s'agit que de son orgueil. Tout le monde sait par ici que Nelson est derrière les barreaux, mais elle ne s'effondrera pas, elle ne glissera pas vers ceux dont le sort déraille. Elle veut même emmener un de leurs mômes là où personne autour de lui ne l'amènera jamais. Ira finit par aller sonner. C'est plus simple que prévu, Tim ouvre, il prend son manteau et ne demande à personne la permission de sortir.

Ils marchent ensuite dans le froid, la plus petite dans la poussette, le cadet tout près de Geraldine, Ira et Tim sont devant. Dix ans tout rond. Les mains enfoncées dans les poches, ils arrondissent les épaules, ils se cherchent déjà l'allure qu'ils auront plus tard. Ils courent moins. Ils rient moins. Ce sont des signes de faiblesse d'après eux. Le vent charrie les doux effluves de la boulangerie Wonder Bread installée sur Grand River Avenue, c'est un bon jour, Geraldine se souvient que c'est ce que Roselle disait toujours quand l'odeur de brioche se frayait un chemin parmi toutes les autres. Elle faisait toujours en sorte qu'Archie et elle remarquent les belles choses, elle affirmait que la vie est pleine de petits miracles qui passent trop souvent inaperçus. En approchant du Detroit Institute of Art, Geraldine les revoit tous les trois ce jour où elle les avait fait s'asseoir sur les marches du musée parce qu'une belle musique s'en échappait. Ce devait être le printemps ou l'été. L'un des ouvreurs les avait remarqués et les avait fait entrer discrètement en posant son doigt sur ses lèvres. Ils avaient alors découvert une grande salle de spectacle avec un balcon, des dorures, des lustres, des fauteuils de velours rouge et une grande scène sur laquelle on donnait un ballet triste, dont Geraldine apprendrait le titre plus tard pour ne jamais l'oublier. À l'entracte, l'ouvreur leur avait demandé de ressortir discrètement. Roselle l'avait remercié chaleureusement. Pendant quelques minutes, ils avaient basculé dans un autre monde.

– On la connaît par cœur cette histoire, maman, peste Ira.

– Pas ton frère et ta sœur, Ira !

La bibliothèque est de l'autre côté de la rue, même marbre blanc que le musée. Une devise est gravée au-dessus de l'entrée : « La connaissance est le pouvoir ». Ils entrent sans la voir. Et maintenant Tim est comme Geraldine devant *Le Lac des cygnes*. Il se tord le cou, comme s'il tentait de mesurer la hauteur de plafond, de calculer combien d'appartements du Project tiendraient juste dans le hall. Il a le vertige tandis qu'Ira a pris l'habitude de venir là. Ils traversent le bâtiment d'est en ouest, prennent le couloir de droite et arrivent dans la salle réservée aux enfants. Chaque dimanche matin, une sélection d'ouvrages est mise à disposition sur des tables basses en fonction des âges. La bibliothécaire les reconnaît, sourit à Geraldine qui lui rend la politesse, peut-être même de façon plus appuyée que d'ordinaire, comme si ce qui s'était passé chez eux pouvait être visible, laisser des traces sur elle, sur eux, les dénoncer aux yeux des autres, les renvoyer d'où ils viennent, ces quartiers de l'est vers lesquels on tend le doigt pour désigner les criminels. Le camion plein de livres qu'elle guettait enfant ne passe plus depuis longtemps dans le Project.

Son corps est une enclume, son visage a le rictus de la mère parfaite, ses gestes ont la souplesse des robots, elle jette des regards inquiets vers Tim qui se balade dans les rayons le nez en l'air, attrape un illustré qu'il repose, en saisit un autre. Ira l'imite, cultive une attitude désinvolte, histoire de ne pas faire figure de mauviette. Ils finissent par se poser sur des chaises basses avec des comics pleins de types musclés portant des masques et des capes. Elle propose alors aux plus petits l'histoire de *Sam et les Lucioles*. La luciole s'appelle Gus et trace des lignes de lumière devant Sam la chouette qui n'en revient pas. L'avantage des héros à poils et à plumes, c'est qu'il n'y a plus à s'encombrer de la couleur de la peau, alors Geraldine privilégie toujours ceux-là. Elle tourne les pages d'une couleur bleue comme la nuit, elle lit doucement, articule chaque mot, comme s'ils devaient fondre telle une dragée dans la mémoire de ses enfants. Bientôt elle est la luciole, une femme torche, une femme forte qui conduit les siens même dans l'adversité. Plus loin, Ira et Larry sont des superhéros. Rien n'est arrivé, tout va bien se passer. Sa poitrine s'allège, si nouée depuis trois jours.

Cinq minutes plus tard, Tim a disparu. Ira dit qu'il est aux toilettes. Le soleil se lève dans l'histoire. Sam la chouette explique à Gus : « Plus personne ne voit tes pouvoirs maintenant, il est temps pour nous d'aller dormir. » Sam retourne dans son arbre et Gus vers le lac. Geraldine referme le livre. Tim n'est toujours pas revenu. Ira ne sait pas quoi dire. Elle lui demande de veiller sur son frère et sa sœur, s'en va vers les toilettes des hommes, entrouvre la porte et appelle Tim, rien, elle hésite un instant, puis emprunte l'un des majestueux escaliers de pierre qui montent vers les étages. La voilà sous les plafonds voûtés, sculptés, peints et vernis comme dans les palais d'un autre siècle, ou comme dans certaines églises. Elle parcourt de grandes salles aux murs chargés d'ouvrages, elle le trouve enfin, debout devant une fenêtre. Il fixe des mosaïques anciennes sur le balcon, comme surpris de découvrir des décorations jusque dans les moindres recoins. Elle s'approche doucement. Tim ? Il se retourne, ils se sourient et restent un instant comme ça à fixer les mosaïques.

– C'est beau, hein ? murmure-t-elle enfin.

Il fait oui de la tête. Puis ils redescendent dans la salle de lecture. Il est l'heure de partir. Bientôt, leurs pas résonnent en sens inverse, sur le marbre des couloirs.

Je trouve Archie sous le porche, malgré la neige tombée dans la nuit. La lumière du jour lui fait du bien, m'explique-t-il, c'est sombre à l'intérieur. Il porte sa grosse veste à carreaux fourrée. Un bonnet épais lui tombe sur les lunettes. Il aspire bruyamment son café tandis que je me plains des routes. Comme chaque année, le bitume explose sous le gel, des trous s'ajoutent aux vieux nids-de-poule jamais réparés. Qui vit ici connaît la facture que laisse l'hiver. Phyllis frappe au carreau pour lui ordonner de rentrer. Il soupire.

– Cinq minutes encore !

Et il rigole comme un môme qui négocie avec sa mère, puis l'emporte. Phyllis sort bientôt avec une tasse fumante pour moi et une couverture qu'elle dépose sur les jambes de son mari.

– Ça va ! Je prends l'air, j'en profite, râle Archie. À l'hôpital, toutes ces machines, ces bruits de chariots métalliques, je me suis cru dans le couloir de la mort.

– Ben non, tu vois ! Elle a pas voulu de toi, la mort ! Te voilà de retour dans le couloir de la vie ! s'exclame Phyllis.

Il rit. Ses verres s'embuent. Je ne sais pas si le froid lui fait du bien ou du mal, mais il est plutôt loquace aujourd'hui. Ça me fait plaisir. Avec lui, j'ai toujours l'impression de reprendre une conversation entamée il y a longtemps. D'un mouvement de tête, il indique l'école fermée depuis un bail, de l'autre côté de la rue.

– Paraît que c'est en vente.

– Comme environ quatre-vingts écoles publiques de Detroit. Ça fait partie du plan de liquidation depuis l'an dernier. De sacrés beaux bâtiments.

– Du marbre jusqu'au pied des urinoirs !

C'est devenu le terrain de jeu des gangs maintenant, donc aussi le mien. Restent quelques casiers ouverts avec des noms d'élèves et des autocollants tirés de vieux dessins animés. Sinon, ce n'est plus que des sols jonchés de verre brisé, de canettes, de détritus et de cocktails Molotov rudimentaires. De la tuyauterie arrachée quand le cours du cuivre monte sur le marché des métaux. On a trouvé un corps calciné et sans tête, l'été dernier, dans le sous-sol d'un collège fermé. Tellement cramé qu'aucune identification n'a été possible. C'était le même mois que le môme dans le Brewster Project. On s'étonne après des confusions. Trop de cadavres. Je n'ai pas appelé Sarah quand j'ai entendu parler de l'erreur d'empreintes. Je n'ai pas voulu en rajouter. J'aurais peut-être dû.

– T'imagines la photo ! me lance Archie.

– Quelle photo ?

J'ai dû perdre le fil quelques secondes. Il marmonne alors le nom d'un lycée à l'extrême est de la ville. Il me raconte que là-bas l'almanach des élèves était encore baptisé les Aryens après guerre. Rien que ça ! ricane-t-il. Les Aryens ! Ça avait été un quartier allemand autrefois. T'imagines la suite ! Les Blancs se barrent, le quartier perd de la valeur, les premiers Noirs commencent à s'installer, ils envoient leurs mômes à l'école du coin, et voilà comment tu te retrouves avec un petit Noir chez les Aryens ! Tu vois un peu le tableau ! Ça existe ! J'ai vu un almanach de ces années-là !

– Les Aryens n'ont pas dû durer très longtemps ensuite !

– Non ! Ils ont fini par changer de nom. On s'est fait les Aryens quand même !

– On les a eus !

Le froid, la buée qui s'échappe de nos bouches nous donneraient presque l'air de deux soldats de l'infanterie américaine qui viennent de reprendre la banquise aux nazis. Les stalactites fondent doucement depuis le bord du toit. À part nous et quelques gouttes, rien ne bouge.

– Dis donc, qu'est-ce qui leur prend aux flics, ils se prennent pour des syndicalistes maintenant ? enchaîne Archie décidément en verve.

– Ils se défendent ! Le manager veut diminuer toutes les pensions des anciens salariés de la ville de près d'un tiers. Un flic, à l'arrivée, c'est plus que 25 000 dollars de retraite annuelle, après une vie à risquer de se faire trouer la peau, et généralement un ou deux divorces parce qu'un couple fait pas de vieux os chez nous autres. Alors les gars sont remontés. D'où cette alliance avec les syndicats et la NAACP. On est tous dans le même bateau maintenant, qu'on soit flic, retraité de l'automobile, instituteur, pompier ou voyou. On est d'ici !

Phyllis tambourine à nouveau contre le carreau.

– Je caille, Archie.

– O.K.

Je l'aide à se relever.

– C'te blague ! C'est quand même le monde à l'envers ! rigole-t-il en s'agrippant solidement à moi.

Sa main qui serre le creux de mon coude m'évite d'avoir à lui répondre. C'est juste le sablier qu'on retourne, Archie. Nous dégringolons dans l'époque suivante. Ce qui nous est arrivé, ce qui nous a opposés, ça n'intéresse plus personne. Qu'est-ce qui nous est arrivé d'ailleurs ? On ne saurait pas l'expliquer. On se raconte le travail, le quartier, comme si le monde nous traversait, et comme si c'était toujours en dehors de nous que s'était décidé le cours de nos vies. On n'aborde pas les choses intimes. Tous ces petits effondrements successifs à l'intérieur de nous. Ces nœuds dans nos artères. Ces erreurs qu'on croit avoir commises. On ne s'en parle jamais. Nous rentrons.

Archie se laisse tomber dans son fauteuil. Le radiateur est brûlant. Une casserole d'eau posée au-dessus permet d'humidifier l'air.

– À propos de vieille histoire, j'ai lu un truc drôle au sujet des filles, hier soir.

– Quelles filles ?

– The Supremes. Tu te rappelles, je t'avais parlé d'un bouquin que j'ai acheté chez John King, je l'avais mis de côté ces derniers mois, j'avais pas beaucoup de temps, mais je l'ai repris hier soir et je suis tombé sur un épisode qui m'a fait rire. C'est la première fois qu'elles rencontrent les Beatles, ça se passe à Londres, dans un grand hôtel…

– Elles ont même été reçues par la reine d'Angleterre ! Je m'en souviens ! ajoute Phyllis.

– Oui, mais semblerait qu'avec les Beatles ça ne se soit pas très bien passé. Y avait beaucoup de silences et de gêne, les filles étaient impressionnées et les gars se marraient ! Paraît que Lennon pouffait de rire dans son coin, alors c'était pire encore, elles avaient l'impression qu'ils se foutaient d'elles. Quelques années plus tard, Mary a eu une discussion avec l'un d'eux, je sais plus lequel des quatre. Elle avait pris de l'assurance et elle lui a demandé pourquoi ils rigolaient tant ce jour-là. Tu sais ce qu'il lui a répondu ?

Archie secoue la tête.

– Il lui a avoué qu'ils étaient un peu déçus. Ils ne pensaient pas que des filles noires du ghetto de Detroit puissent être si coincées.

– Mais qu'est-ce qu'ils croyaient, ces merdeux ? s'emporte aussitôt Archie qui serre le poing. Qu'est-ce qu'ils croyaient ? répète-t-il, prenant l'affaire tellement au sérieux que je regrette de l'avoir racontée. On était des gens bien élevés ! Regarde ta mère, comme elle était bien élevée. Combien de fois notre mère nous a répété, quand on marchait vers le centre-ville, Tenez-vous bien, vous n'êtes plus au Project ! Toutes les mères rabâchaient ça à leurs gosses, de peur qu'ils n'aient des problèmes. Alors, oui, on a appris à serrer les fesses dès qu'on n'était plus dans notre quartier, en tout cas la majeure partie d'entre nous ! Les autres, au contraire, avaient tendance à vouloir se faire remarquer, mais juste pour faire passer la trouille de l'autre côté. Pour ça, les Blancs avaient bien réussi leur coup, ils nous avaient lavé le cerveau, on pensait comme eux, qu'on n'était pas assez bien, pas à notre place, quand on sortait de notre périmètre. Les filles ont dû en faire l'amère expérience bien des fois ! Même ici ! Je me souviens de cette fois où elles ont joué à la soirée d'une gamine de Grosse Pointe, au Country Club, là-bas, chez les richards du coin qui avaient de quoi s'offrir le groupe du moment. On en a entendu parler jusque dans nos quartiers. Elles étaient alors juste derrière les Beatles dans les charts, elles ont fait le boulot, mais ces gosses qui bouffent dans l'argenterie sont restés raides comme des piquets devant elles, les bras croisés à les fixer, sans danser, infoutus de bouger leur cul, ils ne supportaient pas que le Project se soit incrusté à leur fête !

– T'as raison, Archie, c'était pas drôle. Mais calme-toi, c'est du passé tout ça !

– Non, t'as tort. Ces Beatles, ce qu'ils savent pas, ce que les Blancs savent pas, ce qu'on leur a jamais dit, c'est qu'eux, ils se sentent bien partout ! Ils se sentent autorisés à aller partout ! Pas nous.

Il se tait un instant. Il a l'air essoufflé, mais repart de plus belle.

– Et eux qui rêvaient de voir des filles faciles, hein ? Ben non ! C'était pas des filles faciles. Ça existait pas. Y avait des filles forcées. Des filles qu'avaient pas le choix. Mais pas toutes les vamps et les putes qu'ils imaginaient. Y a ce qu'on est et ce qu'ils imaginent qu'on est !

Sa voix tremble maintenant. Phyllis lui presse le bras de façon autoritaire et bienveillante à la fois.

– Tu te calmes. Tu vas nous refaire une attaque pour des histoires de show-business ! Ça nous regarde pas, tout ça !

Archie se dégage.

– Je vais te raconter un truc, Ira. Un truc qui me faisait peur quand j'étais gamin. Y avait des mecs de notre quartier qui piégeaient des Blancs en leur indiquant des putes dans des appartements du Project. Ils traînaient sur les trottoirs des environs, ils flairaient le client potentiel, le chauffaient… Tu me donnes 25 dollars, je te dis à quelle porte frapper dans l'immeuble 675, là y a une fille pour toi ! Et ces gars, ils voyaient pas l'arnaque, ils pensaient que notre quartier c'était un bordel à ciel ouvert, que nos mères, nos sœurs faisaient la pute. Et nous, on les voyait débarquer, souvent bourrés, excités, ils erraient dans les couloirs et les étages, et bientôt ils comprenaient qu'ils s'étaient fait avoir, y avait pas de putes dans l'immeuble !

Archie s'agite. D'un geste trop brusque, il fait tomber sa tasse qui se brise. Phyllis râle. Je ramasse les morceaux de porcelaine.

– Ils cognaient aux portes, à toutes les portes, parce que personne ne répondait sur le palier indiqué. Moi, j'étais môme, ça me fichait la trouille. Ça résonnait. Les portes étaient en métal. Heureusement d'ailleurs, parce que si ça avait été du bois, l'immeuble serait parti en fumée. Plusieurs fois, des gars enragés de s'être fait escroquer de 25 dollars ont voulu mettre le feu. Mais y avait pas de putes dans l'immeuble ! PAS DE PUTES DANS L'IMMEUBLE !

Archie a crié.

Il a les yeux pleins de larmes maintenant. Je ne sais pas d'où elles viennent. Je pose ma main sur la sienne, je ne veux pas qu'il pleure, qu'il refasse une attaque.

– Non, bien sûr, Archie.

– Mais tu sais, Ira... poursuit-il en reniflant. Tu sais... T'as vu comme il neige aujourd'hui ? On faisait de la luge par ce temps-là, nous... Je pensais à ça l'autre jour... Comme on s'amusait... T'as pas connu ça, toi, mais y a eu des montagnes dans le Project...

J'ai hoché la tête. Je n'ai rien compris. J'ai fini par aller prendre la pelle et dégager la neige devant chez eux. Si je ne le fais pas, ça gèle en pleine nuit, et Phyllis risque de glisser en sortant. Archie était tranquille mais fatigué quand je suis parti. J'ai promis d'appeler plus tard dans la soirée pour prendre de ses nouvelles.

En chemin, je me suis arrêté au Raven Lounge, l'un des plus vieux clubs de la ville. Personne ne m'attend chez moi. J'ai besoin d'une pause. Et il n'y a pas mieux que l'hospitalité et la musique de cette petite baraque blanche avec son enseigne lumineuse au milieu de nulle part sur Chene Street pour me requinquer. Il n'y a plus rien autour. Que de l'herbe, et la ruine d'une église fermée. Mieux vaut ne rien laisser traîner sur la banquette de la voiture, et jeter un regard circulaire avant d'en sortir. Mais comme il y eut des montagnes dans l'enfance d'Archie, il y eut ici des maisons, des commerces partout, un quartier très animé, polonais, puis de plus en plus noir.

J'ai chaque fois la même impression en poussant la porte. C'est comme rentrer à la maison, avoir faim et se mettre à table. Il y a le bar à gauche, puis la scène au fond où jouent des types de mon âge. Ils ont l'air de faire partie des meubles. Parfois même, entre deux morceaux, ils ont l'air assoupis. Mais la plupart ont fait le tour du monde, ce sont des pointures du blues et du jazz. Harmonica Shah est là, assis devant une bière dans une salopette qui semble rappeler ses quinze ans chez Ford. Il attend son tour de jouer. Pour l'instant, il n'y a qu'un guitariste assis entre deux amplis qui laisse courir ses doigts sur les cordes, tête baissée sous un chapeau rond agrémenté d'une plume.

Je m'installe au bar. Je commande un manhattan. Il arrive vite. Je fais signe à Stevens, le patron, pour qu'il me rafraîchisse la mémoire au sujet du type en train de jouer.

– Billy Davis, me dit-il.

Il suffit qu'il lève le nez pour que je le reconnaisse. Ce gars accompagnait Hank Ballard. C'est lui qui a mis la première guitare électrique entre les mains de Jimi Hendrix, il a même fait en sorte que son protégé le remplace dans le groupe quand il a dû partir au Vietnam. Il habite toujours ici. Il pourrait vivre ailleurs après une carrière comme la sienne, mais non, il est là où il a grandi. Doucement, la batterie entre dans la danse, puis la basse. La musique s'amplifie. Je suis bien, si bien que je regrette presque de ne pas avoir emmené Archie et Phyllis ici avec moi pour qu'ils se changent les idées. Alors Davis s'approche du micro :

– Yvonne ?

Une femme très élégante, au bar, se lève et le rejoint. Elle a lissé ses cheveux, les a ramenés d'un côté et joliment enroulés.

– Joyeux anniversaire, Yvonne, murmure Davis.

Elle sourit et laisse voir les dents du bonheur. Les filaments de papier brillant et les notes de musique en plastique qui tombent du plafond m'ont toujours fait penser aux décorations des fêtes d'anniversaire.

– C'est qui cette Yvonne ? je demande encore à Stevens.

– Une ex-môme de la Motown qui a eu son heure de gloire avec un groupe de lycéennes. The Donays. Un tube en 1962 : « Bad Boy ». Face B : « Devil in His Heart », reprise par les Beatles, tout de même ! Mais ça, elles ne l'ont découvert que bien plus tard, rigole-t-il.

Décidément les Beatles ne sont pas à la fête ce soir. Mais tout le monde sait ici que les mômes de la Motown n'ont jamais vu la couleur de leurs royalties. Yvonne se lance d'une voix légèrement éraillée et depuis longtemps oubliée. Un vieux hit emplit la pièce. Pendant ce temps, des ingénieurs conçoivent la voiture de demain dans les derniers bureaux allumés de la ville, des jeunes rappent et tournent, dans nos ruines, des vidéos qui seront likées des millions de fois partout dans le monde. Ils sont le présent, et l'avenir probablement.

Ici c'est le passé. Ce que c'est bon. Ici on ignore le sablier du manager, on le remet à l'endroit. On est les rois, on remplit le silence, on ranime le quartier disparu, on fait du boucan. Il y a aux murs deux écrans de télé muets où s'agitent les actualités en continu, personne n'y fait attention, on dirait même qu'ils ont été allumés pour qu'on puisse leur couper le son. Ta gueule le monde, le temps, le vide, on respire encore ! Je commande un autre manhattan. Ici, au troisième verre, t'as pas l'air de noyer tes emmerdes dans l'alcool, t'as même pas la bouche pâteuse.

– J'ai soixante-cinq ans, murmure Yvonne dans le micro.

– Gamine ! lance une voix joyeuse qui vient d'entrer dans le club.

– Martha ! crie Yvonne.

Putain, je rêve. C'est Martha Reeves sur des talons très hauts. Quel âge a-t-elle ? Dans les soixante-dix ans probablement. Les bons soirs sont comme, ça, ici. Un véritable château hanté. Roselle, maman si vous saviez qui est là ! Elle retire son manteau, elle porte une robe en lamé argent, elle a de longs cheveux bouclés. Elle va chanter pendant qu'Archie pleure, là-bas.

Pas de putes dans l'immeuble.

Pourquoi il a hurlé ça ? Bien sûr qu'il y avait des putes. Je les ai épiées comme tous les petits puceaux du Project. Elles étaient plutôt gentilles avec nous.

« Dancing in the Street » ! À ton tour, Martha. C'est ça, chante, jouez les gars, labourez nos souvenirs. Je vais me reprendre un verre. Est-ce que toute la vie n'est pas contenue là ? Est-ce que l'enfance n'est pas belle vue d'ici ? Pleure pas, Archie, je t'en supplie, pleure pas. Y avait des montagnes, y avait Mary, Martha et tant d'autres sur les flyers que j'ai retrouvés quand j'ai débarrassé les affaires de maman. Pleure pas, Archie, on ne s'est pas laissé tailler en miettes, écoute…

– Ira ?

Je me retourne. Sarah est devant moi.

– Je savais pas que tu fréquentais ce genre d'endroit.

– Je suis avec Jeff, il adore venir ici. On est installés là-bas, tu veux te joindre à nous ?

On s'assoit. On ne se dit pas grand-chose. Je crois bien que je commence à être saoul et il suffit d'écouter Martha Reeves. Qu'on ne vienne pas me dire que les vieilles gloires sont pathétiques. S'il existait un détecteur de talent ou un détecteur de joie, comme on a des détecteurs de mensonges au musée de la police, c'est ici qu'il exploserait. Y a une sacrée puissance dans tout ça. Une sacrée dose d'espoir. On y entend tout ce que cette ville a donné à ce pays, au monde entier. Jeff se lève et part commander la prochaine tournée. Sarah se penche vers moi, et me glisse que le môme vient d'être identifié.

Samedi 28 février 1976

Geraldine est arrivée à l'aube pour être sûre d'entrer dans l'église. Elle a tout préparé du petit déjeuner sur la table de la cuisine, enroulé un châle par-dessus le col de son manteau, pris le premier bus et rejoint la file encore mince et silencieuse le long de New Bethel Baptist Church. Il fait si froid encore. Elle tape doucement des pieds sur place et souffle dans l'étoffe de laine qui lui couvre la moitié du visage pour se réchauffer. Enfin le soleil se lève, la température monte doucement, les langues se délient, on parle des filles lorsqu'elles chantaient dans la cage d'escalier, puis lorsqu'elles ont été promues choristes sur les premiers disques de la Motown. Et bizarrement une douce gaieté perce en ce matin triste, celle des retrouvailles, des souvenirs, c'est ce qui est beau les jours d'enterrement, les réminiscences, les liens, l'essentiel, quand les journées ordinaires se bornent aux questions pratiques. La foule s'étire à perte de vue sur Linwood Avenue maintenant. Sommes-nous tous ensemble, vraiment ? se demande Geraldine qui reconnaît beaucoup de visages. Le Project est là dans de vieilles fourrures, des robes de gala ou des vêtements usés, habitants d'aujourd'hui et ceux d'avant que l'autoroute a déplacés à l'ouest de la ville, elle les reconnaît malgré les quinze ans écoulés et les coupes afro qui fleurissent sur les têtes depuis quelques années, telle une couronne, une fierté. Tous réunis à nouveau devant l'église du révérend Franklin. Comme au temps de Hastings Street, quand les enfants quittaient la messe en courant pour retirer leurs habits du dimanche et se dépêcher d'aller voir un film au Mayfair Theatre, quand Aretha et ses sœurs chantaient derrière leur père. Est-ce qu'elle sera là, Aretha, aujourd'hui ? s'interrogent les gens. Ils voudraient revenir au temps où elle était une voix connue d'eux seuls, au temps où Flo promettait tant, elle aussi. Leurs talents se dévoilaient. C'est une arme, le talent, une liberté nouvelle.

Il est 14 heures. Une Rolls Royce s'arrête devant la New Bethel Baptist Church. La portière s'ouvre. Mary ! Mary ! Des cris s'élèvent dans la queue qui s'étend maintenant à perte de vue. Geraldine se tait. Ses mains se contractent au fond de ses poches tandis qu'elle observe la scène. Mary porte une toque finement crochetée d'où s'échappent de belles boucles. Johnnie Mae sort à son tour de la voiture luxueuse. C'est bien qu'elles soient venues ensemble, se dit Geraldine qui plisse les yeux derrière ses lunettes. Johnnie Mae a à peine vieilli, sa longue silhouette osseuse et ses manières discrètes lui font joliment traverser les années. Sûr que si elle avait continué les ménages à Grosse Pointe, elle n'aurait pas la même allure. Elle vit probablement toujours dans la belle maison de Buena Vista Drive où Mary l'a installée, juste à côté de la sienne, quand elles ont quitté le Project. Ça fait onze ans maintenant. Elles s'étaient promis de se revoir. C'est arrivé une fois, quelques mois après le déménagement. Geraldine était venue un après-midi prendre un café, mais elle n'avait pas aimé les soupirs de soulagement que poussait Johnnie Mae comme si elle avait jusqu'ici habité l'enfer, son souvenir horrifié des cafards alors qu'elle s'en accommodait très bien auparavant. Geraldine savait que Johnnie Mae finirait par lui demander ce qu'elle faisait toujours là-bas dans le Project où les enfants tournent si mal maintenant. Elle n'avait pas envie de répondre à cette question. Encore moins de lui avouer que Nelson avait fini par faire cinq ans de prison, que ça avait alors été son tour à elle d'aller faire les ménages. Leur point de rencontre avait été un palier de béton, au deuxième étage de la tour 303. Que trouveraient-elles à se raconter aujourd'hui ?

Mary et Johnnie Mae rejoignent la famille de Flo, sa mère Lurlee avec ses longs cheveux noirs qui la font ressembler à une Indienne, ses frères et sœurs. Les Ballard, comme on disait. Quatorze enfants et leurs parents, qui se serraient dans un appartement de trois chambres, ce que le Project avait de plus grand à offrir. Les gamins par tranches d'âge dans deux chambres et dans le même lit. Flo était la huitième, trop jeune pour les plus grands, trop grande pour les plus jeunes. Geraldine se souvient de tout. Du petit de trois ans tué par un chauffard ivre en allant au cinéma avec ses sœurs. De la détresse des parents. Du père que ses mômes voyaient rentrer à genoux, chargé d'alcool, s'effondrer au-dessus des cabinets où tombaient ses derniers billets que la marmaille repêchait l'air dégoûtée.

Elle a descendu son châle sur ses épaules. Il fait 50° Fahrenheit, un vrai cadeau du ciel pour février. La police s'énerve, repousse la foule qui déborde telle une vague sur la route chaque fois qu'apparaît une star. Ils sont des milliers maintenant. Stevie Wonder vient d'arriver. Dans les yeux de Geraldine, il redevient le gamin au pied du bus de la tournée, celui qui empêchait les autres de dormir avec son harmonica. C'était écrit dans une lettre de Mary, c'est Geraldine qui l'avait lue à Johnnie Mae. C'est si loin maintenant. Mais elle retourne aux confidences. À ce qu'elle sait, que les autres autour d'elle ne savent pas. Les cloisons étaient si fines dans le Project.

Une limousine ralentit. C'est Diane. Elle sort escortée de quatre gardes du corps. Bon sang, Diane ! s'insurge Geraldine en son for intérieur. Pourquoi tu n'es pas venue avec ta mère et tes sœurs, comme Mary, comme une enfant d'ici ! Un silence. Personne ne crie son nom. Puis la foule la hue. Partout elle connaît les honneurs dus à une diva américaine, elle chante, elle fait du cinéma, son film l'an passé a battu tous les records au box-office, partout elle est fêtée, mais chez elle, Hou ! Hou !

Comme ils la huent. Cette ville n'aime plus les gagnants. Elle sait qu'ils finissent par trahir. La Motown a déménagé l'an dernier, ses immenses bureaux sur Woodward Avenue sont vides comme ceux des usines désertées, elle est partie pour Los Angeles, elle rêve de s'accoupler avec Hollywood.

Hou ! Hou !

Detroit a le syndrome de l'abandon.

Si elle savait, cette pauvre Ernestine, ce qui se dit dans le Project, que Diane a tout fait pour écraser Flo, pour l'écarter, qu'il n'y en avait que pour elle, qu'elle s'est jetée dans les bras de Gordy, qu'on n'a pas laissé à Flo la possibilité de montrer son talent. Les gens exagèrent parfois, ils en oublient la force, la volonté et le travail de Diane, mais ils ont fait les comptes, Flo n'a eu le lead que sur « Buttered Pop Corn », plus quelques couplets dans « It Makes No Difference Now », ou « *Ain't That Good News* », ils sont sûrs que Berry Gordy a choisi Diane parce que sa voix avait l'avantage de plaire aux Blancs, celle de Flo était plus rauque, plus noire.

Tellement noire.

Tellement nous.

On l'appelait Blondie pourtant. Elle gît dans un cercueil encore ouvert dans l'église. Elle porte une robe bleu pâle. Il ne s'agit ni d'un suicide ni d'une overdose. Seulement d'un jeune cœur qui lâche comme pour s'épargner l'avenir. Flo avait quitté The Supremes, elle n'en pouvait plus de n'être qu'une choriste de Diane, elle rêvait mieux. Puis elle avait sombré dans la dépression et avait vécu de l'aide sociale pendant des années.

« Je n'y arrive plus, ma confiance, ma carrière, c'est fini. Je voudrais pouvoir offrir tant de choses à mes enfants, mais je n'y arrive pas. Mes parents ont fait ce qu'ils ont pu avec quatorze enfants dans le Brewster Project, mais moi j'avais beaucoup plus… »

Geraldine se souvient que Flo avait déclaré ça dans le *Chronicle*. Elle était restée penchée un moment sur le journal ouvert, émue par cette phrase où le Project surgissait telle une terre d'enfance et de combats.

Ont fait ce qu'ils ont pu.

Le journal a publié une chanson hier :

« Qui va chanter une ballade pour Flo ? Qui va chanter comment et pourquoi elle est morte ? Qui va bercer ses enfants pour qu'ils s'endorment ? Qui peut chanter sa peine ? Qui va chanter la gloire qu'elle a connue ? Qui va chanter la célébrité qu'elle a cherchée ? Qui va chanter la bataille qu'elle a livrée ? Pas moi, dit le docteur. Pas moi, dit le voleur. Moi non plus, dit l'avocat. »

Qui est le voleur ? Qu'importe. Tout le monde sait qu'elle avait porté plainte contre ceux qui avaient géré ses affaires, et même contre Diane, Mary et Gordy pour des royalties qu'elle n'avait pas touchées. Elle ne pouvait plus payer sa belle maison de Buena Vista qui allait être saisie mais elle avait reçu une ovation l'an dernier quand elle était remontée sur scène lors d'un concert de charité à l'auditorium Ford après des années d'absence. Flo est la ville. Tout le monde sait où va la ville. Elle se vide. Elle s'enfonce. Qui va chanter une ballade pour Detroit ? Qui va chanter comment et pourquoi elle se meurt ?

Enfin, on leur fait signe d'avancer doucement vers l'église. Tout le monde n'entrera pas. Des enceintes ont été installées à l'extérieur pour faire entendre à tous la cérémonie. Geraldine est venue suffisamment tôt pour être de ceux qui franchissent la porte. Elle bute très vite sur une foule déjà compacte à l'intérieur. Il fait chaud subitement. Les gens s'éventent. Les photographes mitraillent les vedettes. Les ampoules de leurs flashs produisent de drôles d'éclairs autour du cercueil. Le chœur est en place. Le révérend semble impatient de commencer. Il fait signe aux reporters d'évacuer, et demande le silence avec autorité.

Sur la pointe des pieds, Geraldine aperçoit les premiers rangs. Les trois petites filles de Flo ont des gestes étranges, des sourires qu'elles ne contrôlent pas, quand elles auraient le droit de hurler, de se rouler par terre. Elles n'en font rien. Elles font mine de s'absenter. Elles ne veulent rien aggraver. Diane, installée près du père, a pris la plus jeune sur ses genoux comme l'aurait fait la meilleure amie de la défunte. Les huées de la rue n'ont pas éraflé sa cuirasse. Mary est juste derrière avec Johnnie Mae. C'est elle qui devrait être à la place de Diane. Mais tout se répète. De la cuisine à l'église.

Le révérend Franklin se racle la gorge.

– Une belle vie est comme un océan, lance-t-il enfin.

Mary sanglote. Geraldine remarque ses épaules qui tremblent. À quoi pense-t-elle ? À l'éviction de Flo du groupe, à son viol, à leur dernier coup de fil ? Quand se sont-elles parlé pour la dernière fois ? Elle voudrait subitement la serrer dans ses bras.

– Une belle vie est celle qui touche bien des rivages de l'expérience humaine, poursuit le révérend en murmurant.

Il commence toujours en murmurant. C'est pour mieux monter ensuite. Jusqu'à crier. Ils savent, ceux qui sont là, sa voix les accompagne depuis si longtemps, les emporte loin, surtout les femmes, certaines succombent parfois à une drôle de folie, elles se mettent à bramer, Prêche, Révérend Franklin ! Prêche ! Enfants, Geraldine et Archie ont assisté à ça des dizaines de fois, médusés, amusés, elles entraient en transe, Archie riait, faisait des paris avec Geraldine, – laquelle ?–, parce qu'au bout d'un moment, il y en avait toujours une qui finissait par lancer son chapeau, son sac à main, s'avancer vers l'autel comme si elle allait se déshabiller. Dieu sait l'effet que le révérend Franklin faisait aux femmes. Il est moins célèbre que sa fille maintenant, mais il porte beau encore, sa fine moustache ondule avec les flots du sermon qu'il continue de chuchoter. Pas d'envolée aujourd'hui. Les mots ne peuvent pas grand-chose de toute façon.

– Ce que tu sèmes ne prend vie qu'à condition de mourir, dit-il comme n'importe quel révérend.

Pourquoi n'a-t-il pas plutôt choisi la fable de l'aigle ? regrette Geraldine. C'est son plus célèbre sermon, les enfants du Project le connaissent tous. Tant de fois, il leur a raconté l'histoire de l'homme et de son élevage de poulets, au sein duquel grandissait un oiseau différent, un aigle, auquel il fallait une cage à part. Le révérend décrivait la cage, l'oiseau de plus en plus gros à l'intérieur, et bientôt à l'étroit, alors l'homme lui en construisait une nouvelle, plus grande encore, puis trop étroite à nouveau, comme leurs appartements du Project. C'était comme un conte, Geraldine l'appréciait d'autant plus qu'on a toujours vu des aigles par ici, elle l'écoutait en voyant des images. Bien sûr, à la fin l'homme libère l'oiseau, ses ailes frémissent, puis s'ouvrent et il finit par s'envoler par-delà les montagnes.

« Ô Lord ! Un de ces jours ! Un de ces jours ! tonnait alors le révérend, mon esprit est un aigle dans une cage que le Seigneur a bâtie pour moi. Oui, mon esprit est emprisonné dans ce vieux corps. »

Peut-être à cause de ces femmes en transe qui gémissaient pendant la messe, l'air plus libres et vivantes que jamais, peut-être à cause des rapaces qui fondent sur les poissons du lac à Belle Isle, il avait fallu du temps à Geraldine pour comprendre. Que la cage c'est la vie, et que la libération signifie la mort. Que l'aigle montre le chemin vers le royaume de Dieu qui nourrit les oiseaux. À l'échelle de son enfance, la ville était le royaume.

Mais elle connaît encore la prière par cœur.

« Un de ces jours, un de ces jours, celui qui a fait la cage ouvrira la porte et mon esprit s'envolera. Oui, il s'envolera, et vous verrez battre les ailes de mon esprit qui s'envole. »

Aujourd'hui, elle voudrait que l'esprit de Flo se change en rapace, qu'il lui pousse des serres. Elle penserait alors à elle en observant le ciel. Il y a de plus en plus d'oiseaux. Parfois leurs plumes jonchent les trottoirs et les pelouses, comme si une bataille avait eu lieu de nuit à l'insu des hommes. C'est parce que Detroit se vide.

Mais le révérend a préféré convoquer l'océan pour Flo.

C'est pourtant loin l'océan.

Maintenant le chœur chante « We Have a Friend in Jesus ». C'est un tube et un chant d'église. Ici, on a toujours mélangé les deux.

– Nous avons été touchés, émus par la voix et la vie de cette jeune femme, poursuit le révérend. Nous avons des expériences qui ne sont pas toujours bonnes, parfois même frustrantes et écrasantes, mais du bien peut naître des situations difficiles.

Les épaules de Mary tremblent encore. Le révérend termine. Diane se dresse aussitôt sur ses talons.

– Mary et moi voudrions lui rendre hommage, annonce-t-elle.

Ce n'était pas prévu. Geraldine le comprend immédiatement depuis le fond de l'église. Elle devine Mary interdite, prise au piège. Mais qui obéit et marche vers l'autel.

– Je crois que rien ne disparaît, que Flo sera toujours parmi nous, déclare Diane qui tend alors le micro à Mary, prise de court.

– Je l'aimais, dit-elle simplement.

Elles se dirigent alors vers le cercueil. La main de Mary glisse à l'intérieur, caresse la joue de son amie morte. Puis les chœurs entament « Someday We'll

Be Together ». C'est le dernier hit des Supremes qui se produisaient déjà sans Flo depuis deux ans, leur ultime chanson avant la séparation et la carrière solo de Diane. Alors pourquoi celle-là ? réagit la foule. C'est très diffus. Des sourcils froncés. Quelques chuchotements et raclements de gorge. Ici, chaque titre a un sens, une date, une histoire. Ici, on ne nous la fait pas. Bien sûr, un jour nous nous retrouverons tous au paradis, mais pourquoi une chanson sans Flo morte de chagrin de n'avoir pu chanter ? Tout s'accélère. Les Four Tops se placent autour du cercueil refermé. Duke, Obie, Levi, Lawrence. Mary sortait avec Duke, Flo avec Obie. Est-ce que son corps est plus lourd sur les épaules d'Obie ? Qu'est-ce qui reste des nuits sans lendemain dans la mémoire d'un homme ? Pourquoi est-ce qu'ils oublient tout ? se demande Geraldine.

Elle quitte l'église dès que les portes s'ouvrent et n'attend pas le départ du corbillard pour le cimetière. Elle marche d'un pas rapide vers l'arrêt de bus comme si elle était sur le point de le rater. Elle s'enfuit, plus triste qu'au réveil. Il y a tant de ses rêveries dans le cercueil. Adieu, Flo. Adieu, Mary. Adieu, Johnnie Mae. Il ne suffit pas de séparer les vivants des morts. Il y a des vies, des mondes qui ne se côtoient pas. Ou plus.

Le bus qui la ramène traverse la ville d'ouest en est, il emprunte 12th Street sur quelques kilomètres, ce n'est plus qu'un no man's land, des étendues d'herbe et des immeubles calcinés qui semblent fumer encore. C'est d'ici qu'est parti le soulèvement il y a neuf ans.

Une véritable explosion des quartiers noirs. L'étincelle avait été une brutale descente de police dans un bar, mais comme tant d'autres, Geraldine a toujours pensé qu'il y avait eu là une réponse à la destruction de Hastings Street, l'expression d'une colère jamais éteinte et trop longtemps contenue.

Elle n'est pas la seule qui se rappelle. Les regards se brouillent, parfois s'embuent parmi les passagers du bus. Les nuques sont raides. Surgissent les incendies, les tirs en rafale, les vitres qui explosent. Surgissent les morts. Surgissent les tanks de l'armée, les mêmes qu'au Vietnam, finalement plus rassurants que la police blanche de cette ville qui tire sur tout ce qui bouge. Surgissent les pilleurs et les pyromanes. On avait vu se consumer les magasins qui proposaient des crédits à taux d'usurier et avec eux des dettes impossibles à rembourser. On avait vu des voitures chargées de canapés et de postes de télévision traverser la ville, des hippies blancs crier des messages de soutien, « Pillez ! C'est Américain ! », et au Project, des salons refaits à neuf chez certains voisins. On avait donc ri aussi. Mais on avait appris avec tristesse que la boutique de Joe Von Battle, réinstallée là-bas sur 12th Street avec tous ses disques et son haut-parleur au-dessus de la porte, avait brûlé comme tout le reste. Ça n'avait pas de sens, c'était agir contre soi-même. La musique, elle est à eux, c'est tout ce qui reste quand il n'y a plus rien. La musique ne blesse personne. Jamais l'un des leurs n'aurait fait ça sur Hastings Street. Mais en rasant Paradise Valley, les bulldozers avaient détruit plus qu'un lieu, une joie commune,

une fraternité, ils les avaient atteints, divisés, émiettés au plus profond d'eux-mêmes.

Qui va chanter comment et pourquoi la ville est morte ?

Qui peut chanter sa peine ?

Qui va bercer ses enfants pour qu'ils s'endorment ?

Geraldine baisse les yeux. Flo doit être en train de descendre dans son caveau. Il n'y a que des trous là où il y a eu leur vie. Rien ne se reconstruit. Rien ne se redresse. Le vide les poursuit, creuse comme pour mieux accuser les fauteurs de troubles. On peut tout faire dire au paysage. Les débris sont muets et rien ne ressemble plus à la désolation que la désolation.

Le bus longe maintenant un ancien quartier blanc. Il y a de moins en moins de lumières aux fenêtres, des commerces au bord de la fermeture définitive, et plus de gamins dans les rues, ils s'en sont allés pour toujours avec leurs parents, leurs frères, leurs sœurs, dans une voiture chargée, et après un dernier regard par la vitre arrière, au fil des mois et des dernières années écoulées. Si l'on se repassait ces départs successifs en mode accéléré, on dirait qu'une tempête ou qu'une soucoupe volante menaçait de les emporter. Ils ne sont pas loin pourtant, dans les maisons neuves de la banlieue alentour où leurs familles se sont installées. Ce qu'on ne refait pas en ville, des promoteurs le construisent à quelques *miles*, en laissant entendre que là-bas au moins les Blancs seront tranquilles. Ce sont eux, les entreprises, les planificateurs, les politiciens qui ont donné le signal. Les gens ne seraient pas partis d'eux-mêmes, effrayés par quelques jours d'émeutes. Ils savent que l'histoire, le gouvernement et l'armée sont de leur côté. La fuite, c'est pour les Noirs.

Geraldine regrettent les Blancs. Elle retire même une certaine fierté à songer à la vie de ceux qui n'ont aucune considération pour la sienne. Elle sait que leur départ signifie la mise à la casse. Elle ne croit pas, comme certains, que le temps est venu pour eux de prendre leur destin en main, puisqu'ils sont de plus en plus seuls dans la grande ville. Est-ce une si grande victoire si depuis trois ans le maire de Detroit est l'un des leurs, s'il roule en limousine, proclame qu'il ne sait ni danser ni chanter, façon d'insinuer qu'un nègre peut faire autre chose ? Ou est-ce la preuve irréfutable de l'abandon ? Tandis que les Noirs s'installent dans les structures de pouvoir de la ville, les investissements la fuient, la privent d'emplois et de revenus. Le maire ne régnera bientôt plus que sur les carcasses tyranniques de l'industrie qui déserte, les pauvres qui ne paient pas d'impôt, les pompiers, les policiers, les instituteurs et les professeurs que les caisses vides de la municipalité ne pourront faire vivre longtemps.

Les hautes instances contrôlent encore le destin de cette ville, mais à distance. Elles vont la regarder sombrer, et nous avec. Surtout nous, a répété Nelson en fermant le journal, l'autre jour. Il venait de lire que le maire avait sollicité une aide fédérale et des prêts auprès de diverses instances. Tous refusés. Il est plus calme depuis son retour. Il n'a plus besoin de crier, le monde s'est aligné sur ses prédictions. Il a retrouvé un boulot chez Ford malgré son casier judiciaire.

Peut-être qu'ils ont pensé qu'un ancien taulard s'habituerait plus vite à la discipline. « Ici c'est pas la jungle africaine ! » gueulent les brigades qui quadrillent l'usine. Rien ne change. Sauf Nelson. Il prend du temps avec les enfants qui ont grandi sans lui, tape gentiment sur l'épaule d'Ira qui n'ose pas lui avouer qu'il veut devenir policier, et une fois par semaine, il roule de l'autre côté du lit, pénètre Geraldine qui le laisse faire. C'est comme une vie normale qui reprend. Ou juste son reflet. Ça la rassure. Elle s'est mise à penser comme lui, au fond.

Elle lit le journal moins souvent, c'est trop pénible. Il n'y a plus de pages consacrées à l'aménagement de la maison, à la mode, il n'y a plus le jeune garçon du mois qui promet l'élévation des enfants, il y a trop de mots douloureux, malnutrition, chômage, et des crimes, des vols partout, surtout dans les stations-service pour quelques malheureux dollars, et puis des annonces immobilières à n'en plus finir, des maisons à louer ou à vendre, pour rien, à des prix dérisoires dans des allées naguère blanches qui leur étaient interdites. Le *Michigan Chronicle* publie chaque semaine, sous le titre « Le Fléau de la ville », la photo et l'adresse d'une demeure abandonnée. Elles se ressemblent toutes, qu'elles aient un ou deux étages, qu'elles soient de briques ou de bois, le toit et la gouttière piquent du nez. Un jour, après avoir épluché cette rubrique, Nelson lui a proposé de quitter le Project pour une petite bicoque pas chère dans l'un de ces quartiers en déclin, il a promis qu'il la retaperait. Il y avait comme l'envie d'un nouveau départ dans sa voix.

Tous mes souvenirs sont ici, lui a sèchement répondu Geraldine.

Elle descend du bus sur Mack Avenue et s'arrête chez Roselle. Sa mère est devant la télévision qui diffuse une de ces émissions avec rires orchestrés. Geraldine ôte son manteau, s'assoit dans le fauteuil à côté d'elle et lui raconte les obsèques de Florence. Pauvre petite, soupire Roselle. Ses cheveux grisonnent aux tempes, les articulations de ses doigts enflent légèrement sous l'effet de l'arthrose, et quelques cachets font désormais partie de son quotidien.

– Tu sors ce soir ? l'interroge Geraldine en avisant une robe sur un cintre suspendu sur le haut de la porte.

– Réunion des anciens du Project, répond Roselle. Tu viens ?

Geraldine fait non de la tête. Elle sait qu'ils se lamenteront sur le sort de Flo, qu'ils vont soupirer, parler des corps en manque d'héroïne avachis dans les escaliers, des armes qui circulent, des coups de feu. Qu'ils décideront d'écrire encore une fois à la mairie qui n'entretient plus rien, et qu'ils se mettront à danser.

On dirait que quelqu'un frappe contre une vitre.

– Qu'est-ce que c'est ? s'étonne Geraldine.

Roselle est déjà debout, elle fait signe à sa fille de ne pas bouger et disparaît dans la cuisine. Geraldine hésite, la suit des yeux puis se lève à son tour, vaguement curieuse. Elle aperçoit alors sa mère qui tend une petite enveloppe par la fenêtre au-dessus de l'évier et reçoit quelques billets en échange.

– Qu'est-ce que tu fous là, je t'ai dit de rester à côté ! s'énerve Roselle en se retournant.

– Tu deales ?

– Faut bien s'adapter au marché, ma chérie. Et un peu d'herbe, ça n'a jamais tué personne. Tiens, prends ça ! dit-elle un peu plus calme, en lui tendant un billet de 20 dollars.

– J'en veux pas.

Geraldine lui tourne le dos, elle est maintenant devant la porte d'entrée qu'elle est incapable d'ouvrir. Elle ne sait pas comment réagir. Elle voudrait être Archie qui s'esclafferait. Mais elle est Geraldine qui se cramponne au quotidien et à ses habitudes. Elle sent la colère monter de très loin, et combien les déflagrations de l'existence sont lentes, plus longues et plus profondes qu'on ne le croit.

– Tu sais ce que tu risques ? crie-t-elle.

– Tout le monde se fout des vieilles dames, nous sommes invisibles, y a pas meilleure couverture, tu verras.

– Quoi, je verrai ! Je verrai rien du tout. Je veux rien savoir de tes trafics. Tu t'es toujours crue plus forte que les autres, plus belle que les autres, plus maligne que les autres !

– Et tu n'auras ainsi jamais ta vieille mère à charge. À la mort de ton père, je me suis juré que nous trois, Archie, toi et moi, on s'en sortirait, et j'ai appris à me débrouiller, dit-elle calmement.

– Mais tu aurais pu rencontrer quelqu'un et te remarier ! Un mari c'est plus simple.

– C'est toi qui me dis ça ? ricane Roselle. Un mari, tu sais ce que c'est pourtant ! En tout cas, c'est pas arrivé. Je n'ai peut-être pas assez cherché. On rêve mieux seule, tu crois pas ?

– Mais de quel rêve tu parles ! explose Geraldine. C'est fini, terminé depuis longtemps. Le rêve, c'est des foutaises ! Je suis bien placée pour le savoir ! Et toi aussi ! T'as fait bien pire que de vendre de l'herbe ! T'as… T'as… T'as pas fait la jolie que chez Hudson !

C'est sorti.

Elle pleure. Flo, l'amour et tout le reste. Des sanglots d'enfant. Elle s'effondre. Roselle la fixe les sourcils froncés, mais sans s'approcher, sans un geste, tout en roulant les billets et en les glissant dans sa poche, puis elle passe devant elle et regagne son fauteuil.

– J'étais une pute, ma fille, quand j'ai rencontré ton père. Comme tant d'autres, j'avais fait les ménages chez les riches ou dans des entreprises, mais, à force de m'entendre dire que j'étais jolie et de me faire coincer derrière les portes par des porcs qui se croyaient respectables, j'avais fini par comprendre ce qui me rapporterait le plus. C'est moi qui l'ai hélé, ton père, sur Hastings. Un bel homme dans les nuages, ça me changeait des gros dégueulasses qui nous sifflaient depuis leurs voitures. Lui n'en avait pas, de voiture. Il s'est laissé faire. Il est même revenu. Et cet idiot m'a un jour murmuré qu'il tombait amoureux de moi. Je lui ai répondu que ça faisait pas partie des règles du jeu, qu'il fallait payer. Je me faisais plus dure que je n'étais, c'était comme ça que ça marchait. Il m'a annoncé qu'il voulait m'épouser. J'ai ri et je l'ai viré. Au bout de quelques semaines, j'ai compris qu'il était sérieux. Et j'ai fini par accepter. La suite, tu la connais… Avant de mourir, alors qu'il était à l'agonie, il m'a fait jurer que je ne retournerais pas faire le tapin. J'ai promis, je n'en avais aucunement l'intention. Ma seule trahison serait de venir habiter le Project, on s'était tellement engueulés à ce sujet. Ici, je pensais pouvoir m'en sortir avec vous deux. Ça n'a pas toujours été si facile, alors oui, c'est vrai, dans les moments difficiles, j'ai repris un peu de service pour arrondir les fins de mois. J'aurais préféré que vous ne l'appreniez pas. Mais vous n'avez jamais eu faim. Tous les mômes de cette ville ne peuvent pas en dire autant.

Pendant quelques secondes, des images défilent et se superposent dans la tête de Geraldine, les gestes de sa mère qui la gênaient mais qu'elle lui enviait, sa tête en arrière quand elle recrachait la fumée de sa cigarette, sa façon de marcher, de se tenir, d'attraper les regards. Et maintenant sa voix qui ne tremble pas. Ce bloc à côté d'elle, tandis qu'elle renifle.

Geraldine a treize ans tout à coup.

C'est la guerre. La ville ne produit plus d'automobiles, mais des bombardiers et des tanks qui vont défaire les armées de Hitler et de l'empereur du Japon. Les femmes travaillent puisque les hommes sont partis combattre, mais l'industrie ne veut pas des Noires. Alors des centaines d'entre elles sont parties manifester devant chez Willow Run Aircraft Plant de

Ford. Maman est parmi elle. Elle s'est fabriqué une pancarte à la maison.

Votre père serait fier de moi, a-t-elle dit avant de partir.

Jamais Geraldine n'a vu sa mère plus belle que ce jour-là. Elle n'a pas été embauchée.

Puis des émeutes éclatent. C'est parti de rien, d'un accrochage de voiture à Belle Isle entre un Noir et un Blanc. Les Blancs armés font une descente sanglante sur Hastings avec le renfort de la police. Ils prétendent que les Noirs ont tué une petite fille blanche dans le parc. Le quartier se défend. Pendant un jour et une nuit, l'est et le centre-ville sont à feu et à sang. Il y a des morts. Roselle leur interdit de sortir. Elle tourne comme un lion en cage dans l'appartement. Elle répète qu'il n'y a pas besoin de traverser les océans pour aller combattre les fascistes. Qu'ils sont ici, les nazis. Elle tempête devant le poste de radio comme s'il l'entendait.

Va te faire foutre, Mississippi !

Parce qu'un torchon de Jackson dans le Mississippi a écrit que Mrs. Roosevelt a du sang sur les mains. Qu'à Detroit elle a tant et tant prêché que les négros sont devenus insolents et se croient tout permis.

Mais quand, dans le ciel au-dessus d'eux, grondent les B-24 sortis flambant neufs de Willow Run, elle suspend ses gestes, elle lève les yeux, appelle Geraldine et s'écrie :

Et tu sais qui pilote ces avions depuis l'usine jusqu'à la piste de décollage ? Des femmes ! Des femmes !

Oui, ma chérie ! Des femmes qui conduisent ces engins ! Qui volent !

Ce sont des Blanches, bien sûr. Mais c'est tout de même important, semble dire Roselle, parce qu'on pourrait peut-être aussi regarder le monde comme ça, comme des femmes. Et Geraldine, pendant un instant, imagine sa mère aux commandes, qui pourrait lâcher des bombes.

LE PRINTEMPS

Mars 2014

Sa main, surtout. Sa main qui crayonne à toute vitesse. Sarah a les yeux rivés sur l'écran. Frat Boy est en vie sur son ordinateur. Il dessine. Comme elle. Mais il dessine les vivants. Elle ne se lasse pas des vidéos postées par lui et ses amis au fil de leurs voyages. Elle ne se lasse pas de lui, de voir ce qu'il a vu, ce qu'il touchait, du mouvement de sa nuque quand il scrute les gens, revient à un détail de leur sourcil sur sa feuille. Elle ne se lasse pas de son air concentré, comme si c'était le croquis le plus important de sa vie, c'est en tout cas tellement important pour celui qui se tient devant lui, il le sait, jamais personne n'a pris le temps de faire son portrait, ni même de le regarder. Il est là pour ça, Frat Boy, il répare les oublis, le mépris, il dessine les invisibles, les déplacés, les périphériques, il voyage dans d'étranges décors délaissés. Pas étonnant qu'il ait surgi à Detroit.

C'était sa deuxième visite. Un mois qu'il était en ville. Maintenant, tous les registres se mettent à parler. Il est français. Tout défile. Son nom. Ses vingt-trois ans. Son adresse à Paris. Il a réapparu dans les fichiers du monde.

On aurait pourtant cru qu'il voulait leur échapper.

Il a été arrêté l'an dernier pour vagabondage par la police de l'Ohio qui l'a placé quelques jours derrière les barreaux après avoir enregistré ses empreintes. Sans ça, on n'aurait jamais pu recouper les derniers prélèvements et l'identifier.

Vagabond. Ce mot lui va bien maintenant qu'il bouge devant elle. Il va, il marche loin vers l'est de l'Europe, c'est flou, c'est de l'autre côté du globe. La poussière des chemins qu'il emprunte s'accroche à ses chaussures. Il va vers les gens, s'assied devant eux et copie leurs traits avec leur permission. Il y a entre lui et eux comme un voile invisible qui adoucit l'aridité du paysage, de leur vie, qui suspend le temps. C'est comme le voile d'une mariée que le vent aurait arraché à la fête, emporté et déposé là, entre eux pour les unir le temps d'une esquisse. Que leur a-t-il expliqué avant ? Pas grand-chose. Il ne parle pas leur langue. Parlait-il bien anglais ?

Sarah suit les mouvements rapides de son poignet, de ses doigts serrés sur le crayon noir, qui capturent le monde, le révèlent, comme ils ont révélé son identité alors que tout espoir semblait perdu.

Ce qu'il avait fallu faire ce matin-là dans la chambre froide.

Lui prendre cette main. Agir vite.

Pardon, Frat Boy.

Elle avait filé au laboratoire ensuite, y était restée pour attendre les résultats, ce qui n'était pas dans ses habitudes. Mais c'était le jour de la dernière chance, l'ultime occasion de rattraper l'erreur commise. Elle avait veillé au bon déroulement de chaque étape, même si elle savait qu'il était peu probable d'obtenir quoi que ce soit, et que d'autres dossiers, tout aussi urgents, l'attendaient sur son bureau. Et quelques heures plus tard, le miracle s'était produit dans le microscope. Des crêtes, des deltas, des lacs, des vallées étaient apparus, c'est ainsi qu'on décrit l'empreinte unique de nos vies au bout de nos doigts. Elle a la topologie de la croûte terrestre. Comme si chacun d'entre nous était à lui seul un continent.

Frat Boy en était un.

Sarah l'a sous les yeux. Un vaste continent sans frontière ni langue officielle, où l'on s'enfonce dans les visages à la recherche de ce qu'ils ne disent pas.

Si sa peau en décomposition a résisté à l'effacement, c'est que Frat Boy avait une histoire à raconter. Des proches à retrouver. Sarah avait été émue en quittant le laboratoire. Son mascara avait légèrement coulé. Elle avait roulé vers le poste de police de Livonia, appelé Jeff en chemin pour lui annoncer qu'elle avait réussi. Et une fois devant son ordinateur, elle avait transmis les nouveaux résultats au fichier fédéral. Avec cette étrange impression d'empêcher quelque chose alors que l'irrémédiable s'était déjà produit.

– Sarah ? l'appelle Glen. Il va falloir que tu t'adresses à la presse.

– Laisse-moi encore dix petites minutes.

Elle repousse la porte de son bureau pour être tranquille. Elle veut être seule un instant. Frat Boy est officiellement décédé pour les siens, mais il commence à vivre en elle. Et, bêtement, elle est fière de lui. Elle est aspirée par l'écran où défilent ses fresques, ses personnages sur le béton de Paris, de Tunisie et d'ailleurs. Elle ne comprend pas le français, elle a du mal à remonter le chemin qui a mené ce garçon jusqu'ici mais elle y reviendra. Elle sent déjà qui il est. Il est la jeunesse dans ce qu'elle a de plus beau, de plus pur, de plus ouvert au reste du monde, de plus révolté et de plus naïf aussi. Elle repense à la première fois qu'elle s'est penchée sur lui à la morgue, au mois d'août dernier. Est-ce que son esprit flottait encore dans la pièce ? Elle avait perçu quelque chose qu'elle n'aurait su ni dessiner ni nommer, quelque chose de rare, de singulier, une forme d'innocence. Elle regarde le portrait qu'elle avait fait de lui alors, encore épinglé sur le mur. Le visage est trop long. Le cheveu plus court que d'ordinaire.

Mais cette ville ne pouvait dévorer jusqu'à son nom, son talent.

Elle revient aux vidéos, à sa main généreuse, infatigable, voyageuse, sensible comme le crayon d'un sismographe, à ses épaules arrondies, à son corps presque figé, concentré sur son dessin. On n'entend pas sa voix sur les vidéos, on ne croise pas son regard focalisé sur son sujet. Jamais il ne se tourne vers celui qui le photographie ou le filme. Il ne cherche pas le reflet de lui-même, mais celui des autres. Il n'est pas de son temps. Il a l'air si sérieux, si grave. Seule sa main bouge sans cesse. Elle voudrait tout attraper. Elle pense et parle pour lui. Il écrit des choses en français que Sarah ne comprend pas en marge de ses dessins, mais la forme des lettres qu'il trace à côté des hommes, des animaux, ou des hommes changés en animaux, laissent deviner un message lancé à l'humanité. Tu parles d'un étudiant chic des campus américains, tu parles d'un Frat Boy ! Quel flair, sergent Tapes ! lâche-t-elle contre elle-même, c'est tout le contraire ! Qu'est-ce qu'une fille prudente dans son genre peut bien savoir de la vie des morts, des risques qu'ils ont pris ? C'est une question qu'elle se pose souvent.

Elle le regarde encore. Enfant bien loti parti sur les routes de la désolation.

Où dormait-il en ville ?

Elle continue.

Des hommes oiseaux.

Des hommes moutons.

Des fantômes dans des habits d'antan griffonnés en Russie.

Puis des gens quelque part en Afrique qui brandissent le portrait d'un proche broyé par la guerre. Frat Boy l'a dessiné pour eux. Les ongles vernis de Sarah se crispent sur la souris de l'ordinateur. Il dessinait donc aussi les morts. Quelque chose les rapproche, pense-t-elle. Ou bien tout les oppose. Ils l'ont mis sous les verrous, là-bas, dans l'Ohio.

Vagabondage.

Elle ne s'est pas encore intéressée aux détails de son arrestation. Plus tard. Frat Boy l'éloigne de l'enquête, de son uniforme, de ses réflexes, il l'emmène ailleurs sur l'échelle de l'existence. À son âge, elle s'asseyait derrière une batterie sans penser qu'elle rejoindrait la police de son père.

Il est l'adolescent forcé de mourir en chacun de nous.

Elle se sent vieille, tout à coup, à trente-sept ans.

– Tu t'es trompé d'endroit, Frat Boy, murmure-t-elle, abattue.

Elle pense à Jeff, à ce qu'il dira. Il aimera ce môme. Il haïra encore plus cette histoire. Elle lui envoie le lien.

– Sarah ? toque Glen. Faut y aller.

– C'est désormais un crime à élucider, a-t-elle brièvement déclaré à la grappe de journalistes venus tendre micros et caméras dans l'ancienne école publique de Livonia. Façon de dire que ce n'est plus de son ressort. Que la criminelle reprend le dossier.

Le porte-parole de la police a déjà pris le relais depuis le quartier général flambant neuf.

« Le message que nous voulons faire passer à nos citoyens, et particulièrement à la communauté artistique, c'est qu'ils perdent une icône, une icône potentielle, quelqu'un de très doué. Nous travaillerons dur pour trouver le tueur et le mettre sous les verrous. » Il a ensuite lancé un appel à toute information qui puisse permettre de reconstituer le séjour de Frat Boy à Detroit. Où vivait-il ? Avec qui ?

Tant qu'il n'était qu'un corps anonyme parmi tant d'autres dans la morgue surchargée, il n'y avait guère que Sarah pour se soucier de lui. Maintenant qu'il prend les traits d'un jeune artiste étranger, les autorités de la ville s'agitent, elles ont peur de ce qu'on dira d'elle, encore, vieille carcasse multirécidiviste fichée dans le monde entier, maladie honteuse de ce pays. Que n'a-t-on entendu, rien que ces derniers mois ? « Faudrait la faire exploser », a pesté le maire de Boston. « Ce n'est plus qu'une réserve indienne », a lâché un député raciste du comté. « Pourquoi ne pas y mettre les réfugiés syriens, c'est plein de maisons vides », a suggéré un élu du Congrès. Il n'y a que le manager qui assure qu'elle va aller mieux puisqu'elle honore ses dettes pour la première fois depuis longtemps. Il est payé pour ça. Pour écrire un nouveau chapitre. Relancer la spéculation. Faire remonter la cote du vieux réacteur. Alors l'histoire se dédouble. La ville se dédouble. L'une plus réelle que l'autre. Mais c'est bientôt de l'autre qu'on parlera. Et l'on oubliera celle qui a tué Frat Boy.

Un peu de patience.

Le lendemain, tout est dans la presse. Son visage, ses voyages, ses dessins, et même son père qui raconte que son fils voyait dans Detroit l'échec et le cadavre du capitalisme, qu'il s'intéressait à ce qui pouvait renaître de ce chaos. L'Amérique lui répondrait volontiers que le capitalisme est éternel, que seul son gamin est mort. Mais elle ne dit rien. Elle compatit et s'excuse mollement avant de tourner la page.

Sarah a tout lu. Elle songe à cet homme que la douleur ravage mais qui parvient encore à relayer les idéaux de son enfant. Au moins là-dessus, elle ne s'était pas trompée, des parents s'inquiétaient. Elle ne sait rien d'eux, elle imagine un foyer où s'éveillent la conscience et la confiance en soi. Mais étrangement personne n'est venu à la police ou à la morgue. Personne n'a pensé qu'il pouvait mourir. Pourquoi étrangement ? se reprend-elle. Pourquoi faudrait-il que partout on envisage le crime aussi facilement qu'ici ?

Toutes ces questions et ces retours en arrière la poursuivent tandis qu'elle reçoit les félicitations de ses supérieurs et en prime l'annonce de l'arrivée d'un stagiaire le mois prochain. On est loin des renforts promis, loin de ce qu'il faudrait pour écumer les limbes de la ville, mais c'est mieux que rien, se dit-elle, puisque partout ce n'est qu'économies, pensions rognées et écoles abandonnées.

Elle quitte son poste plus tôt que d'ordinaire, roule vers Detroit. Un peu avant 17 heures, elle se gare le long du Detroit Institute of Art. Elle est en avance. Jeff travaille encore. Elle entre sous les voûtes élevées du musée, longe la cafétéria, des enfants penchés sur des échiquiers mis à leur disposition après l'école, traverse deux grands halls de marbre blanc et s'arrête au milieu du Rivera Court, salle haute et vaste, aux quatre murs couverts d'une fresque réalisée par Diego Rivera il y a près d'un siècle. C'était au début des années 1930, en pleine Dépression, quand la ville en panne, si fière de ses chaînes de montage, avait passé commande à l'artiste d'une œuvre à la gloire de son industrie. Sarah attendra là. Elle finit par s'asseoir sur le petit banc à droite en entrant. Sous les avions bombardiers et les soldats portant masques à gaz, évocation de tout l'arsenal que l'industrie peut offrir à la guerre. Et en face d'un fœtus prêt à venir au monde sur le fronton de l'autre côté de la pièce. Il dort recroquevillé dans le blanc d'une membrane maternelle, deux femmes primitives, rondes et nues, semblent veiller sur lui depuis la corniche. Il plane au-dessus des cadences infernales. Que fait-il là ce bébé ? se demandait Sarah petite fille, quand ses parents ou l'école l'emmenaient au musée. Allait-il naître pour trimer à son tour et mourir ? s'interrogeait-elle adolescente. Elle aime ne pas avoir tout compris immédiatement, s'être sentie grandir face à l'œuvre. Il y a tant à voir. Tant de rouages et d'étages, depuis les origines de la vie qui s'épanouissent dans la verdure à la limite du plafond jusqu'au fracas et à la noirceur des sous-sols des usines qui mordent les plinthes. Tant de visages inventés ou empruntés. Tant de corps vissés à la production. Il faudrait presque une vie pour détailler chaque élément de cette gigantesque peinture murale.

Et elle est sûre subitement que Frat Boy est venu là. Qu'il s'est peut-être installé sur ce banc où elle se tient en ce moment, qu'il s'est forcément passionné pour ce chef-d'œuvre, qu'il s'y est perdu plusieurs fois et qu'il s'est mesuré à lui. Il poursuivait le même but.

Peindre la condition des hommes.

À l'époque, c'est la très officielle commission des Beaux-Arts, sponsorisée par la famille Ford, mais aux mains du fils, Edsel, et non du père, qui avait confié ce chantier au Mexicain Diego Rivera. L'artiste ne cachait pourtant pas ses penchants révolutionnaires. Mais il était en vogue, et tout s'achète. On lui avait offert du temps, de l'argent et l'espace presque infini de ces murs. Il fallait que l'art vienne couronner l'industrie, et, surtout, la lave de tout soupçon. Car, au même moment, dans les rues de la ville, des milliers de gens affamés dormaient dehors. Les plus vaillants manifestaient et chantaient *L'Internationale*, ils avaient baptisé leur cortège « la Marche de la faim », ils avaient culminé sous les bannières du Parti communiste, du Parti socialiste et du Parti prolétaire vers l'usine Ford fermée, qui avait licencié tout le monde, préparait sa chaîne de montage pour démarrer la production d'un nouveau modèle. La compagnie automobile, qui n'avait jamais toléré le moindre syndicat, avait recouru aux services d'une brute mafieuse notoire à la tête d'une milice armée jusqu'aux dents pour les accueillir. On avait dénombré beaucoup de blessés et cinq morts parmi les manifestants.

Pendant ce temps-là, Rivera, l'ami de Trotski, honorait l'officielle commande. Toutes les portes s'ouvraient pour lui. Il avait arpenté les usines encore en activité, scruté longuement chaque atelier, les tenues, les postures et les gestes répétitifs de ceux qui y étaient postés. Il avait fait des croquis qui sont encore dans les archives du musée, comme ces photos de lui en maillot de corps sur son échafaudage, occupé à reproduire le fracas des lignes d'assemblage dans l'enceinte rococo du musée. Sur l'un de ces clichés, Frida Kahlo l'observe depuis le balcon intérieur. Elle a l'air de se demander si elle l'aime encore.

Des mois, presque deux ans, étaient passés quand l'œuvre avait enfin été dévoilée en grande pompe. Tout ce que la ville comptait de riches et de puissants était là. Évidemment, ça n'avait été qu'effroi, haut-le-cœur et sentiment de trahison. Certains même avaient exigé qu'on repasse immédiatement les murs à la chaux. Car ils ne voyaient rien de leur splendeur et de leurs investissements aux murs du musée. Que l'effort et la souffrance des ouvriers. Leurs bras noueux tendus au-dessus de la machine. Leur visage de plus en cireux tandis qu'on s'enfonce dans les fonderies. Leurs dos voûtés. Leur solitude. Leur fragmentation. Il n'y a pas un regard entre eux. À part celui du contremaître qui surveille. Du capitaliste qui compte. Pas de fouet entre les mains de ces supérieurs. Mais du pain en échange des cadences infernales. Et l'idée répandue et acceptée qu'il n'y a de douceur de vivre et de sécurité que dans la soumission.

Le chaos du capitalisme, dirait Frat Boy.

Ce sont des mots que Sarah n'emploie pas, qu'on n'utilisait jamais chez elle. Mais que Frat Boy lui souffle maintenant. Elle pense aux hommes à tête de mouton alignés en batterie devant un ordinateur qu'il a dessinés quelque part à Paris. Ils sont les descendants de cette colonne d'hommes gris qui marchent au pas, telles des ombres, juste à sa droite.

La peinture a survécu au scandale. On a pensé qu'elle vieillirait, qu'elle rentrerait dans le rang, comme toutes les créations jugées trop radicales en leur temps. Mais c'était sans compter l'effondrement de la ville autour, l'étrange correspondance qui s'est établie entre elle et ces murs. Ils parlent de concert maintenant. Ni l'une ni l'autre ne ment. La ville aux larges avenues bordées de cubes vides et de maisonnettes délaissées dit tout de ce qu'il est advenu des hommes enchaînés aux machines, du peu de cas qu'on a fait d'eux. Le musée conserve la trace de leur passage sur Terre, de leurs souffrances muettes et de leur importance. Et s'il devait se séparer de tout, vendre ses chefs-d'œuvre pour apurer les dettes et abdiquer devant la voracité d'oligarques lointains, il ne resterait que cela, incrusté dans la pierre de son palais, comme les hiéroglyphes à l'intérieur des pyramides. Detroit se résumera toujours à ça, au temps de l'exploit industriel qui avait fasciné Rivera, comme tous les révolutionnaires de son époque, mais pas au point de l'aveugler. À contempler l'armée des hommes en bleu de travail, il avait fini par comprendre ce qui était en train de se passer : l'humanité était en fin de course, l'homme réduit à son bras, interchangeable, privé de ses yeux, de sa liberté. Sûrement même qu'il ne saurait jamais être libre. En cette année 1932, où sa fresque avait été rendue publique, Aldous Huxley publiait *Le Meilleur des mondes*. Le livre commence *en l'an 632 de notre Ford*, il fait du Model T, première voiture produite en masse sur une ligne d'assemblage de Détroit, l'an zéro de l'enfer des hommes.

Nous ne sommes qu'en l'an 105 de notre Ford. À quoi pensent les enfants noirs penchés sur les damiers bicolores dans l'entrée, les centaines d'écoliers de la ville et des environs qui descendent chaque jour des bus pour venir s'asseoir par terre dans ce

Rivera Court, et écouter l'histoire de cette salle en se tordant la nuque ? L'industrie n'est pour eux qu'un diplodocus qui a laissé traîner quelques os rouillés dans le paysage. Que comprennent-ils ? Que voient-ils ? Un monument aux morts ? Sarah a été l'un d'eux. Elle connaît la suite, une machine inversée, un désastre bien huilé, le stade industriel du crime. Qui serait-elle sur la frise de Rivera ? Peut-être le contremaître dans sa blouse grise qui inspecte la cadence de la mort. Il n'y a pas de beaux rôles.

Jeff l'épie depuis l'autre bout de la salle. La mine d'un crayon noir dépasse de la poche de sa chemise. Il s'approche et s'assied à côté d'elle.

– Il a dû venir ici bien des fois, enchaîne-t-il.

– Oui, je pensais la même chose. Il a dû aimer cet endroit. Je ne sais pas s'il connaissait Rivera avant d'arriver à Detroit, mais d'une certaine manière il en est un prolongement, un héritier. J'ai lu aussi qu'il appréciait le blues.

– Faut que je te dise, maintenant que j'ai vu sa photo dans le *Free Press*, je me souviens de lui. Un jour, il faisait la queue chez Avalon juste devant moi pour acheter un sandwich. Je me rappelle l'avoir remarqué à cause de son accent. Je l'ai aussi aperçu au concert de Wire au MOCAD l'été dernier, ça devait être peu de temps avant sa mort. Mais sur ton dessin, je ne l'avais pas reconnu.

– Sur St. Antoine, tu dis, Ira ?

– Oui. St. Antoine et Alfred Street.

Je lui aurais volontiers épargné cette histoire, mais Archie l'a entendue aux informations et elle réveille chez lui comme chez moi notre ancien territoire.

– Tu verrais ce petit Français, Archie, il a voyagé partout ! Partout ! Il a approché les camps de réfugiés en Afrique du Nord, il a été au fin fond de la Russie, tout près de la frontière avec la Corée du Nord. Il n'avait pas froid aux yeux. Il a dû penser qu'aux États-Unis, ce serait plus tranquille. Il ne savait pas qu'ici aussi c'est la guerre.

Archie ne dit rien. Son menton a rejoint sa poitrine. S'il n'avait pas les poings serrés, je pourrais le croire endormi.

– Tu penses à quoi, Archie ?

– À ce que tu me racontes. À tous ces pays où il est allé. Je les connais pas. On leur fait souvent la leçon. Mais eux, ils l'ont bien accueilli, ils l'ont laissé se balader. Leurs rues sont plus sûres que les nôtres finalement. Nous, d'après ce que j'ai compris, on a juste été fichus de le mettre en taule. Puis on lui a envoyé les pires de nos gosses.

– On peut pas contrôler tous ces gangs.

– Je sais bien. Je te parle pas de ça. Je te parle de nous, en général. De ce fichu pays. T'as raison, c'est la guerre ici. Je saurais pas dire quand elle a commencé, d'ailleurs. Ça l'a peut-être toujours été... Quand j'avais cinq ans, on est restés cloîtrés trois jours à la maison parce que les Blancs nous tiraient dessus. À vingt ans, j'ai vu les tanks et l'armée quadriller la ville. Et puis de plus en plus, les Blancs sont partis, le piège s'est refermé sur nous. T'as coffré tes copains. Il a fallu apprendre à nous méfier de nos propres enfants. C'est devenu une sale guerre. Entre qui et qui ? Je sais pas. En tout cas, c'était pas la sienne.

– Visiblement, les guerres des autres l'intéressaient.

– Nous, on a assez des nôtres !

– D'après sa famille, c'était un utopiste. Ici, il cherchait ce qui pouvait renaître après le chaos du capitalisme.

– Ah ! soupire Archie en souriant. Vieille histoire.

– Ses illusions l'ont tué.

– Non, Ira. C'est nous qui l'avons tué.

– Pas toi, pas moi, Archie ! Pas Phyllis, pas tes voisins, pas tes enfants ! Personne dans cette ville ne lui voulait de mal. Personne ne mettrait les pieds là-bas. Quiconque s'aventure dans les ruines du Project peut subir le même sort. Lui, il était naïf, il était d'ailleurs. Une cible parfaite.

– Ça suffit pas, Ira. Ça suffit pas sa naïveté, bougonne Archie en secouant la tête. On a été si bien dressés, nous autres, qu'on s'est habitués au pire… Au meurtre. T'as déjà entendu tes mômes ou les miens rêver comme lui d'un nouveau monde ? Jamais. Ni toi ni moi n'en avons jamais parlé non plus. Nous, on croit pas à ce genre de trucs, je veux dire, à un changement radical du système. Nous autres, on veut que les choses fonctionnent, on veut une petite part du gâteau. C'est nous, les naïfs… Mais mon père, ton grand-père, il était plutôt comme ce petit.

– Alors, il s'est trompé d'époque, Archie.

– Peut-être bien, oui.

Il nous entraîne sur un drôle de terrain, le Français. Archie n'avait jamais évoqué mon grand-père avant ce jour. Pour moi, c'est un parfait inconnu, un type qui ne voulait pas habiter le Project. Il a fallu qu'il meure pour qu'on emménage ! Ça, maman le répétait souvent sur le ton du reproche. Et ainsi, il sortait de l'histoire comme on quitte une pièce. Alors sur mon arbre, il y avait une branche sans homme que Roselle occupait parfaitement à elle seule, avec ses hanches et ses fesses larges, ses boulots divers et variés, sa fierté, son eau de toilette, sa cuisine, ses blagues, ses histoires, ses chansons, ses cigarettes, son mépris pour mon père, ses engueulades avec maman qu'elle reprenait sans cesse. Mais cet inconnu est un absent, une douleur pour Archie.

Je reste silencieux, je le laisse décider s'il veut me le présenter, me raconter ce qu'il tient probablement de Roselle. Mon grand-père s'appelait Waldo, c'était un grand type sec, un de ces gars venus du Sud que la ville a transformés, redressés. Il faisait raidir ses cheveux chez le coiffeur et enfilait une veste par-dessus sa chemise chiffonnée. Il avait plutôt l'air d'un instituteur, il savait lire, il aimait ça, et il s'était mis à fréquenter les réunions de l'Union des Travailleurs de l'Automobile avec plus de ferveur que l'église. Ils n'étaient pas nombreux comme lui en ce temps-là. Les enfants d'esclaves et les syndicats, c'étaient deux planètes opposées, l'une était noire, l'autre blanche. Tout ça arrangeait bien l'industrie qui avait fait appel aux premiers pour briser les grèves des seconds. Elle les avait expédiés dans les fonderies avec quelques Polonais, leur avait distribué des tenues de sport, seul rassemblement autorisé en dehors du travail, avec la messe évidemment. Et ça a fonctionné pendant un moment, parce que les enfants d'esclaves considéraient encore le salaire comme un miracle, alors envisager une augmentation de salaire… Ce n'était même pas un sujet. Mais avec le temps et l'épuisement, ils ont tendu l'oreille, les meneurs de l'UAW les ont approchés, ils ont parlé des accidents, des horaires, de la violence des contremaîtres, ça a fait son chemin dans leurs têtes.

– Et Waldo a rejoint le syndicat !

Archie s'anime, s'éveille, et ça fait plaisir à voir.

– Il a fait la fameuse « Marche de la faim », c'était un beau dimanche d'avril !

Il reprend certainement là une formule de Roselle qui aimait planter son décor : un grand ciel bleu avant le drame. Avril 1932. Des Blancs, des Noirs, cheminant ensemble vers l'usine Ford à l'arrêt.

– Ils savaient ce qui les attendait, mais ils ne se laissaient pas clouer sur place par la peur !

Encore Roselle, je la reconnais, je l'entends par la bouche d'Archie. Clouer sur place. Comme le Christ. C'étaient des mots à elle. Ça a mal fini. Cinq manifestants tués et leurs corps jetés dans des fosses à la va-vite. On les a longtemps cherchés, et retrouvés seulement des années plus tard. Le syndicat a payé leurs pierres tombales. Quatre Blancs et un Noir. Le cimetière a refusé de prendre le Noir. Alors des ouvriers l'ont fait incinérer et ont éparpillé ses cendres dans l'usine.

– Ça, maman le tenait aussi de mon père, me confie Archie en murmurant, comme si c'était encore un secret, les cendres d'un Noir répandues en douce parmi les machines. L'engrais de la colère.

Et sa voix remonte. Un nouvel épisode commence. Nous voilà à la fin de l'hiver 1937, bientôt le printemps. Le mot d'ordre s'est propagé dans les usines Chrysler. « À 13 h 30 cet après-midi, tout le monde s'assoit ! » Et en deux minutes, tout le monde a posé son derrière sur le sol. Ça voulait dire la grève, tout arrêter, laisser filer la ligne d'assemblage, montrer que sans eux rien ne marche. Ils ont été des milliers à répondre à l'appel, ça s'est étendu à une quinzaine de chaînes automobiles, et puis ça a démangé toute la ville. Ouvriers et ouvrières se sont assis dans les fabriques de cigares, les aciéries, les imprimeries, dans les entreprises de transport, dans les cours à charbon, dans les abattoirs, et même dans les grands magasins, les hôtels, les restaurants.

– T'imagines, Ira, tous ces hommes et toutes ces femmes assis en tailleur, partout, pour que leur syndicat soit reconnu là où il était encore interdit, pour être mieux payés ou réclamer un contremaître qui te traite mieux. C'était pas des révolutionnaires même si les patrons et la presse les faisaient passer pour des communistes, c'étaient des gars tout simples qui n'en revenaient pas de ce qu'ils étaient capables de faire. Ils n'avaient plus peur. L'état-major syndical recevait des tas de coups de téléphone. « Dites donc ! Je suis brasseur chez les Sodas Lugetts, on vient de virer le manager et on a les clés, qu'est-ce qu'on fait ? » « Bougez pas ! Dormez là ! On vous envoie du renfort ! » T'imagines la plus grande ville industrielle du monde pleine de gens assis, ça voulait dire debout, plus debout que jamais ! Moi, j'arrive pas à l'imaginer, mais j'étais là, hein, j'étais dans le ventre de ma mère, paraît qu'on entend tout de là-dedans, et puis qu'on oublie, mais j'ai peut-être pas tout oublié. Regarde, ça me fait chialer, Ira.

Il retire ses lunettes et s'essuie les yeux du dos de la main. Je ne sais pas quoi lui dire. J'ai fui la colère. Elle avait pris les traits de mon père, elle ressemblait à une faiblesse de caractère. C'est qu'en chemin, au fil du temps et des générations, elle s'était usée, abîmée, cognée à trop de défaites. Elle avait été dispersée, fragmentée, hachée menu en petits bonhommes amers, alcooliques et violents qui finissaient par blesser ceux qu'ils aimaient lorsqu'ils rentraient chez eux. Et c'est ainsi que le petit-fils d'un marcheur de la faim est devenu flic.

– J'étais là, reprend Archie, vieil homme arrondi qui retourne à sa vie fœtale. J'étais là. Waldo était de la partie, il ne travaillait plus chez Ford mais dans les abattoirs, à cette époque. Roselle lui apportait à manger, les épiciers des quartiers populaires offraient de la nourriture aux familles des grévistes, comme les syndicats de l'ameublement livraient des matelas aux occupants des usines. Ils y sont restés jour et nuit, pendant des semaines. La police ne donnait pas l'assaut car toute la ville était solidaire. Il n'y avait subitement plus de quartiers blancs, plus de quartiers noirs, juste le toit de l'atelier au-dessus de leur tête. Mais tous savaient qu'une fois sortis de là ce serait fini, chacun chez soi, que les gars avec qui ils partageaient la lutte ne voudraient jamais les avoir comme voisins dans la maison d'à côté. Même le bal du syndicat était interdit aux Noirs. Qu'ils se le gardent ! Ça swingue plus sur Hastings qu'avec leurs fichues valses polonaises, disait papa en rigolant, d'après maman !

Il a dit papa. Et ce n'est plus seulement Roselle qui raconte par la voix d'Archie, c'est ce Waldo qui remonte par Roselle, par Archie, jusqu'à moi, et je l'entends maintenant. Bien sûr que ça swingue chez nous mieux que partout au monde. Je l'entends rire, ce type que j'ai vu en photo. Et pendant quelques secondes, ils sont là, devant mes yeux, lui raide et fier comme les nôtres l'ont rarement été, Roselle promenant doucement sa main sur son ventre comme font les femmes enceintes, et ma mère les joues rondes, les yeux brillants encore sous l'effet de la bénédiction de Mrs. Roosevelt, tandis que les premiers murs du Project montent le long des allées terreuses qui menaient à Hastings Street.

– Pourquoi ton père ne voulait pas habiter le Project, Archie, elle te l'a expliqué, Roselle ?

– Paraît qu'il disait qu'on nous parquait dans du neuf, mais qu'on nous parquait encore. Et il jurait que les Roosevelt modéraient le capitalisme pour mieux le sauver. Ils se sont fâchés avec Roselle le jour de la visite d'Eleanor. Elle me l'a dit. Il n'a pas voulu l'accompagner.

Je comprends que le Project contenait dès le départ un immense espoir et un chagrin tout aussi grand. Que vivre là devait tout réparer, la misère et le décès de Waldo. Que Roselle, entre les murs de ses appartements successifs, poursuivait son engueulade avec lui par-delà la mort. Elle voulait lui prouver qu'ils auraient été heureux là tous ensemble. Je déchiffre mieux sa solitude, son énergie, elle lui parlait encore. Et puis maman a pris le relais, il ne fallait pas que les prédictions de son père se réalisent, il fallait que le Project donne tort à Waldo.

– Il est mort comment, elle te l'a raconté ?

– Une sale plaie aux abattoirs. Puis septicémie. Tu sais, les gars comme lui, ils la payaient cher leur grande gueule ensuite, la direction les mettait aux pires postes, les plus dangereux.

Archie est essoufflé maintenant. Je ne sais même pas comment notre conversation en est arrivée là. Quand il n'y a plus rien à regarder passer par la fenêtre, c'est normal qu'on plonge dans le passé. Dehors, la rue est grise. La sortie de l'hiver laisse voir des touffes d'herbe jaunie par le gel, des canettes et des paquets de chips balancés par la fenêtre d'une voiture que la neige avait enfouis.

Quelques coups de feu claquent au loin.

– Fin de l'*happy hour* ! *Shooting hour* ! s'exclame Archie.

On rigole. Il tousse grassement. Je me dis que ce Waldo aurait pu mettre ses convictions de côté pendant quelques heures et aller voir danser sa gamine, ma mère, qui avait été ensorcelée ce jour-là. Mais je garde ça pour moi. Les tirs se sont tus. Phyllis pousse la porte du bout du pied, elle a les bras chargés. Je me lève et la déleste d'un de ses sacs.

– Tu sais ce qui me rend triste, continue Archie. C'est que maintenant que toute cette histoire est finie, personne ne se souvient comme on s'est battus, mon père, moi, ton père aussi quoi que t'en penses… Tout le monde !

– Et moi, alors ! rouspète Phyllis.

– Ah, ouais ! Les femmes étaient de la partie. Tout le monde, je te dis ! Tous les métiers. Même ces petites serveuses chargées d'être sexy et d'emballer le client dans les clubs ! Je me rappelle une manif devant le Playboy Club, c'était dans les années 1960, par là, des filles en culotte et bas résille dans la rue, tu parles si je m'en souviens ! Elles manifestaient avec le syndicat des employés de la restauration pour avoir un salaire et pas que des pourboires. Qui n'a pas brandi une pancarte dans cette ville ? Ça c'était une vraie belle guerre. C'était notre guerre. Notre fierté. Ils nous l'ont jamais pardonné, les tout-puissants d'ici. C'est pour ça qu'ils se sont barrés avec leurs usines et leur fric. Ils peuvent pondre toutes les théories économiques qu'ils veulent pour nous enfumer, c'est la seule raison pour laquelle ils ont foutu le camp. Ils s'en allaient pas très loin, au sud du pays, là d'où on venait, ou dans l'Ohio, en n'embauchant qu'à condition de ne pas être syndiqué. Puis ils sont partis à l'autre bout de la planète, là où les gens sont si pauvres qu'on en fait des esclaves. Ici, on a appris à ne plus jamais l'être. Et on a été punis pour ça.

Dehors, on dirait que le silence l'approuve. Qu'Archie ne fait que répéter ce que le paysage chuchote de plus en plus faiblement.

– Pourquoi tu pleurais, l'autre jour ? je lui demande.

– J'ai pas pleuré.

– Mais si, tu pleurais, tu criais, Archie…

– Pour ce môme.

– Qu'est-ce que tu racontes ? T'en avais jamais entendu parler.

– Je prenais de l'avance, c'est tout, répond Archie qui se renfrogne. Je l'aime bien ce petit Français. Je crois que nos vieilles histoires l'intéressaient plus que nos propres enfants. Ils en ont rien à foutre, eux, de nos défaites. Je leur en veux pas. Y a mieux comme héritage… Et puis nous autres, ajoute-t-il après un silence, nous autres, on doit toujours se soucier de ce qui arrive aux Blancs. Ça finit toujours par se retourner contre nous. Tu vas voir ce qu'on va encore penser de nous…

– C'est vrai. Et le résultat de l'enquête ne va pas arranger les choses.

– T'es sur l'enquête ?

– Non. Mais ça va aller vite.

– Pas besoin d'un flic d'élite dans ton genre, c'est ça que tu veux dire ?

– Exactement. Les brutes qui ont fait ça ne sont pas difficiles à trouver.

Il opine du chef comme si ça ne le regardait plus. Et moi, j'insiste.

– Mais pourquoi tu pleurais ?

– Tu sais, parfois, il y a de drôles de souvenirs qui remontent. T'es même plus sûr qu'ils sont vrais.

– 1 Mississippi, 2 Mississippi, 3 Mississippi.

– T'as plus l'âge de jouer à cache-cache ! À ton âge, j'étais enceinte de toi ! râle Roselle avec sa voix de fumeuse.

– C'est Archie qu'en a envie, se récrie Geraldine. Elle reprend le décompte et le fil de ses pensées.

4 Mississippi.

Nelson a glissé la main sous sa jupe hier.

5 Mississippi.

Elle a serré les cuisses. Elle a eu peur.

6 Mississippi.

Je fais ce que je veux.

– Et puis arrêtez un peu avec le Mississippi. Ça se voit que vous n'y êtes jamais allés. Pourquoi t'essaies pas plutôt la Californie ! lance Roselle, en ricanant.

Geraldine lève les yeux vers elle, à la fois surprise et amusée de sa proposition. Sa mère a la mise en pli légèrement chiffonnée, elle tient d'une main les pans d'un gilet de laine sur sa combinaison de nylon, de l'autre une cigarette.

– Tu ne devais pas aller au cinéma avec Nelson ? dit-elle maintenant.

– Californie 7 !

Elle n'est pas sûre de vouloir revoir Nelson aujourd'hui. Il insistait, il remontait le long de ses jambes.

– Californie 8 !

Sa mère se serait laissé faire. Elle l'avait déjà dans le ventre à son âge. Elle avait déjà tout fait. Elle était tellement belle. Tellement belle qu'elle a travaillé aux ascenseurs des grands magasins Hudson. Mais ils l'ont renvoyée il y a un mois. Est-ce qu'elle n'est plus assez jolie ?

– Californie 9 !

Nelson doit la prendre pour une idiote maintenant. Une cruche. Une fille coincée.

– Californie 10. J'arrive !

À pas lourds, Geraldine marche jusqu'à la chambre. Son corps trop grand l'encombre tandis qu'elle se penche pour chercher son frère derrière les portes, le rideau, sous le lit, c'est comme si l'appartement avait rétréci, mais Archie voulait jouer, il la retient, lui, la tire du côté de l'enfance comme s'il minutait ses absences de plus en plus longues, les interminables visites de Nelson à la maison. Il a peur d'être seul. Elle le devine tapi dans le placard, elle feint de ne pas l'avoir remarqué, puis fait demi-tour, l'attrape. Ils poussent tous deux un grand cri, lorsque enfin elle le trouve. Ahhhhhhh !

– Allez, ouste, allez prendre l'air, fait beau ! tonne Roselle en agitant la main. Allez donc faire quelques courses chez Dotty. Tiens, Geraldine, voilà une liste, de l'argent. N'oublie rien.

– Archie, on sort, maugrée Geraldine.

– Et que je ne te voie pas là-haut, Archie ! ajoute Roselle.

Elle veut dire sur les toits. Le domaine des enfants, là où ils voyagent d'un immeuble à l'autre, espionnent les adultes, les rivaux, et fomentent leurs coups. Parfois Roselle menace Archie de l'inscrire chez les bonnes sœurs de l'école catholique du Sacré-Cœur, elle l'assure qu'elles savent punir très durement. Ils rigolent en sortant. Mais Archie s'arrête net. Depuis quand Rosalie, la voisine, a-t-elle un vélo ? Elle tourne fièrement dans l'allée entre les deux rangées d'immeubles sur un Schwinn bleu. Il ne peut pas la quitter des yeux.

– Elle a un nouveau père, glousse Geraldine.

Archie opine. C'est connu ici qu'un jouet ou un vêtement neuf, c'est le signe qu'un type est entré dans le lit de ta mère et qu'il compte y rester un peu. Il te gâte pour que tu l'acceptes et surtout que tu lui fiches la paix. Il y a un sacré ballet paternel dans le Project, et beaucoup d'enfants. C'est étrange, tous ces enfants, et si peu d'amour qui dure chez les adultes. Les enfants n'auraient donc rien à voir avec l'amour ? Archie bave d'envie devant ce vélo. Il n'en a jamais eu, Geraldine non plus. Eux ont toujours le même père, et il est mort. Rosalie pédale de plus en plus vite. Elle l'a aperçu. Archie lui sourit. Il rêve d'un Pony Express, deux vélos, deux équipes pour une course folle dans le Project, qui t'emmène plus loin que le bout de la rue, tu disparais, ceux qui attendent au point de départ ne savent plus qui est en tête, puis te revoilà, le suivant se prépare, c'est un relais, Rosalie lui tendrait son Schwinn en lui disant de foncer.

– Allez, viens, Archie, le presse Geraldine. Elle sera encore là quand on reviendra !

– Non, je reste. Vas-y toi.

– O.K., tu bouges pas de là.

Elle s'éloigne, mais Roselle frappe au carreau et fait signe à Archie de suivre sa sœur. Elle ouvre la fenêtre.

– Va avec Geraldine, et prenez quelques Mary Jane. Allez, Archie ! Je ne veux pas que tu traînes dehors tout seul.

Archie marche à regret vers Geraldine, laissant derrière lui cette frimeuse de Rosalie qui trouvera d'autres spectateurs. Pourvu qu'ils ne lancent pas un Pony Express pendant qu'il n'est pas là ! Le frère et la sœur traversent quelques allées. Avec le printemps, les pelouses ont repris des couleurs. Ils passent devant la dépanneuse de Mr. Jones. Ça doit être bien d'avoir un père dépanneur qui t'emmène dans son camion remorquer une grosse Chevrolet. Un père de dépannage. Tant de fois, sans se l'avouer l'un à l'autre, ils se sont demandé comment avec la plus belle mère du quartier qui manœuvre les ascenseurs dorés chez Hudson, il n'y a jamais eu un bonhomme de passage fichu de leur offrir quoi que ce soit. Il y a des instituteurs, des docteurs, des avocats dans le Project. Le gratin ! Il y a même le premier sergent noir de la police de la ville, à ce qu'il se dit. Belle comme elle est, maman pourrait faire un beau mariage. Mais non.

On entend Hastings maintenant. Le speaker de la boutique de Joe. Il crache « Boogie Chillen ». Ça fait longtemps qu'il chante par ici, John Lee Hooker, mais cette chanson, c'est un tube maintenant. C'est drôle de penser qu'un type qui tape du pied à côté de chez toi fait du bruit dans le monde entier. C'est étrange d'être tout et rien, l'épicentre et le néant. Est-ce que c'est lié ? Est-ce que c'est Dieu qui les protège ainsi, juste en les éclairant ?

When I first came to town, people, I was walking down Hastings Street

Everybody was talkin' about Henry's Swing Club, crache le speaker.

Le Henry's Swing Club, c'est à deux pas, sur Orleans Street.

Ils avancent sur le trottoir défoncé par endroits. Ils ont interdiction de s'engager dans les allées où des mômes de l'âge d'Archie tirent sur les rats avec des lance-pierres bricolés à partir de chambres à air abandonnées. Ils vont à peine moins vite que les voitures qui circulent doucement car les conducteurs ont un œil sur la route et l'autre vers les prostituées calées dans l'embrasure des portes. Parfois, certains s'arrêtent, les appellent. Elles donnent un prix. Geraldine et Archie ont ordre de ne pas adresser la parole à ces filles, mais elles adorent s'attendrir devant les gosses.

Ils passent Knox, le magasin de meubles. Quelques boutiques de prêteurs sur gage. Frôlent des impasses gardées par un guetteur chargé de prévenir les joueurs de dés de l'arrivée de la police. D'un bar surgissent la voix, puis la gueule tuméfiée, d'un gars qui raconte une bagarre la veille dans un club qui programmait des danseuses françaises. Ça a mal tourné parce que les filles étaient beaucoup moins nues que prévu, les gens se sont énervés, ils ont voulu être remboursés et ça a fini en pugilat. On se croirait dans la chanson de Hooker.

Ils sont tous dans la chanson.

Geraldine et Archie ralentissent devant le Five and Dime, ses vitrines pleines de petites choses à cinq ou dix *cents*, plats à gâteaux, aiguilles à tricoter, abat-jour, crèmes, lacets, rasoirs, épingles à nourrice. Archie repère les figurines de Batman dont il suit les épisodes à la radio, Geraldine les colliers un peu plus loin.

– Allez, on entre cinq minutes ! dit-elle. C'est bientôt la fête des mères.

Chacun se dirige vers le présentoir qui l'intéresse, sous l'œil du commerçant qui les surveille. Geraldine frôle quelques bracelets aux perles roses ou argentées du bout des doigts, puis des colliers. Elle en choisit un, ouvre les boutons de son manteau, l'enfile, tourne la tête devant la glace. Est-ce que ça lui va ? Non, rien ne va dans le miroir, ni le bijou, ni son menton trop rond selon elle, ni ses cheveux qu'elle ne parvient pas à discipliner, mais ce sera beau sur Roselle. Elle l'emporte vers la caisse, fait signe à son frère. Il a déjà quelques Mary Jane dans la main. Geraldine donne quinze *cents*, et ils s'en vont. Ils continuent d'un pas tranquille parmi cette foule qui, passé l'hiver, prend chaque rayon de soleil comme s'il était le dernier.

Chez Dotty, c'est la mère et l'aînée des filles qui sont derrière le comptoir. Geraldine tend la liste, la fille Dotty disparaît dans les rayons. Geraldine lui envie ses gestes sûrs, sa fonction, sa peau couleur caramel et sans un seul bouton, elle y voit presque de l'arrogance. Posséder un magasin c'est une telle chance déjà, ça ne les empêche pas de vendre des produits périmés, ils écoulent tout avant de remplir à nouveau les rayons, les gens achètent de toute façon. La lessive, le savon, les biscuits, les saucisses et des chips sont posés devant eux. Ils ressortent le cabas plein, ouvrent un paquet de chips et grignotent en rebroussant chemin, ils slaloment entre les types désœuvrés et les voitures garées le long du trottoir, ils croisent les enfants qui courent vers le Castle Show, où se joue un western qu'ils ont déjà vu. Ils tournent à gauche sur Eliot Street, longent les bureaux administratifs du Project qui ne désemplissent pas. C'est là qu'on vient déposer le loyer, mais aussi annoncer l'arrivée d'un nouveau-né ou un boulot qui pourrait favoriser l'obtention d'un logement. Quand soudain retentit un bruit étrange au loin, un grondement métallique qui monte sur le pavé. Puis des cris. Des hurlements. La panique. Qu'est-ce que c'est ? Les flics ? Une attaque ? Ils arrivent ! tonne quelqu'un. Mais qui ? Il y a cinq ans, des milliers de Blancs armés et épaulés par les policiers qui tiraient à vue et sans sommation remontaient Hastings Street en ravageant tout sur leur passage. Tout était parti d'un banal accident de voiture sur le pont de Belle Isle entre un conducteur noir et un autre blanc. C'était il n'y a pas si longtemps. Est-ce que ça recommence ? Étrangement tout le monde se précipite vers le bruit pour voir de quoi il en retourne. Geraldine et Archie suivent le mouvement, et alors ils n'en croient pas leurs yeux : des chevaux ! C'est comme dans un western, des chevaux au galop, mais avec des flammes sur le dos, ils brûlent, se cambrent comme pour faire tomber un cavalier invisible, ils hennissent de terreur, on dirait qu'ils parlent, qu'ils appellent au secours, plus rien ne différencie l'homme de l'animal à ce stade du supplice. Les habitants du quartier courent maintenant dans l'autre sens, poussent les enfants devant eux. Au feu ! au feu ! crient-ils sans trop savoir si c'est ce qu'il faut dire. Les chevaux sont fous de douleur, leurs grosses narines se dilatent, il suffirait que l'un d'eux dévie sa trajectoire pour qu'un drame arrive. On dit qu'un incendie s'est déclaré dans l'écurie sur Beaubien Street, c'est là que les chiffonniers, les brocanteurs et les marchands ambulants attachent leurs chevaux. Et ils arrivent, les pauvres hommes, ils hurlent comme leurs bêtes, ils les poursuivent essoufflés, ils pleurent aussi, ils savent ce qu'il leur reste à faire. Soudain Geraldine ne voit plus son frère. Archie ! appelle-t-elle. Archie, t'es où ? Elle continue de courir vers le Project tout en jetant des coups d'œil par-dessus son épaule. Elle pense qu'il a dû déguerpir lui aussi. Elle tourne la tête dans tous les sens. Archie ! Au pied de l'immeuble, elle monte les marches deux à deux, ouvre la porte telle une furie. Un homme est là. Roselle est assise sur lui, simplement vêtue de sa combinaison de nylon aux bretelles tombantes. Elle se retourne, lance à sa fille un regard furieux. Geraldine est congédiée. Elle fait demi-tour, grimpe vers le toit comme un automate, c'est un incroyable poste d'observation là-haut, alors forcément Archie et les autres s'y sont réfugiés. Ils sont là, bande de gamins debout, raides et silencieux. Elle se joint à eux, plus grande d'au moins deux têtes. Un premier coup de feu claque en bas. Un homme vient d'achever son cheval et s'affale en larmes sur son flanc. C'est effrayant mais fascinant. Ils ne peuvent s'arrêter de fixer la scène. Ça sent la viande brûlée. Le ciel devient sombre, d'un bleu qui tourne, comme si la nuit allait tomber ou les ténèbres s'ouvrir. Archie prend la main de Geraldine. Puis la police débarque, quadrille le périmètre, tire à son tour sur les chevaux fous pour les empêcher de foncer sur les voitures et les immeubles du Project. Chaque gémissement est suivi d'une nouvelle détonation. Les chevaux tombent les uns après les autres, les voitures roulent. Le vieux monde disparaît dans les cris des hommes et les mugissements des animaux, sous les yeux fascinés des enfants du Project.

Geraldine ne peut détacher son regard du premier cheval abattu et de son propriétaire éploré. Elle les a reconnus. C'est Mr. Brown, le marchand de légumes ambulant, et George, son vieux cheval, qui tirait la carriole. Il y a un moment qu'ils ne passaient plus par ici, parce que dès qu'ils arrivaient dans le Project par Hastings puis Eliot Street, les gamins se planquaient derrière les buissons et visaient le cheval avec leur sarbacane. Mr. Brown vociférait en se jetant à leur poursuite,

Les petits nègres, si je vous revois encore tirer sur mon cheval, je vous corrige, moi !

Geraldine et Archie n'étaient pas les derniers... Pendant ce temps, d'autres chipaient oranges et pommes à l'arrière. Alors le marchand et son cheval avaient fini par changer de route. Mais George est venu mourir devant chez eux. Tous les enfants l'ont reconnu.

Lorsqu'ils redescendent, Geraldine et Archie trouvent dans l'escalier Roselle qui les cherche. Un nœud étreint la poitrine de Geraldine. Archie se blottit contre sa mère, ébranlé, intarissable, il lui parle de George le cheval, il ne lui voulait pas de mal, il ne voulait pas qu'il meure, il pleure maintenant. Elle le serre contre elle, lui murmure que c'était un vieux cheval de toute façon, que bien sûr ce n'est pas sa faute, qu'il ne faut pas craindre la colère de Dieu, que c'est la vie tout simplement, une écurie trop vieille, mal entretenue, puis les accidents surviennent. Ils regagnent l'appartement. Archie reste tout contre Roselle qui ne cesse de le consoler tout en plongeant des épis de maïs dans l'eau bouillante, elle lui explique que la ville change, lui promet qu'on va laisser les chevaux tranquilles maintenant qu'on a des voitures et des camions. Mais elle semble incapable d'absorber le choc, alors que les bêtes se consument encore dans les yeux de son fils. Geraldine se tait et se tient à l'écart. Elle fait l'inventaire de ce petit salon où elle a aperçu un homme torse nu et sa mère à califourchon sur lui, tandis que le monde vacillait dehors. Comment a-t-elle pu ne rien entendre ? Ont-ils une relation ? Elle est à la fois curieuse et furieuse, moins encombrée par l'inconnu que par la sensualité de sa mère entrevue quelques secondes. Est-ce qu'un homme va entrer dans leur vie ? Est-ce qu'Archie aura bientôt un vélo ? Elle sait que non. Ses yeux vont et viennent, cherchent des indices dans la pièce, s'arrêtent sur le sac de sa mère. Il est ouvert, quelques billets gonflent la poche intérieure mal refermée. Les pressentiments sont toujours étranges et précis à la fois.

– Ils vont faire quoi, avec les chevaux ? demande Archie.

Heureusement qu'il est monté directement sur le toit, songe Geraldine, qu'il n'a rien vu, il ne peut pas comprendre. Elle ne lui révélera jamais ce qu'elle sait désormais. Jamais. Même lorsqu'il sera grand. Roselle devra faire plus attention. Elle regarde la photo de son père sur le guéridon. Il sourit, il porte une belle chemise, il est coiffé d'une raie bien dessinée. Geraldine se souvient qu'il réclamait toujours des cheveux raides comme un bâton quand il entrait chez le coiffeur sur Hastings Street. Et qu'ensuite, il se plaignait parce que le produit pour décrépir lui brûlait le crâne. Mais est-ce un souvenir ou une reconstitution ? Elle ne sait rien, au fond, de lui. Pourquoi refusait-il de venir habiter ici ? Quel genre d'homme était-il pour être si difficile à remplacer ? Elle couche le portrait de son père, disparaît dans la salle de bains, attrape des épingles et ramène quelques mèches vers l'arrière de chaque côté de son visage. Elle emprunte un peu de gloss à sa mère et s'en enduit les lèvres. Nelson va venir. Ils iront au cinéma, il recommencera, il faut recommencer. Ouvrir les jambes. Elle prend le collier du Five and Dime et l'attache autour de son cou.

– Les enterrer au cimetière des chevaux, mon chéri, répond Roselle avec la plus grande douceur. Puis ils iront au paradis des animaux.

Je me suis garé sur le trottoir d'en face. J'ai du temps avant l'audience. Je me suis posté le long du grillage qui délimite le chantier. Quand on était gosses, on s'agrippait à des clôtures comme celle-là pour estimer sa solidité et sa hauteur, et décider comment la franchir. On y plaquait notre visage aussi, pour sentir les losanges d'acier sur notre peau, ou juste notre peau. Mais il n'y a plus rien à mesurer. Il n'y a qu'à regarder le Project tomber. Il ne reste plus que deux tours debout. Dont une qui nargue encore la ville de toute sa hauteur. C'est la 305, je crois. Le bulldozer est à l'œuvre, il a l'air minuscule, il déploie son bras au maximum pour attraper le plancher du quatorzième étage, il ouvre sa mâchoire. On dirait un môme au pied d'un placard trop haut. Mais finalement, ça dégringole. L'immeuble s'émiette. Des bouts de plâtre et de ciment.

Notre tour ne compte plus que trois étages. Elle a été détruite quasi en direct. C'est passé à la télé. Dernière phase de la destruction du Brewster Project !

La ville voulait encore un effet d'annonce. Ou plutôt le nouveau maire. Il a fait un discours. Son prédécesseur, qui avait lancé le compte à rebours l'été dernier, avait tenu à être là aussi. Ils veulent tous être crédités d'avoir enfin débarrassé le paysage de notre quartier. Ils auraient sans doute même préféré que ça se fasse à l'explosif. C'est courant par ici. Combien de merveilles architecturales a-t-on fait sauter ! BOUM. D'un coup plus rien. Qu'un nuage de poussière qui nous enveloppe et nous fait tousser. Je me souviens de la Brasserie Stroh. Des grands magasins Hudson. Et les gens qui chaque fois viennent voir. Les caméras qui filment et retransmettent. Vingt ans, comme ça, d'autodestruction.

J'imagine… Trois, deux, un, zéro ! En direct. BOUM ! L'horizon enfin nettoyé de nos tours. Ça aurait été plus spectaculaire pour la télé et les politiques. Mais ils ont renoncé, c'était trop près de l'autoroute. Trop dangereux de laisser tomber nos débris et nos cendres sur le trafic.

Étrangement mon étage est encore là. Avec la fenêtre de la cuisine, et le visage de maman à l'intérieur.

Celui de Tim a disparu. Il a fini par m'écrire de sa prison quand il a vu le reportage. Il n'a pas résisté. Il me dit dans sa lettre que ça lui a fait tout drôle, qu'on s'était bien marrés là-bas. C'est vrai. Ça doit être difficile de voir tomber les murs de ton enfance depuis une cellule qui ne fait pas trois mètres de large. L'enfance, c'est tout ce qu'il te reste. C'est avant le crime. C'est sacré, même si c'était pas toujours gai. C'est ce que je lui ai répondu. Je lui réponds toujours. Je ne sais pas à quoi il ressemble après toutes ces années en taule. Ni ce qu'il peut espérer. Je suis heureux d'être resté son copain et pas celui qui l'a arrêté, même si je le referais sans hésiter.

L'ancien maire a eu quelques mots pour ceux qui ont habité là. Des gens simples, pas seulement des célébrités, il a dit. J'ai pensé aux Wilson, à Johnnie Mae, Mary, Roosie et Pat, à leur départ vers les grandes maisons en briques rouges de style Tudor sur Buena Vista Drive, où vivaient désormais les stars de la Motown. Leur déménagement n'a pas fait beaucoup de bruit. Ils n'emportaient presque rien, tout serait neuf et beau là-bas. Ici, rien n'avait de valeur. Ils sont partis avec deux valises comme on part en voyage. Puis on a entendu le grincement habituel de l'ascenseur, un bruit quotidien pour une sortie sans retour. Maman était prostrée dans la cuisine. Elle était triste. Elle pestait généralement contre ceux qui désertaient cet endroit qui n'attirait plus personne. Mais elle n'a rien dit. Elle admettait que les célébrités quittent les gens simples, pour reprendre les mots de l'ancien maire.

Un voisin interrogé dans le reportage a suggéré qu'on laisse une tour pour se souvenir. Il m'a fait marrer. Quelle rétrospective, quel écho de nous dans ces ruines ? Aucun. Ce type, il a juste peur de ce qui va se passer maintenant. Les promoteurs immobiliers sont sur le coup. C'est très près du centre-ville, ils vont venir construire des appartements de standing par-dessus le Project, et lui et sa petite maison branlante vont devoir faire place nette aussi. Comme l'aigle est allé faire son nid ailleurs. Comme les tueurs du petit Français se sont trouvé une autre aire de jeux.

D'ici un mois, ce ne sera plus que des gravats.

Il ne restera que le centre de loisirs. Brewster Recreation Center. Paraît qu'ils vont le restaurer. Le transformer en je ne sais quoi de chic probablement. C'est là que j'ai appris à nager comme Archie, là que mes parents se sont rencontrés, là que Joe Louis s'est entraîné, là que les anciens du Brewster tenaient leur réunion annuelle. Roselle en son temps y allait. Elle cuisinait toute la journée des bigoudis sur la tête. Ma mère, des années plus tard, faisait exactement la même chose, les mêmes plats, les mêmes gestes, dans le même ordre. Ensuite, elle appliquait du papier aluminium sur ses casseroles fumantes et descendait une dans chaque main, coiffée, apprêtée, majestueuse, ignorant tout du délabrement de la cage d'escalier, imaginant sûrement derrière elle l'escorte invisible des musiciens, des boxeurs, des célébrités nés ici. Une fois tous assis, les anciens du Brewter, des femmes essentiellement, mangeaient tout en laissant échapper de grands rires, et il ne fallait pas longtemps pour que soit prononcé le nom de Mrs. Roosevelt, puis ceux de Stevie Wonder, Diana Ross, Mary Wilson et Florence Ballard et d'autres encore. Ils en parlaient tous comme de leurs propres enfants. Le passé semblait avoir déposé des chandeliers sur la table. J'ai assisté à ces fêtes, enfant. J'y suis revenu trente ans plus tard, cette année où je les ai sorties des griffes de la police après leur manifestation contre le maire.

Les anciennes du Project voulaient me remercier. Je ne pouvais pas me défiler. Après deux longues heures à table, j'ai vu maman debout chanter et danser avec ses copines sur je ne sais plus quel tube disco du moment, elles avaient les bras en l'air, le majeur tendu en doigt d'honneur pour dire *Fuck the police*, *Fuck* le maire et ses casinos, elles étaient grosses, vieilles, trop maquillées, mais il fallait fermer les yeux, imaginer, à l'intérieur de leurs corps relâchés, ces petites filles en robes jaune et marron et aux cheveux tressés serré par leur mère, qui dansaient pour toujours devant Mrs. Roosevelt.

Je l'ai sortie de force, maman. Elle avait vécu seule pendant des années après la mort de mon père. Elle s'était accrochée à l'appartement. Qui n'a jamais senti ni enduré sa foi, son optimisme, son attachement à cet endroit, l'aurait prise pour une démente. Ce qu'elle n'était pas. Il fallait juste ouvrir une canette de bière, l'écouter glisser vers ses souvenirs qui fusaient en rafale, aligner des étages, des images, de petits événements, des noms, puis dresser la liste des déserteurs, elle nommait ainsi ceux qui étaient partis, laissant des appartements vides et froids autour d'elle. Il y en avait beaucoup. Elle était persuadée qu'elle sortirait les pieds devant et la tête haute. Mais j'ai changé ses plans à son insu, ou plutôt après avoir renoncé à la convaincre. J'avais tout organisé, trouvé un studio dans une résidence pour personnes âgées. Je suis venu la chercher avec mon frère et Archie. Elle pleurait. Elle tremblait tandis que je préparais sa valise.

Y a plus rien, Geraldine, lui murmurait Archie. Tu mérites mieux. Il y a des endroits où la ville est belle encore. Y a plus rien ici.

Ma vie, disait-elle. Toute ma vie.

Elle s'est raidie quand il a fallu franchir le seuil. Elle ne voulait plus avancer. Elle avait une force qu'on n'a plus à son âge. Mais à ce moment-là, elle avait tous les âges, elle était une petite fille devenue reine d'un jour, une jeune fille, une jeune mère, elle était une foule de femmes, elle hurlait, elle résistait, elle regardait en arrière, je lui promettais de revenir chercher tout ce qu'on aurait oublié, mais rien n'y faisait. Nous l'avons tirée vers le bord de l'escalier, je lui ai expliqué que plus personne ne viendrait jamais réparer l'ascenseur, elle a rétorqué qu'elle n'en avait rien à foutre de l'ascenseur, que monter deux étages lui faisait du bien, qu'il lui fallait de l'exercice. Je lui ai parlé des gangs qui régnaient, des coups de feu sous ses fenêtres, et j'ai gueulé fort pour que tout le monde m'entende. Elle m'a répliqué qu'il y en avait toujours eu, elle m'a cité les Shakers et les Kingsmen, j'ai ri, c'étaient les bandes rivales de mon enfance, des enfants de chœur à côté de ceux d'aujourd'hui ! Tout ça n'avait aucun sens. J'ai senti les regards accusateurs penchés sur nous depuis les étages, mélange de vieux fidèles du Project comme ma mère, mais aussi de camés, de squatteurs. Quelqu'un a crié : Foutez-lui la paix ! Et j'ai répondu, Ta gueule ! Elle a dit qu'elle les avait vus grandir, qu'ils la connaissaient et la respectaient, ce qui était vrai. Elle a finalement lâché qu'elle voulait mourir ici comme sa mère, et j'ai répondu, Non ! Elle s'est débattue. Nous avons fini par la soulever et la porter. Elle m'a traité de sale flic. Peut-être bien que tout le sale boulot derrière moi m'a aidé à faire celui-là. Le Project était mort puisque le cœur de ma mère ne battait plus à l'intérieur.

Je ne m'éternise pas. Ce chantier, c'est une putain de séance de spiritisme. Toute cette ville, en fait. Qui te met sous les yeux tout ce que tu as perdu, et la vitesse à laquelle tu l'as perdu. C'est terrifiant.

C'est l'heure d'aller au palais de Justice. Lafayette Street est fermée. Manif devant le palais, m'informe un collègue qui lève le cordon et me laisse passer puisque je dois aller témoigner. Je me gare comme je peux. Je finis à pied. Ils sont plusieurs centaines, essentiellement des employés de la ville qui marchent en rond d'un pas lent dans leurs habits d'hiver car il fait froid encore. Ils dénoncent le projet du manager qui prévoit de réduire les cotisations versées par la ville aux fonds de pensions et au système d'assurance santé.

« Se battre ou crever de faim », crient-ils, le manche de leurs pancartes calé sur l'épaule.

« Renflouer les gens, pas les banques. »

« Virez le manager, faites payer les banques. »

« Les banques nous doivent de l'argent. »

Je vois maman.

« Des logements, pas des casinos. »

Je vois Archie.

« Accélère et crève plus vite. »

Je vois Roselle et même son Waldo.

Une longue manif qui traverse le temps. L'histoire a l'air courte tout à coup. La vie aussi. J'aperçois un slogan brandi à bout de bras par un collègue en civil :

« Detroit Police. On se prend les tirs ! Vous volez nos retraites ! Allez griller en enfer bande d'enfoirés ! »

Tu vois, Archie, qu'on peut s'entendre. Peut-être que tout recommence.

Je reste là un moment à les regarder. Puis je rentre. Je file vers la cour criminelle. Je devine Sarah sur le banc qui doit témoigner elle aussi. Le procès qui s'est ouvert dans la matinée est celui d'un type accusé d'un meurtre et d'un viol commis trente ans auparavant. C'est grâce aux recherches de Sarah qu'on a pu remonter sa piste. C'est moi qui ai recueilli ses aveux. Elle ne m'a pas vu arriver. Elle est penchée sur son téléphone, une mèche de cheveux lui tombe sur le visage, elle ne porte aucun uniforme, elle pourrait être sur le quai d'une gare, ou ailleurs. Rien ne laisse deviner ce qu'elle vient raconter, ni ce qu'elle transporte en elle. Je m'assois à côté d'elle. Elle se redresse et son regard fatigué dément toute la légèreté que je lui prêtais une seconde plus tôt. Elle sort de la morgue, s'est changée en vitesse. Elle me raconte qu'elle a vu là-bas quelque chose d'effroyable, une femme retrouvée une balle dans la peau, le buste ballant par la fenêtre du premier étage d'une maison abandonnée. Son corps est demeuré là si longtemps qu'elle s'était décomposée de la taille au sommet du crâne, alors que ses jambes à l'intérieur étaient presque intactes.

– Un demi-squelette, murmure Sarah. Une coupure nette.

Elle frissonne comme si elle voulait décoller cette image de sa tête.

– Je me croyais immunisée, mais là, je sais pas… Je crois que j'ai eu peur en la voyant.

– Avoir peur, c'est normal. Ça te sauve la vie.

Elle rassemble ses affaires. C'est bientôt son tour d'aller témoigner.

– Et Frat Boy, rien de neuf ? me demande-t-elle en se levant.

Je fais signe que non. Et elle s'en va confondre le violeur. Oublier un instant le corps mangé à moitié. Ce qui la hante, c'est le mouvement et l'effroi encore visible sur le cadavre. Cette femme qui court, ouvre la fenêtre, s'y précipite, hurle et meurt.

Sarah quitte le palais de Justice tout de suite après avoir déposé devant la cour. Dans la voiture, la radio décline les informations, les retraités de la ville qu'elle vient de croiser en train de manifester, le mariage gay légalisé dans le Michigan, le prochain match des Tigers, le monde qui n'a d'autre choix que d'avancer, d'ignorer ce qu'elle sait. Elle se gare sur Willis Street en face de la boulangerie Avalon. Larry est là, clochard rythmique qui tape sur des seaux, tandis que sa fille danse à côté de lui. Parfois il est seul, parfois elle l'accompagne, ils font partie du paysage sans qu'on sache sur quoi repose leur vie, s'il est des gardes alternées même dans le plus total dénuement. Sarah lâche 2 dollars dans la boîte devant eux, puis entre dans la boulangerie.

Le comptoir déborde de brioches en tout genre, de gâteaux aux raisins, de cakes au gingembre, de scones aux fruits rouges. Les pains se démultiplient sur les étagères métalliques, pain complet, pain aux noix, baguettes encore chaudes. Sarah commande un thé noir, achète un pain aux graines pour les jours à venir, et va s'asseoir à l'une des petites tables le long des fenêtres. Le soleil de fin d'après-midi plonge en oblique, il se fond sur les murs peints en jaune, dore les brioches, réchauffe son visage. Elle ferme les yeux un instant comme pour tirer le rideau sur la journée écoulée. Elle songe aux cercles de l'enfer, elle a l'impression d'avoir un laissez-passer qui lui permet de les traverser tous. Elle pense à sa mère qui lui répète sans cesse qu'un peu de vie lui ferait du bien, elle veut dire un enfant, cet amour insubmersible. Aura-t-elle des enfants ? Elle n'en sait rien. Elle s'est mariée à vingt-sept ans avec un policier, ils ont divorcé cinq ans plus tard. Elle attend Jeff, il doit la rejoindre ici après le boulot, il est sans voiture, la sienne est chez le mécanicien. C'est bon de savoir qu'ils passeront la soirée et la nuit ensemble, sans planifier davantage le reste de l'existence, comme s'ils esquivaient, n'entretenaient avec la société que des rapports lointains, et laissaient à leur corps, à leurs mots et leurs désirs, la liberté du scénario.

Son thé est brûlant. Ses yeux errent, se posent sur les gens, une foule mélangée, de toutes origines, de tous âges, des étudiants de Wayne State University, des salariés de l'hôpital, des activistes aux dreadlocks grisonnantes, c'est un monde sans vanité, depuis longtemps éloigné de l'électricité et des performances des grandes villes. Elle devine les pantalons d'infirmier sous les manteaux, elle songe à leurs gestes quotidiens, aux balles qu'on peut encore extraire, aux corps qui se redressent, se tiennent debout, marchent et échappent à la morgue. Qui sait si la femme morte sur le bord de la fenêtre n'aurait pas pu être sauvée. Combien de temps s'est écoulé entre le tir et son dernier soupir dans cette maison rayée de la carte ?

À sa gauche, un étudiant aux traits asiatiques lit un livre sur l'histoire de la ville. La couverture en noir et blanc évoque une époque faste, le code-barres sur la tranche indique qu'il l'a emprunté à la bibliothèque. À la table devant elle, deux hommes bavardent, l'un d'eux peste contre le manager en charge des écoles publiques mises sous tutelle financière, elles aussi. La pression de l'eau dans les machines à café couvre parfois ses mots.

– Cet hiver un gosse grelottait dans ma classe. Alors, j'ai fini par lui acheter un manteau. Le lendemain il est revenu sans. Maman l'a vendu, il m'a dit.

Sarah surveille la porte que Jeff devrait bientôt pousser. Elle est impatiente de le voir arriver. Elle se rend compte qu'il lui manque. Le mur est couvert de flyers annonçant concerts, expos et autres événements, elle reconnaît le nom de son groupe, The Crustaceans joue dans trois semaines à l'UFO. Elle sourit. Ça fait longtemps qu'ils ne se sont pas produits. Une pulsation monte dans sa tête. Elle anticipe le plaisir de sentir la pédale de la grosse caisse sous son pied. L'envie de lâcher des coups. Une frappe brute et sans apprêt. Un texto de Jeff apparaît sur son téléphone, il vient de quitter le musée, il sera là dans dix minutes.

Elle se rappelle subitement que c'est ici qu'il a aperçu Frat Boy, juste devant lui dans la file d'attente. C'est logique que le jeune Français soit venu. C'est un refuge, une bulle, cet endroit. Elle l'imagine s'asseoir à l'une de ces tables après avoir beaucoup marché. Il a acheté une boisson chaude, peut-être un sandwich ou un gâteau, il ouvre son carnet, il y a à l'intérieur les portraits qu'il a dessinés le jour même ou la veille. Il n'y a pas de raison qu'il n'ait pas poursuivi ici ce qu'il faisait ailleurs. Est-il allé vers les silhouettes fantomatiques des avenues vides, vers ceux qui s'installent dans un canapé défoncé sous le toit d'une station-service hors d'usage, ou vers ceux qui vous regardent passer depuis les marches de leur maison affaissée ? Tout le monde les craint. Les portes de voiture se verrouillent automatiquement dès le premier coup de volant. Mais lui n'avait pas peur. A-t-il parlé à Dreadlocks Mike sur son fauteuil roulant, avant qu'il ne meure ? Ses questions s'emballent. C'est comme si elle chargeait Frat Boy d'accomplir ce que ni elle ni personne n'ose. Marcher, aller vers les vivants des rues mortes, les regarder, les écouter. Elle pense aux visages lointains qu'il a croqués. Il y a les mêmes par ici, des gueules qui transportent toute l'histoire du monde dans leur regard. Elle pense à Larry qui joue des percussions dehors, à ses rides profondes qui n'accusent personne et semblent encore croire au destin. Frat Boy l'a-t-il dessiné ? Elle l'appelle encore comme ça quand elle pense à lui, c'est l'habitude, elle a l'impression d'un long chemin parcouru ensemble depuis sa mort. Dans la ville et dans les services de police, on dit le Français désormais. Il est parti. Son corps a quitté la morgue et traversé l'Atlantique. Il est retourné aux siens, à ses racines. Sa famille l'a enterré. Mais il s'est animé depuis peu dans la tête de Sarah. Comme s'il reprenait vie. Elle pense souvent aux hommes oiseaux qu'il créait. Quel bestiaire a-t-il fait de nous ? Quels animaux a-t-il découverts ici ? Il faut qu'elle demande aux enquêteurs ce qu'ils ont retrouvé dans ses affaires.

Elle se souvient de l'homme arbre aussi, avec des branches sur la tête, des oiseaux qui s'échappent de sa bouche ouverte. Celui-là a été reproduit dans la presse locale quand son identité a été révélée. La ville s'est peut-être reconnue, territoire mité et poreux qu'il faut désormais partager avec la nature revancharde. Qu'aurait fait Frat Boy d'un demi-squelette en blue-jeans et talons hauts ? Comment aurait-il représenté cette femme ? Elle devrait figurer sur les murs d'une ville. Au secours ! crie-t-elle à un monde qui s'en fout.

Jeff pousse la porte, lui sourit, vient l'embrasser et s'en va passer commande d'un café et d'un scone au comptoir. Une fois servi, il propose à Sarah de sortir et d'aller inspecter ses deux bacs dans le jardin communautaire d'à côté. Les frappes de Larry et les mouvements de sa gamine emplissent toujours la rue d'une joyeuse pulsation. Au croisement de Willis et de 2nd Avenue, Jeff ouvre la grille du jardin. Il a la taille de la station-service abandonnée qui rouilla là longtemps avant qu'une association ne nettoie le périmètre et le transforme en potager. Ils marchent entre les bacs de bois. Les tuteurs sont nus après l'hiver. Ceux de Jeff ne sont pas différents. Il s'accroupit, commence par arracher doucement quelques vieilles tiges sèches, puis son geste s'accélère et Sarah l'imite. C'est bon de nettoyer la terre de ce qui est mort. Bientôt tout repoussera, les salades, les tomates, les aubergines de Jeff, et autour dans les autres bacs, les espaces partagés du jardin, les framboises le long du grillage ou les haricots verts sur la palissade de métal. La récitation des saisons qui ne se laisse pas corrompre est rassurante.

– Sont toujours là, dit Sarah en indiquant du menton le carrefour juste en face.

Les dealers de crack sont à leur poste devant le supermarché Tom Boy, que les services sanitaires auraient dû fermer depuis longtemps. Un peu plus loin sur la même rue, le restaurant Mario propose encore des voituriers à ses clients. La ville a tout d'une vieille dame qui hésite entre l'effondrement et la résurrection.

Ils repartent une demi-heure plus tard en laissant quelques miettes de scone aux oiseaux sur la table de bois du jardin. Sarah roule vers le centre-ville sans prendre le chemin habituel.

– On va où ? demande Jeff.

Elle ralentit maintenant.

– C'est ici, dit-elle en levant les yeux. Ici qu'il dormait.

Ils stationnent devant le 1217 Griswold Street sur Capitol Park. Un bel immeuble ancien de six étages sur une place qui a connu les honneurs puisque la statue du premier gouverneur de l'État du Michigan a été scellée là. C'est un de ces hauts lieux que le déclin a dévalués, déclassés, menacés du vide. Pendant des années, des panneaux « À louer » ont jauni sur les façades à force de rester sans réponse. L'étape suivante c'est généralement la planche de contreplaqué qu'on pose sur les fenêtres brisées du premier étage. Mais au 1217, les loyers en chute libre ont trouvé preneurs. À 500 dollars par mois l'immense loft, des jeunes de la ville et des environs sont venus et se sont installés. Il y a dans les étages des musiciens, amateurs de techno ou de métal, des photographes, un taxidermiste, un vidéaste, un sérigraphiste, un brasseur, un réparateur de vélos. Tous de jeunes Blancs qui ont probablement grandi dans les banlieues alentour, et reviennent vivre la bohème là où leurs parents et grands-parents ont cru au rêve industriel. Ils ont des petits boulots, ils vivent de peu, mangent des chilis et des ramens pas chers dans les environs, et se consacrent à ce qu'ils aiment. C'est eux qui ont offert l'hospitalité à Frat Boy. Et ils ont immédiatement répondu aux appels de la police, qui, une fois son identité révélée, avait lancé un appel à la communauté artistique de la ville pour avoir des informations sur son séjour à Detroit. Ils s'inquiétaient.

– Pourquoi ne se sont-ils pas manifestés plus tôt ? Pourquoi les gens d'ici ne sont pas venus nous signaler sa disparition ? soupire Sarah.

– Le prends pas mal, lui dit Jeff, mais moi, si un de mes potes graffeurs ne donne pas de nouvelles, j'appelle pas la police. Elle risquerait de lui tirer dessus en le cherchant.

Sarah ne répond pas.

– Souviens-toi que les flics de l'Ohio l'ont foutu en taule ! insiste Jeff.

– Mais sans ça, pas d'empreintes ! Pas de nom ! Et jamais il n'aurait pu être rendu à sa famille ! s'exclame Sarah.

– Mais pourquoi t'enfermes un jeune Français qui traverse le pays façon Kerouac ?

– Putain, Jeff, c'est plus le sujet !

– Si, justement, c'est le sujet ! C'est le sujet depuis toujours.

– Ils l'ont pas tué !

Elle sort et claque la portière. Elle avait pensé un moment appeler le district qui a arrêté Frat Boy. Elle était curieuse de savoir ce qui s'était passé, de sa réaction quand ils l'ont interpellé. Est-ce qu'il s'était laissé faire ? Elle aimerait s'approcher de lui davantage. Mais ses collègues là-bas seraient étonnés de ses questions. Dans quel but ? Pour quelle enquête ? Elle aurait beau leur expliquer son talent, sa valeur, leur apprendre que le monde vient de perdre un artiste, ils ne comprendraient pas. Ce môme vagabondait dans des trains de marchandises, c'est interdit, ils l'ont arrêté comme le prévoit la loi, point barre. Elle sait surtout à quoi ressemble une arrestation. Des cris, des menaces, une lampe torche, peut-être des chiens, un plaquage au sol, elle connaît, c'est la routine policière. Elle a du mal à affronter cette partie de l'histoire. Frat Boy menotté. Poussé dans une cellule sale parmi d'autres détenus, ou seul. Puis des jours sans repères. Trop de silence ou au contraire trop de bruit. Une bouillie immangeable qu'on lui passe par le sas dans le bas de la porte. L'odeur des chiottes métalliques. Ils ont voulu l'impressionner puis l'ont relâché. Elle n'a pas appelé.

Elle promène son regard sur les grandes fenêtres de l'immeuble aux briques peintes. Elle se repasse le fil des informations glanées dans les rapports de l'enquête en cours. Frat Boy avait d'abord posé son sac dans un appartement vacant, mais il avait été découvert et un concierge avait verrouillé la porte, car ceux d'ici veillent à ce que ça ne devienne pas un squat. Il semblerait qu'ensuite Frat Boy avait déplié une tente sur le toit du Farewell, l'immeuble d'à côté. Sarah lève les yeux. C'est haut. Il était fou. Elle sourit. Puis un jour, deux gars l'ont croisé assis en bas du 1217 Griswold Street, ils lui ont parlé, et ont fini par lui faire de la place chez eux, au quatrième. Ils l'appelaient Billy, le comparaient à un chat, parce qu'il apparaissait et disparaissait sans cesse. Il était imprévisible.

Elle avance. Elle pousse la porte. Respire l'odeur de l'entrée. Cherche l'écho des étages. Pas un bruit. Elle veut juste voir, mettre des images sur ces lieux qu'elle a tant cherchés, espérés. C'est d'ici qu'il est parti ce soir-là. C'était la fête, une de ces grosses fêtes techno dont la ville en ruine est devenue le ventre fécond pour le monde entier depuis plus de dix ans. Un gros raffut. Une pulsation, un pouls dans un corps donné pour mort. Une nouvelle page de l'histoire de la musique quoi qu'on en dise. Écrite à Detroit, encore une fois. Ils bougeaient sous acide au sous-sol, les DJ se succédaient, les fêtards étaient parfois venus de loin. Frat Boy est sorti, il ne raffolait pas trop de ce genre de soirée, d'après ceux d'ici. En lisant cela, Sarah avait revu son visage si sérieux, si grave lorsqu'il dessine. Son tête-à-tête avec son sujet. Les grands espaces autour de lui. Il échappait aux foules et aux modes de sa génération. Elle a lu aussi qu'il écoutait du rap pour améliorer son anglais. Mais qu'il voulait apprendre le piano pour jouer du blues.

Il est parti de nuit vers le Brewster Project pour ramasser quelques débris, quelques planches qui pourraient servir. On bricole beaucoup au 1217 Griswold Street. Il y a une piste de skate juste derrière construite par les résidents. Il faisait du skate, et c'est en roulant qu'il s'est mis en route. Il faut à peine vingt minutes d'ici au Project.

Là-bas, c'est un tout autre silence. Les ruines d'une autre histoire. La désolation n'efface pas les démarcations des temps prospères, en tout cas pas celles qui ont consisté à délimiter, repousser, amputer, fragmenter.

Là-bas, l'avenir semble absent. L'attente ne sert à rien. Là-bas, tout le désignait, son skate, son anglais hésitant, ses rêves, sa sympathie, son empathie même. Il devait en avoir pour les gens d'ici, leur descente dans l'enfer urbain, leurs enfants avec eux, en avoir, y compris pour celui qui plus tard le tuerait, car il savait les saignées de l'Histoire, il les dessinait. Mais là-bas, tout ça n'a plus aucun sens. Les sentiments sont insupportables à ceux qui n'en ont pas connu. Là-bas, la société s'est dissoute. Les hommes se sont effondrés avec les immeubles. Ils ne réclament plus rien. Il n'y a plus de pacte, plus de loi, ni de rencontre possible. Tout individu peut être dépouillé et assassiné par un autre. Il aurait dû avoir peur. C'est la seule chose qui grandit celui qui l'a tué, la frayeur qu'il inspire. Il a le cœur froid, la gâchette facile. Il chasse. Mais personne ne l'a expliqué à Frat Boy. A-t-on essayé de le retenir ?

Peut-être qu'il n'a pas écouté.

Jeff l'a rejointe. Il passe ses bras autour de ses épaules. Ils restent un instant silencieux. Soudain le bruit de l'ascenseur qui s'enclenche et qui descend. Bientôt deux types en sortent en soulevant une table à la verticale. Jeff leur tient la porte de l'immeuble.

– Déménagement ? demande-t-il.

– Expulsion, répondent-ils, en indiquant du menton un avis scotché dans le couloir. Et ils s'éloignent avec leur table, leurs casquettes vissées sur leurs cheveux longs. D'où le calme dans les étages. Le document est daté de la fin février, il met en demeure tous les occupants de quitter leur logement. Ils sont locataires et en règle avec la loi, mais leur propriétaire a vendu, et ils ont un mois pour vider les lieux. C'est signé Bedford, la compagnie du milliardaire qui rachète les plus beaux bâtiments du centre-ville depuis quelques années. Il promet la revitalisation. Comme le manager qui lui a offert une fiscalité nulle pour dix ans. *Bankruptcy.*

Priés de déguerpir. On relouera tellement plus cher bientôt. Le délai est déjà dépassé. Ceux-là doivent être les derniers.

– Après le chaos du capitalisme, il y a encore le capitalisme, lâche Jeff, laconique.

Les deux gars reviennent.

– Vous vous souvenez du jeune Français ? tente Sarah.

– Billy ?

– Oui.

Pour toute réponse, l'un d'eux ouvre son blouson, déboutonne sa chemise et montre l'oiseau qu'il s'est fait tatouer sur le torse.

– C'est d'après ses dessins. Jamais je ne l'oublierai, jure-t-il.

Sarah fixe les ailes qui débordent sur ses épaules. On croirait qu'elles bougent au gré de sa respiration.

– Il en a laissé beaucoup, de ses croquis ? demande-t-elle, émue.

– Oui, quelques-uns, mais les flics ont tout emporté. Pour les donner à sa famille, j'imagine.

Ils disparaissent dans les étages. Sarah et Jeff sont seuls à nouveau, tels des intrus entre ces murs qui ont tout vu, les fastes, le déclin, le vide, les fêtes, les va-et-vient de Frat Boy qui n'était pas un frat boy, qui ne s'appelait pas Billy, qui n'était pas d'ici.

– Je pense qu'il a été heureux ici, dit Jeff doucement.

Il a reconnu dans l'atmosphère de cet édifice, dans les yeux des types qu'ils viennent de croiser, l'écho de sa propre jeunesse.

– C'est sans doute pour ça qu'il est venu deux ans d'affilée, dit Sarah.

Ils regagnent la voiture. Jeff prend le volant cette fois-ci. Sarah a le regard dans le rétroviseur, le 1217 Griswold Street s'éloigne, bientôt elle superpose le jeune homme des vidéos sur les trottoirs de Detroit. Elle le voit, il file à toute vitesse sur son skate. Il n'a pas peur. Ses boucles brunes se soulèvent. Il déambule dans cette ville, comme personne n'ose plus le faire. Il a en lui le monde entier, tant de regards échangés. Il est un ange terrestre. Il serait rentré de nuit, des planches sous le bras, presque invisible sous les lampadaires éteints. Juste le bruit des roues sur le bitume. La fête battait encore son plein. Elle était partie pour durer toute la nuit. Il y serait repassé pour voir, ou aurait commencé son bricolage, en pensant dormir toute la journée du lendemain. Il se sentait bien ici. Tout confortait sa thèse. Des expériences, des communautés, des partages, des échanges, des libertés nouvelles peuvent naître du chaos.

– Regarde ! s'écrie Jeff en tournant sur Washington Boulevard. C'est lui !

Un oiseau se déploie sur une large colonne de béton. C'est son œuvre. Son bestiaire. Sa signature comme en Russie ou en Tunisie. Il devait regarder les rapaces qui planent dans le ciel. Leur chasse quotidienne qui semble parfois tourner à la domination aérienne. Jeff ralentit, puis s'arrête. Sarah ouvre la portière, sort sans la refermer, elle marche jusqu'au dessin, l'effleure du bout des doigts comme si la peinture pouvait être encore fraîche. Il s'est tenu ici avec son pinceau. Elle est alors envahie d'une tristesse infinie. Machinalement, elle attrape son téléphone et prend une photo. Heureuse d'avoir cette trace de lui, puis se sentant très vite misérable de la voir réduite à tout ce qu'on collecte d'éphémère. L'oiseau de Frat Boy va disparaître. Comme probablement tout ce qu'il a tracé sur les murs des villes.

L'ÉTÉ

J'ai sonné. Sa mère m'a dit qu'il n'était pas là, qu'il serait de retour le lendemain. Je suis revenu le jour d'après accompagné d'un collègue. Je savais qu'on le trouverait, même s'il avait été prévenu de mon passage. Ces gars n'ont pas peur de la prison. La plupart n'ont rien d'autre à raconter que la vérité. Nous l'avons embarqué. Il n'a pas résisté. On a fait une halte au McDo, juste de l'autre côté de l'autoroute. Manger, ça détend. Il a pris le Big Mac. Je l'ai regardé mâcher son hamburger, les yeux vides. Au bout de cinq minutes, je lui ai demandé s'il avait tué le petit Français. Il m'a répondu : Oui.

– Pourquoi ?

– Il était sur notre territoire.

À quoi bon répliquer que ça avait été le mien aussi ? J'avais des aveux, et mon supérieur serait content de pouvoir annoncer rapidement à la presse l'arrestation de l'assassin. Quand il m'a finalement chargé de l'enquête, il m'a expliqué qu'il ne fallait plus laisser traîner cette affaire devenue médiatique, qu'il avait le procureur sur le dos, qu'il en allait de la réputation de nos services et de la ville. J'ai souri à l'évocation de notre réputation, et il m'a rendu mon sourire. Il pensait exactement comme moi. Longtemps l'abandon s'est fait sentir jusque dans les instructions que nous recevions. L'abandon vient toujours des donneurs d'ordre. Jusqu'alors, notre réputation semblait justifier leurs détours et leur dédain, et voilà que subitement il fallait l'inverser, planquer les cadavres pour ne pas effrayer les nouveaux investisseurs et les promoteurs qui louchent sur nos terrains vagues. Mais je me fous de leurs paris financiers, je ne suis pas une machine à calculer, je suis flic dans les ténèbres de l'Amérique et depuis le début de cette histoire, c'est comme si le Project et ses allées repoussaient tel un arbre en moi, me rappelant d'où je viens, et m'indiquant le chemin.

Il suffisait comme prévu de tourner le dos à mes tours désormais réduites à des gravats, de traverser la rue, d'entrer dans les Brewster Homes, lotissement où ont été relogés les anciens du Project au fil de sa destruction. Le nom est resté. Brewster. Comme si c'était la suite, comme si on ne se résignait pas totalement à effacer la légende. Un panneau historique est planté au bord de la route, quelques lignes où brille, comme dans les yeux de ma mère, le nom d'Eleanor Roosevelt, quelques vieilles promesses. Construction des premiers logements sociaux pour Afro-Américains en 1938. Je connais l'histoire par cœur. Je sais ce qui est écrit, je sais surtout ce qui n'est pas écrit.

J'ai abordé quelques dealers et chefs de gang, ils m'ont tuyauté, tout se sait, ceux qui vendent, ceux qui volent, ceux qui tuent. En plus, ils se vantent.

Son territoire ! À quoi bon lui raconter qu'avant de donner le premier coup de pelle, Mrs. Roosevelt a caressé le ventre dont bien plus tard je suis sorti ?

Je l'ai laissé finir ses frites. On est partis pour le commissariat afin de mener son interrogatoire dans les formes. Il a très vite lâché les noms de ceux qui l'accompagnaient. Ils étaient quatre. Nos agents sont allés cueillir les trois autres. Je les ai tous eus en face de moi, un par un. Le plus jeune a quatorze ans. Deux jours avant le meurtre, il sortait d'un centre de détention pour mineurs. Le lendemain, il tentait d'utiliser la carte de crédit du Français. Il pleurait devant moi, ce qu'il pleurait ! J'ai jamais vu chialer quelqu'un comme ça en trente ans de carrière. Il réclamait sa mère et je lui tendais des mouchoirs.

J'ai toujours pensé qu'il y a un gamin de neuf ans en chacun de nous, le meilleur comme le pire d'entre nous. Et c'est à celui-là que je m'adresse quand je cuisine quelqu'un, c'est lui que je cherche, que je veux atteindre. Y a pas besoin de violence pour faire avouer un suspect, pas besoin de briser les gens, ils le sont déjà, ils n'ont rien à perdre, faut s'approcher, les pousser à se confier, à se soulager, chercher le gosse sous le cuir, des restes d'innocence, cet âge où tu commences à mentir à ta mère sans être mauvais encore. C'est à ce môme que je donne à manger ou que j'offre une douche. À ce môme qui aurait pu être mon copain dans le Project. Que j'ai été aussi.

Mais je n'ai jamais trouvé l'enfant de neuf ans chez celui de quatorze.

Il aurait pourtant dû être là, pas loin, à quelques années, à portée de main, de mots. Les couches de la vie ne sont pas si épaisses, aussi dure soit-elle. Il devait être là, dans ce flot de larmes qui coulaient devant moi, j'ai creusé, cherché sa trace, les réflexes de l'enfance, le besoin de l'adulte, cette volonté qu'on a tous en nous qu'on nous fasse du bien, j'ai espéré Tim le tueur à gages en lui, mais je n'ai entrevu personne, rien ni personne que je puisse reconnaître. Il n'y avait rien de tendre à l'intérieur, aucune attente, aucune demande, aucune incompréhension, juste des glandes lacrymales programmées pour s'enclencher en cas de stress, des cordes vocales pour ânonner maman, sans que je sois sûr qu'il mesure l'affection que transportent naturellement ces deux syllabes. Je n'ai vu que le vide, le vide qui a mangé la ville et pousse en nous maintenant, chez certains de nos gosses en tout cas, qui leur bouffe le cœur, leur brûle le cerveau. J'avais devant moi un assassin de quatorze ans. Ce n'est pas lui qui a tiré. Mais j'avais l'impression qu'il pouvait devenir le pire de tous. Il savait parfaitement ce qu'il avait fait.

– Ça en valait la peine ? je lui ai demandé.

– Non, ça valait pas la peine.

J'aurais pu cette fois leur dire à tous,
Ton territoire a été le mien.
J'aurais pu leur dire,
À ton âge, mon père était en taule.

Ça nous faisait deux points communs. Mais je ne l'ai pas fait. Il y avait un abîme entre nous. Il y aurait eu un abîme entre eux et Tim. Un trou où l'humanité s'est dissoute, où l'on ne tue pas sur ordre, pour sauver ou gagner sa vie, mais pour rien, par désœuvrement. La vie n'a plus de valeur. Ni la leur ni celle des autres. J'abandonne à quiconque l'exploit de trouver de la lumière dans ce puits sans fond. Je n'avais rien à leur dire. Ils défaisaient mon idée des hommes, qu'il n'est personne de complètement, de radicalement mauvais.

Ni mon père…

Ni Tim…

Je ne sais pas si ma mémoire m'est d'une quelconque aide, ou si au contraire elle me coupe, m'entaille. Je ne sais pas si le Project agit comme un gouffre ou comme un miroir.

Qu'auraient-ils reconnu de leur territoire dans le mien, de leur enfance dans la mienne ? Ils n'ont vu des incendies que la combustion quasi quotidienne des maisons depuis longtemps abandonnées, murées et confisquées par les banques, quand j'ai vu moi la ville s'embraser sous l'effet de la colère et de la rébellion des hommes. Fameuse année 1967, j'avais neuf ans. C'est peut-être pour cela que j'ai décrété la fin de l'innocence à cet âge-là, à cause des flammes, de la révolte qui transporte en elle fierté et destruction, de mon père en prison, que je visitais au parloir, de son regard de taulard qui voulait enfin faire la paix avec moi, de maman qui sanglotait en sortant.

Et sanglotait encore quand elle a appris la séparation des Supremes. Flo était virée, elle buvait, grossissait, sombrait dans la dépression. C'était la même année. J'ai lu la scène dans le livre récemment, la convocation des filles dans l'immense manoir avec piscine olympique de Berry Gordy sur Outer Drive. Flo était venue avec sa mère comme si elle voulait revenir au début de l'histoire, quand il fallait la signature des parents. Elle sentait le danger, la sanction, elle a regardé Berry Gordy descendre doucement son grand escalier avec Diana à son bras, elle a croisé aussi sa future remplaçante assise dans le hall, elle s'est entendu dire qu'elle mettait en péril l'image du groupe qui devait être un modèle pour toutes les jeunes filles, puis s'est entendu demander de tirer sa révérence parce qu'il ne voulait pas qu'il soit dit qu'elle avait été mise dehors.

J'ai lu ça comme un voyeur, comme on écoute à la porte des voisins.

Flo est restée interdite, incapable d'articuler un mot. Sa mère a plaidé pour elle, elle s'est tournée vers Mary, l'amie de toujours.

– Tu sais bien à quel point Flo veut être dans le groupe !

Et Mary, les larmes aux yeux, a répondu :

– Mrs. Ballard, Flo ne veut plus être dans le groupe.

Je ne suis pas allé au-delà dans le livre. La suite finalement m'intéresse peu. Ce qui s'était tissé à notre étage, de l'autre côté du mur de la cuisine, s'était disloqué. Nous n'avions pas eu le détail de la rupture, c'est mieux. Je ne sais pas ce que maman aurait compris de la réaction de Mary. Je me rappelle que cette année-là, ou peut-être la précédente, les filles étaient venues faire une séance photo dans le Project.

Maman, maman, viens voir !

Je montais les marches deux à deux, je m'en souviens très bien, c'est si clair, c'est comme si ça passait à la télé devant moi. Je me vois courir dans l'allée, puis dans l'escalier.

Maman, viens voir ! Mary est en bas avec ses copines.

Pour nous, Mary, c'était le membre le plus important des Supremes, même si c'était la plus réservée. Un photographe leur suggérait des poses, des sourires. C'était l'automne, je crois, elles portaient des gants en cuir, de petites toques sur les cheveux, des cols en fourrure.

Elles se prennent pour Jackie Kennedy ! avait lancé quelqu'un

Il y avait du monde. Maman était descendue aussi, elle ne voulait pas rater ça. Je suis sûr d'ailleurs que, si je pouvais mettre la main sur toutes les photos prises ce jour-là, elle serait sur quelques-unes. Juste une silhouette. Elle ne prétendait à rien d'autre. Un cliché de ce jour-là est devenu célèbre, on y voit des gamins du quartier qui rôdent, des mômes de mon âge dont je ne me rappelle pas les noms, mais qui pourraient être moi. On y voit notre tour, en arrière-plan. L'image est maintenant dans la vitrine du musée de la Motown sur Grand Boulevard. Parce qu'au fond le groupe n'a jamais été meilleur que quand il avait encore l'odeur du Project, quand on entendait encore les filles respirer au milieu d'un couplet. Mais cette photo, c'était un adieu au Project plus qu'un hommage. On disait adieu à beaucoup de choses en ce temps-là. Le bruit de l'autoroute s'était installé, celui des sirènes de police avait remplacé celui de la musique et des clubs qui avaient tous été condamnés, puis démolis. C'était le début du vide, nous le sentions, mais comment imaginer qu'ici même où la vie nous avait fait tant de promesses, naîtraient des enfants vides. Il leur a manqué des rues, la foule, des adolescents qui chantent dans l'escalier, un oncle Archie qui t'embarque sur le toit et te montre le paradis perdu. Mais ils ne le savent pas, ils n'ont pas idée de ce qui leur a manqué, de ce qui a pu exister. Les bulldozers ont bien travaillé. Raclé le sol, et peut-être aussi nos âmes.

Archie a secoué la tête en silence quand je lui ai raconté l'arrestation et le profil des mômes. Puis subitement il s'est écrié :

– Alors, tu augmentes encore ton taux !

Il voulait dire mon taux d'aveu. Avec ça aussi, on fait du chiffre. Ça le fait rire que j'aie l'un des plus élevés de la police américaine, que j'aie été décoré comme l'un des meilleurs interrogateurs du pays.

– Ah, la méthode douce ! C'est pas dans les habitudes des flics, ça ! a-t-il continué.

Ce jour-là, il préféra m'avouer enfin qu'il était fier de moi, plutôt que de se pencher au-dessus du trou que je mettais sous ses yeux.

La dernière génération du Project.

700 appartements en 1938, 900 en 1941, indique la plaque historique.

Puis nous.

Puis d'autres.

Puis rien.

Des mômes qui errent et se défoncent d'un mauvais mélange de coke ou d'herbe avec du sirop à la codéine. Qui fondent tel le vautour sur sa proie quand un gamin blanc passe sur un skate dans leur périmètre. Ils lui ont fait retirer ses chaussures. Ils se sont énervés quand ils ont vu qu'il cachait quelques billets à l'intérieur. Sale menteur. Ils l'ont tué. Et avec l'argent, ils sont allés s'acheter des chips, des sodas et un peu de shit. Voilà. On connaît les circonstances. On ne connaîtra jamais les raisons. Il n'y en a pas.

C'est Archie le premier qui m'a montré le vide. C'est lui qui m'a prévenu. Mais cette fois il s'est tu. En silence, il luttait contre la scène, son décor, il les repoussait, parce qu'on n'est pas voisins à cinquante ans d'intervalle. Mais ce quartier a été notre place dans cette ville et dans ce pays. Il a été dessiné pour nous et malgré nous, par des gens qui voulaient nous contenir, ne pas nous croiser près de chez eux. Et leurs frontières se sont imposées jusque dans nos têtes, même lorsque nous les avons franchies, jusque dans le vide quand il a tout avalé. Pourquoi n'a-t-il pas effacé ces anciennes lignes de démarcation ? Pourquoi continuons-nous à y lire la suite de notre histoire ? Je ne sais pas. Avec le temps, je peux tant bien que mal relier les événements les uns aux autres, mais j'ai acquis la conviction qu'il ne faut pas chercher à tout comprendre, sinon on ne résoudrait rien.

La dernière tour est finalement tombée la semaine dernière. Il n'y a plus que le va-et-vient des camions qui évacuent les gravats, et les traces de leurs pneus dans la terre. Le Brewster Project a disparu. Quelques jours plus tard, nous avons été réunis dans un bureau du FBI avec Sarah, pour un rendez-vous téléphonique avec les parents du petit Français. Nous avons expliqué, l'un après l'autre, les circonstances de sa mort, puis les résultats de l'enquête. Un représentant du consulat français était là, il traduisait doucement, conscient de la douleur que transportait chacun de nos mots, qui soudain sonnaient autrement, n'avaient plus de sens pour nous. Le drame se racontait dans une autre langue, comme si nous nous en déchargions.

J'observais Sarah de l'autre côté de la table, elle portait son uniforme, se triturait les doigts, baissait les yeux, accrochée à ce flot de paroles qu'elle ne comprenait pas. Valait mieux ne pas les suivre, ne pas s'enfoncer dans le cœur de cette famille éplorée. On ne doit pas aller par là, on ne peut pas souffrir avec eux chaque fois. Nous étions dans cette zone de la perte et du deuil, où le langage s'appauvrit, il peine, il tremble et tourne autour des plaies, et nous autres qui leur parlions depuis le lieu du crime, à des milliers de kilomètres d'eux, peut-être étions-nous tous un peu coupables. Qui laisse partir ses enfants courir le monde, le charge d'en prendre soin. J'ai baissé les yeux à mon tour. Et pendant un bref instant cette langue étrangère m'a sorti de la pièce, m'a mené sur le bord de la rivière. Un autre panneau historique est planté là. Il y est écrit que les tout premiers Noirs de Detroit parlaient français, la langue de leurs maîtres.

Ensuite, nous sommes restés un moment sur le parking, Sarah et moi, traversés, je crois, de cette étrange impression de côtoyer la mort chaque jour mais sans la connaître. Nous ne savons rien d'elle. L'écho des voix fragiles que nous venions d'entendre au téléphone nous l'avait rappelé, nous sommes comme tout le monde, nous avons peur de la mort. La nôtre. C'est au fond la seule qui nous intéresse, la nôtre et celle de nos proches. L'important c'est qu'elle passe loin de nous, et c'est encore loin de nous lorsque nous enquêtons sur un crime. Pourtant ce petit Français nous laissait là troublés, absents et silencieux. Sarah m'a montré sur son téléphone la photo d'un oiseau qu'il avait peint dans la ville. Je lui ai décrit les croquis que j'avais trouvés quand j'avais eu accès à ses affaires, j'en ai gardé un, portrait de deux personnes assises dans la rue.

– Il était curieux des gens, a dit Sarah.

– C'est ce qui me plaît chez lui. Il y avait aussi des mots doux qu'il écrivait en français à des étudiantes qu'il côtoyait à la bibliothèque de Wayne State University. Il draguait !

Elle a souri. Elle aime tout ce qui le fait revivre, chaque moment heureux qu'il a pu avoir ici.

Puis le temps a passé. D'autres crimes, d'autres cadavres, pour elle, pour moi, des gens dont l'existence a si peu compté qu'ils n'ont pas fait grand bruit. Il ne faut de toute façon plus en parler, on est priés de remballer nos statistiques et nos atrocités, de ne pas faire fuir les investisseurs. Ils sont de retour maintenant que les banques ont récupéré leur argent par le biais de la mise en faillite. On voit des chantiers au centre-ville et des pelleteuses et des grues qui bâtissent de nouveaux stades, des grands magasins, et même une nouvelle prison. C'est étrange de regarder monter des parpaings quand ton œil a encaissé tant de démolitions. On se sent presque étranger au spectacle. Mais la réputation de la ville change. Il y a même des équipes de communicants embauchés pour la doper. Ça m'a rappelé un autocollant des années 1980 que les gens d'ici s'amusaient à coller sur leur voiture ou leur ampli, « Dites quelque chose de sympa sur Detroit ». Il y en avait des choses à raconter, mais personne ne voulait les entendre. Un épais brouillard était tombé sur nous, ville noire, pauvre, criminelle et corrompue. Ce brouillard nous isolait, nous dévorait, nous laissait seuls face à nous-mêmes. Quarante ans plus tard, il se lève. Changement de décor. Il suffisait donc d'une décision pour qu'on rallume la lumière dans nos rues. Ce qui prouve qu'il y a eu décision de l'éteindre.

Un an plus tard, le procès a eu lieu. Sarah et moi nous nous sommes retrouvés devant la cour. Les mêmes questions, les mêmes réponses. Le procès d'un crime atroce. Celui du vide aussi.

– Pourquoi ? a demandé le juge à son tour.

– On avait faim, a dit l'un des quatre.

– Faim ?! s'est écrié le juge qui a blagué sur ses bourrelets.

C'est vrai que les plus pauvres sont gras et pleins de glucose dans le sang à l'heure de l'industrie agroalimentaire. C'est pour mieux les immobiliser. Les familles avaient acheté à leurs fils un costume et une cravate pour qu'ils aient l'air présentables. L'un d'eux a bafouillé des excuses aux parents de la victime qui n'avaient pas fait le voyage. Puis les sentences maximales sont tombées. Ils seront vieux quand ils sortiront. Trois mois plus tard est venue l'audience du plus jeune devant une cour pour mineurs. Il pleurait encore. Puis subitement, sans qu'on sache trop comment, il s'est dérobé à la surveillance, il s'est mis à courir dans les couloirs, il braillait, il appelait sa mère, elle était là, les yeux injectés de sang, complètement droguée, elle nous a hurlé d'aller pourrir en enfer. Nous y étions déjà.

Il a été rapidement rattrapé.

Je l'ai répété à la barre, ce gosse me fout la trouille, j'ai peur de ce qu'il peut devenir. Je n'ai ressenti aucune pitié. Ni aucune joie quand un lourd verdict a été prononcé. Rien. Je suis sans émotion particulière. Vidé à mon tour.

Archie est mort dans les mois qui ont suivi. La dernière attaque s'est soldée par un coma. Je lui ai glissé dans l'oreille que je l'autorisais à s'en aller, que je m'en sortirais, que j'essaierais d'apprendre à vivre sans lui, que le paysage est de plus en plus étrange, qu'il y a maintenant en ville des carrés de pelouse magnifiques pour faire pisser les chiens, un bar à ongles au rez-de-chaussée de l'immeuble où le jeune Français a vécu parmi les artistes fauchés, que le Farmers Restaurant et son incroyable variété d'omelettes a fermé du jour au lendemain, comme ça, d'un coup, après quarante ans d'une bouffe loyale et solide, parce que des gens très riches ont mis tellement d'argent sur la table, de l'argent comme les propriétaires n'en avaient jamais vu, qu'ils ont tremblé, signé, et qu'ensuite dans la nuit, ils ont envoyé un texto à tous leurs employés : « Ne revenez pas demain, c'est fini. » Il n'y aurait pas de dernier jour, de dernière semaine ou de dernier mois, pas de fête pour se dire au revoir. Ils ont scotché un papier sur la fenêtre : « Merci Detroit pour ces magnifiques années de business. Nous sommes à la retraite. Que Dieu vous protège. » C'est comme s'ils étaient riches et pas si fiers de l'être après avoir nourri les travailleurs de cette ville dès 4 heures du matin pendant des décennies. Tu vois, Archie, c'est comme ça partout en centre-ville, subitement nos vieux immeubles valent des millions, il y a beaucoup de Blancs qui se baladent, des appartements luxueux en construction, et de très bons restaurants branchés et bruyants qui ne sont pas dans tes moyens. Même le patron du Lager House se dit prêt à vendre, parce que la population que drainent les grosses compagnies et les agences immobilières n'est pas très portée sur les petites scènes de rock. Elle ne saura jamais comme c'était bon d'entendre monter le son électrique d'une guitare dans une rue sombre. Alors vas-y, Archie, envole-toi, d'autant que la criminalité repart à la hausse même si on n'a pas le droit de l'ébruiter. Forcément, tant de richesse qui réapparaît subitement au milieu de la misère, tu imagines… Et devine qui je suis chargé de protéger ? Mais ce n'est plus ton problème. Vas-y, il y a forcément un paradis pour les gens comme toi.

Je lui ai parlé comme ça, en mélangeant tout, comme d'habitude, assis à côté de son lit d'hôpital. Je ne sais pas ce qui lui parvenait. Mais son cœur s'est arrêté de battre une heure après que je lui ai donné l'autorisation de cesser de vivre.

Nous l'avons enterré au cimetière d'Elmwood, à l'est de la ville. C'est un endroit particulièrement beau en automne, quand les feuilles des arbres virent au jaune, au rouge et à l'ocre. Les écureuils s'en donnent à cœur joie. Ils viendront gambader sur sa tombe comme ils le faisaient sous son toit. Il repose à côté de Waldo et Roselle Walker, ses parents. Pas loin des miens. Il y a beaucoup de musiciens autour de lui, de quoi former de sacrés groupes dans ce cimetière. Souvent, leur instrument et leur nom de scène sont gravés sur leur pierre tombale. Phyllis m'a demandé ce qu'on pourrait mettre sur celle d'Archie. Je ne savais pas. C'est la preuve qu'il y a eu dans sa vie trop peu de tentatives d'évasion. Nous avons fait sobre. Archie Walker, 1938-2016, avec quelques fleurs autour.

Je m'y arrête régulièrement. Je parle tout seul maintenant. Je n'ai toujours pas pris ma retraite. Il y a du travail. L'autre soir, deux voitures se sont percutées à l'ouest de Detroit, au croisement de Davison et Livernois. Les deux conducteurs sont sortis de leur habitacle indemnes. Ils avaient le même âge, pas vingt-cinq ans. L'un était de ces jeunes Blancs qui reviennent vivre en ville, il s'était acheté à bon prix une de ces splendides maisons à rénover du côté de Buena Vista Drive, le quartier où les gloires de la Motown se sont installées quand j'étais môme. L'autre, c'était de la mauvaise graine d'ici, il était noir et violent, il a roué de coups le Blanc, l'a battu à mort sans raison, sans même le voler, puis s'est enfui. Il dirait quoi ? Qu'il était sur son chemin ? Sur son territoire ?

Je pense souvent au petit Français. Son dessin est resté épinglé au-dessus de mon bureau. Comme j'aurais voulu que le hasard le mène sous le porche de Mitchell Street.

Alors j'imagine que, là-haut, il s'est assis en face d'Archie, comme je l'ai vu faire sur les vidéos de ses voyages. Archie lui raconte tout, les clubs, les joueurs de blues, de jazz, Hastings Street, le Project, la belle allure des gangsters de son enfance, une ville fumante d'usines, de machines et de luttes, les grèves, les émeutes, les cortèges, les banderoles, même celles qu'il n'a pas portées, tous les métiers qu'il a faits, et peut-être même le bar qu'il aurait rêvé d'ouvrir. Il n'osera jamais lui avouer à quel point il est touché qu'un môme, aussi doué et venu de si loin, le regarde et le dessine. Il n'est pas habitué à ce qu'on s'intéresse à lui. Le monde l'a noyé dans sa main-d'œuvre. Archie ne sait pas ce qu'il dégage, tout ce qu'on voit passer à travers lui, soif ancestrale de liberté, je ne lui ai jamais dit, j'aurais dû, toutes ces images qui lui paraissaient banales, tirées d'une vie discrète, entravée, passée à se débrouiller, et qui me restent, me guident.

Mais le môme lui dira, à Archie, comme il est important. C'est pour cela qu'il était venu ici, et même revenu l'année d'après. Il cherchait les survivants dans le spectacle de la désolation. Je ne sais pas grand-chose de lui, quelques bribes du dossier, et je l'ai regardé marcher, dessiner sur Internet. Il est l'être le plus libre qu'il m'ait été donné de voir. On dirait qu'il se fout de beaucoup de choses, et qu'il est très sérieux en même temps. Il ne tenait à rien d'autre qu'à la vie.

Il fait un beau portrait d'Archie en ce moment. Et quand ce sera fini, mon vieil oncle posera sa grande main sur son épaule, il lui offrira encore des mots, des histoires et des explications. Peut-être même qu'il le décrira, son bar, le parfait alignement des bouteilles derrière lui, la gueule de ses clients qui se reflète dans le miroir, et leurs coudes qui polissent le zinc de son comptoir tandis qu'un gars gratte quelques accords et chante devant un micro. Enfin, je ne sais pas… Il ne m'a jamais dit à quoi ça aurait ressemblé son rade. Ce n'était pas son genre de s'étendre sur ce qu'on n'a pas. Et vu qu'il l'aurait installé dans un coin que les bulldozers ont rasé, il aurait fallu, pour en parler, revoir tout le plan de la ville, récrire toute l'histoire.

Ils feront ça ensemble. Le gamin semble tout à fait disposé à défaire ce qui nous enserre. Archie l'interrogera sur ses voyages, lui qui n'a jamais quitté Detroit. Ils passeront du temps tous les deux sur le toit du monde, ils flotteront, ils ne se quitteront pas. Ils ont des choses à se dire, qu'ici-bas on fait en sorte d'oublier.

Remerciements

Que soient ici chaleureusement remerciés le lieutenant Sarah Krebs, l'enquêteur Ira Todd de la Police de Detroit. Ils ont tous deux compris mon projet, m'ont raconté leur travail, livré un peu d'eux-mêmes. Ils ne ressemblent pas forcément aux principaux personnages de ce roman, qui pourtant portent leurs prénoms, mais ils leur ont insufflé leur incroyable engagement dans une ville ravagée par le crime.

Que soit ici salué Mr. Nunn dont je ne connais toujours pas le prénom, bien que nous ayons passé des heures à bavarder ensemble sous son porche de Mitchell Street. Ses souvenirs d'enfant, d'ouvrier, d'habitant de Detroit, m'ont été précieux. Merci à Livia Cocchi et Danny Kroha qui m'ont permis de le rencontrer. À Marsha Battle Philpot, naguère enfant de Hastings Street, qui m'a demandé en quoi tout cela m'intéressait.

Merci à tous ceux dont je me suis fait des amis là-bas, leurs sourires, leurs silences, leurs répliques, leurs bars, leur musique, leur chez-eux, leur ancrage, se sont fondus dans ces pages.

Il y a tant de gens à remercier.

Il y a des lieux, aussi : la Detroit Public Library où j'ai dévoré la presse sur microfilms, et qui ouvre ses portes même à qui veut juste se mettre au chaud ; la Reuther Library qui garde précieusement la trace de cette terre de combat que fut Detroit. L'accueillant Kresge Court du Detroit Institute of Arts, où j'aime écrire le matin.

Merci aussi à John K. King Books, vieille carcasse d'usine devenue le plus impressionnant empilement de livres qu'il m'ait été donné de connaître.

Car il y a bien sûr des livres qui m'ont aidée à voyager dans le temps. *Untold Tales, Unsung Heroes: An Oral History of Detroit's African American*, de Elaine Latzman Moon, aux éditions Wayne Star University Press. *The Supremes: A Saga of Motown Dreams, Success, and Betrayal* par Mark Ribowsky aux éditions Da Capo Press. *Dreamgirl. My Life As a Supreme*, de Mary Wilson, aux éditions St. Martin's Press. *Dancing in the Street: Confessions of a Motown Diva*, de Martha Reeves et Mark Bego.

pca
cmb
édition pré-presse
livres numériques

44400 Rezé

Achevé d'imprimer en octobre 2020
sur les presses de Normandie Roto Impression s.a.s.
à Lonrai (Orne)
pour le compte des Éditions Payot & Rivages
60/62, avenue de Saxe -75015 Paris
N° d'impression : 2004016
Dépôt légal : novembre 2020

Imprimé en France